불량스크롤 잔혹사

FANTASY STORY & ADVENTURE

시니어 판타지 장편 소설

①

dream books
드림북스

불량 스크롤 잔혹사 ①
시작을 위한 끝

초판 1쇄 인쇄 / 2008년 7월 21일
초판 1쇄 발행 / 2008년 7월 31일

지은이 / 시니어

발행인 / 오영배
편집장 / 김경인
펴낸 곳 / (주)삼양출판사 · 드림북스

주소 / 서울특별시 강북구 미아8동 322-10호
대표 전화 / 02-980-2112~4 팩스 / 02-983-0660
편집부 전화 / 02-980-2116 팩스 / 02-983-8201
홈페이지 / www.sydreambooks.com

등록번호 / 제9-00046호
등록일자 / 1999년 3월 11일

ⓒ 시니어, 2008

값 8,000원

(주)삼양출판사 · 드림북스의 서면 허락 없이는 어떠한
형태나 수단으로도 이 책의 내용을 이용하지 못합니다.

ISBN 978-89-542-2635-6 04810
ISBN 978-89-542-2634-9 (세트)

* 지은이와 협의하에 인지는 생략합니다.
* 잘못된 책은 구입한 곳에서 바꾸어 드립니다.

시니어 판타지 장편 소설
FANTASY STORY & ADVENTURE

불량스크롤 잔혹사

시작을 위한 끝

dream books
드림북스

Prologue •••• 007

제1화 위기의 성녀를 구한 병사 •••• 019

제2화 비틀린 운명 •••• 041

제3화 또 다른 운명의 시작 •••• 065

제4화 진실의 이면을 엿보다 · · · · *123*

Episode_1 마차에서의 담소 · · · · *193*

제5화 인연의 끈 혹은 올가미 · · · · *201*

Episode_2 스카이는 어디로 갔는가 · · · · *313*

전투가 끝나가고 있었다.

2년의 전쟁이었다.

풍요롭던 대륙 카고니아의 인구는 절반으로 줄었고, 아름답던 산과 들은 황폐해졌다.

그 모든 참상의 시발점이 인구 3만도 안 되는 작은 왕국 트론에서 비롯되었다는 것은 믿을 수 없는 일이었다.

트론은 자신들의 국가를 '제국 피르다우스(Firdaws)'로 명명하고 침략을 시작했다.

피르다우스는 제너럴 메피스토의 지휘하에 진군했다. 어이없게도 몇 배, 몇십 배가 넘는 대군조차도 제너럴 메피스토와 그의 휘하 각료들을 막아낼 수 없었다.

세계는 공포와 경악에 휩싸였다.

그렇게 2년, 마침내 세계가 하나의 제국 피르다우스로 통합되기 직전이었다.

혜성같이 나타난 여섯 명, 정확하게 말하자면 한 명의 여인과 다섯 명의 나이트가 아니었다면 분명 세계는 피르다우스의 지배하에 길고 어두운 역사를 써야 했을 것이다.

메피스토의 휘하 다크 나이트가 악마의 기사라면 그들은 신의 기사였다.

그들은 피르다우스의 다크 나이트에 비견되어 엔젤릭 나이트(Angelic Knight)라 불렸다.

단 여섯 명에 불과했지만 그들은 피르다우스의 중요 거점을 차례차례 무너뜨리며 전쟁의 판도를 완전히 뒤엎었다.

그리고 지금.

전 대륙을 공포에 떨게 했던 피르다우스와 대륙 연합군 간의 마지막 전투가 드디어 종착에 다다르고 있었다.

휘이이잉.

진한 피내음을 담은 바람이 몰아쳤다.

제너럴(General) 메피스토(Mephistopheles)는 은빛 가면 속에서 자신의 앞에 선 길리언을 담담히 내려다보고 있었다.

묘하게 황금빛이 감도는 은색의 갑옷을 입은 엔젤릭 나이트의 리더 길리언 역시 그를 응시했다.

적지 않은 시간 동안 둘 사이에 적막이 흘렀다.

주변에서 난무하는 아우성, 병기가 부딪치는 소리 따위는 둘의 공간에서 전혀 존재하지 않는 것 같았다.

"메피스토. 이젠 다 끝났다."

길리언의 음성은 약간 떨리고 있었다.

무서워서도 두려워서도 아니다.

오히려 길리언은 달짝지근한 흥분에 젖어 있었다.

'2년이나 걸렸다.'

메피스토가 이끄는 피르다우스 제국군이 대륙 카고니아를 핏물에 잠기게 만든 지 2년이나 지났다.

카고니아의 인구가 절반도 넘게 줄어 버린 참혹한 전쟁이었다. 필사적으로 싸우고 또 싸워서 겨우 여기까지 왔다.

오직 대륙 카고니아에 자유와 평화를 가져오기 위하여, 어둠의 무리를 이 땅에서 내쫓기 위하여!

그리고 마침내 길리언은 전쟁을 일으킨 장본인이자 어둠의 무리를 이끈 수장 메피스토를 단죄할 수 있는 기회를 맞게 된 것이다.

"메피스토!"

길리언은 메피스토를 향해 검을 들었다. 찬란한 광채를 내뿜는 성검의 끝이 메피스토를 향했다.

"결판을 내자. 이 의미 없는 전쟁을 완전히 끝내주마!"

길리언은 단호하게 외쳤다.

메피스토는 가면으로 얼굴을 감추고 있어 그의 표정을 알 수 없었다. 그러나 그의 눈이 살며시 웃고 있었다.

"길리언. 누구와 싸워도 지지 않는다고 했지. 과연 그런지 두고 볼까?"

스스스슷—

메피스토의 몸에서 음습한 기운이 흘러나왔다.

길리언은 긴장하며 검을 세우고 자세를 낮추었다. 철컥! 소리를 내며 갑옷의 이음새에서 쇳소리가 났다.

하지만 아직 메피스토는 싸울 생각이 없는 것 같았다. 그는 이야기를 계속했다.

"싸운다는 것은 개인과 개인 간의 싸움도 일컫지만, 다른 말로 지금처럼 수천 수만이 싸우는 전투를 말하기도 하지."

"무슨 소리냐!"

"이를테면 네가 날 상대로 지지 않는다 해도 전쟁에서는 질 수 있다는 그런 얘기다."

"뭣?"

메피스토의 시선이 아직까지 이어지고 있는 전투의 한가운데로 향했고, 길리언도 자연스레 그의 눈동자를 따라 시선을 옮겼다.

시선의 끝에 있는 것은 다름 아닌 성녀 베르나였다. 리더로 길리언이 있었지만 엔젤릭 나이트를 이끄는 실질적인 리더는 그녀다.

길리언은 성녀 베르나가 위험에 처할 거라는 메피스토의 암시를 들었음에도 이내 고개를 돌려 버렸다.

메피스토가 오히려 더 의아해했다.

"그녀를 구하지 않을 테냐?"

이번에 웃은 자는 길리언이었다.

"난 그녀를 믿고, 그녀를 지키고 있는 동료를 믿는다."

"후후, 재미있는 농담이로군."

"그리고 난 싸움에서든 전투에서든 결코 지지 않는다. 그것이 내게 전해진 신의 가호다."

"좋다. 너를 죽여 너희들의 신을 모욕해 주마. 너를 제물로 너희들의 신을 불러내주마. 너희들의 신을 죽여 영원한 어둠에 잠기게 해 주마!"

"어림없는 소리!"

길리언은 이를 악물고 검을 재차 부여잡았다. 그리고는 기합을 지르며 힘껏 땅을 박차고 달려 나갔다.

"이야아아아!"

메피스토 역시 사력을 다해 힘을 끌어올렸다. 붉고 검은 기운이 마구 피어올랐다.

"오늘 둘 중 하나의 무패전설은 끝나겠군. 하나 그건 내가 아니라 너 길리언일 것이다. 와라!"

둘이 맞부딪쳤다.

콰— 앙—!

"으하하하!"

땅을 흔들고 하늘을 울릴 만큼 커다란 폭발이 일어났다.

"와아아아!"

연합군 병사들의 함성은 그칠 줄을 몰랐고, 사기는 하늘을 찌를 듯했다. 피르다우스 제국군은 몇몇 각료들을 제외하고 거의 괴멸 직전이었다.

엔젤릭 나이트들이 은빛 섬광을 뿌리며 이곳저곳에서 활약하고 있었다. 그중 엔젤릭 나이트의 파이터 릭은 데빌 세이지 다곤(Dargon)을 상대로 길고 길었던 승부를 결정짓고 있었다.

핏—

한줄기 핏물이 화살처럼 튀며 제관을 쓴 다곤의 목이 하늘을 날았다. 적갈색 로브를 입은 다곤의 몸이 빈 포대자루처럼 엎어졌다.

그에 따라 다곤의 마력에 의해 움직이던 수백 마리의 어족 소환수들이 그대로 녹아내렸다.

비린내가 물씬 풍기는 한복판에서 엔젤릭 나이트의 파이터 릭이 다곤의 머리를 밟고 검을 치켜들었다.

"피르다우스의 각료 데빌 세이지 다곤을 처치했다!"

"와아아아!"

연합군의 사기는 극에 달했다. 몇 남지 않은 피르다우스의 다른 각료들도 엔젤릭 나이트의 다른 멤버에 의해 쓰러지기

일보 직전이었다.

쾅— 콰아앙!

릭은 들려오는 폭음에 고개를 돌렸다. 메피스토와 길리언이 싸우는 곳이다.

릭은 신념에 찬 얼굴로 중얼거렸다.

"부탁한다. 길리언!"

전장의 다른 한 곳.

엔젤릭 나이트의 가더 야나드가 온 힘을 다해 커다란 방패로 땅을 내리찍었다.

"천륜을 거스르는 악마의 힘을 봉인하라! 헤븐스—클로저!"

찬연한 빛이 그의 몸을 맴돌더니 사방으로 흩뿌려졌다. 힘찬 파도소리를 내며 빛이 바닥을 타고 두 개의 원을 가진 육망성을 그렸다.

곧 육망성 위로 검은 그림자 같은 것들이 달라붙기 시작했다.

찌직. 찌이익.

육망성의 결계가 공격을 당하면서 뿌연 빛을 냈다.

"다크 나이트 파이몬(Paimon)의 4대수호위!"

야나드는 필사적으로 결계를 유지했다. 그의 임무는 성녀 베르나를 지키는 것이었다. 멀리서 성녀 베르나의 위기를 보고 동료들이 달려오고 있었다.

"절대로 내 앞을 지나갈 순 없다. 으아아아!"

야나드는 죽을 힘을 다해 마력을 끌어올렸다. 이미 한계에 달해 있었지만 그래도 끝까지 해야만 하는 일이었다.

그러나 그 순간 그가 유지하고 있던 결계가 순식간에 깨져 나갔다.

콰장창─!

이미 한계에 다다랐던 가더 야나드는 충격으로 튕겨나갈 수밖에 없었다.

"크억!"

야나드가 입에서 피를 토하며 바닥을 굴렀다.

쿠구구구.

그의 위를 미친 듯이 질주하는 거대한 덩어리가 있었다.

"다크 나이트 파이몬!"

파이몬의 뒷모습을 보니 양팔이 떨어져 나가 갑옷이 덜렁거렸다. 결계를 몸으로 들이받아 억지로 부수고 지나간 대가인 듯싶다.

"이, 이런!"

야나드의 얼굴이 창백해졌다.

파이몬이 노리는 것은 역시나 성녀 베르나였다. 그의 앞을 연합군의 기사와 병사들이 막아서고 있었지만 아마도 역부족일 것이다.

"베―르―나―!"

야나드의 외침이 전장의 하늘을 찢어발기며 가르고 있었다.

제1화 위기의 성녀를 구한 병사

……그리하여 피르다우스 제국의 야욕은 2년 만에 물거품으로 돌아갔다.

당시 아드리언 산맥 전투에 직접 참가했던 기사의 증언에 따르면 한 이름 없는 병사가 성녀 베르나를 위기의 순간에서 구해내 전투가 승리로 끝날 수 있었다고 한다.

그러나 전투가 끝난 후, 대륙 어디에서도 그 병사를 볼 수도 찾을 수도 없었다.

우리는 엔젤릭 나이트의 활약뿐 아니라 그 병사의 존재에 대해서도 주목하고 그의 거룩한 업적을 기려야 마땅할 것이다.

끼이익.

문이 열리고 커다란 체구의 기사 한 명이 복장을 갖춘 채 들어섰다.

기사는 다리가 불편한지 옆구리 양쪽에 지팡이를 끼고 있었다. 걸을 때마다 몸을 제대로 가누지 못해 사슬갑옷이 철럭거리며 쇳소리를 냈다.

방 안쪽에는 둥근 반원형의 긴 탁자가 놓여 있었고 8명의 귀족이 둘러앉아 있었다. 가운데에는 빈 의자가 놓여 있었고 기사는 곧 의자의 앞으로 가서 섰다.

기사가 힘있는 목소리로 외쳤다.

"저 폴 에드워드는 대제국 브리츠의 명예로운 전 그리폰 근위대 소속 기사로서 이 자리에서 한 점의 거짓 없이 오로지 진실만을 말할 것을 맹세합니다."

흰 수염을 턱밑까지 기른 쇼난 후작이 기사를 훑어보았다.

"자리에 앉게."

기사 폴은 딱딱하게 굳은 얼굴로 대답했다.

"괜찮습니다."

쇼난 후작의 옆에 있던 라피엘 백작이 사람 좋은 얼굴에 미소를 지었다.

"이 자리는 전쟁에서의 공로를 치하하고 그에 걸맞은 상을 내리기 위해 소집된 자리네. 사양하지 말고 편안히 앉게."

"그럼…… 앉겠습니다."

폴은 힘겹게 의자에 앉았다. 고통이 적지 않은지 그 사이에 벌써 얼굴이 땀투성이가 되었다. 지팡이를 무릎에 올려두고 옅은 한숨까지 내쉬는 모습이었다.

쇼난 후작이 폴의 양다리에 친친 감겨진 붕대를 보며 안쓰럽다는 듯이 물었다.

"양쪽 다리를 모두 다친 겐가? 많이 안 좋아 보이는군."

"의사의 말로는 곧 좋아질 거라고 합니다만…… 다 나아도 제대로 걸을 수 있을지는 모르겠습니다."

"이 같은 전란에 그나마 다행일세. 그래도 살아남았다는 것으로 위안을 삼게나."

라피엘 백작이 탁자 위에 놓인 서류들을 살피더니 옆에 앉은 귀족에게 말했다.

"폴 에드워드 경에게 하사할 영지를 찾아봐 주시오."

머리가 반쯤 벗겨진 카운트 자작이 깃펜으로 서류에 끄적거리며 답했다.

"1년 전 피르다우스에 의해 멸망한 스노리 왕국의 영토가 비어 있습니다. 폴 에드워드 경에게 남작의 작위와 함께 전 스노리 왕국 남부 영토의 일부를 하사하도록 폐하께 청을 드리는 게 어떻겠습니까."

약간은 과하다 싶은 상이었지만, 위원회의 귀족들은 조금도 망설임 없이 고개를 끄덕였다.

겨우 2년 동안의 전쟁이었지만 카고니아의 인구는 절반으로 줄어들었다. 그 와중에 완전히 궤멸해 대가 끊어진 왕조와 귀족들도 부지기수였다.

지금은 상의 크고 적음을 따지기보단 하루라도 빨리 체계를 정리해서 복구를 해야 할 시점이었다.

하지만 정작 큰 상을 받게 된 장본인인 폴의 얼굴은 어두웠다.

"전……."

폴의 말끝이 흐려지자 카운트 자작이 물었다.

"왜? 마음에 들지 않는가? 지금은 영지와 작위뿐이지만 황제 폐하를 알현할 때에 다른 부상이 주어질 것이네. 작위는 어렵겠지만 영지는 더 알아봐 줄 수도 있네."

폴은 정색을 했다.

"그게 아닙니다. 전 다만…… 다만 그 상을 받을 자격이 없기 때문입니다."

"그게 무슨 말인가?"

폴은 말을 하려다가 고개를 떨구었다.

"전…… 기사도에 어긋나는 짓을…… 해 버렸습니다. 벌을 받아야지 상을 받을 순 없습니다. 이제까지 기회가 없었기에 말씀드리지 못한 것을 용서해 주시기 바랍니다."

위원회의 귀족들은 서로의 얼굴을 보며 의아해했다.

"무슨 말인지 모르겠군."

카운트 자작이 서류를 살펴보며 물었다.

"보고서를 보면 자네의 부상은 각료인 다크 나이트(Dark Knight) 파이몬(Paimon)의 4대수호위와 싸우다가 입은 것으로 되어 있네. 더구나 자넨 그 상황에서도 4대수호위 중 하나를 처치했더군. 그것만으로도 큰 공인데 어째서 불명예스러운 행동을 했다는 건가?"

쇼난 후작이 잠시 창 밖을 내다보았다. 하늘이 붉게 저물어 가고 있었다.

"어차피 오늘의 논공행상은 자네가 마지막 순번이니, 차근차근 말해 보게."

생각보다 말하기 쉬운 일이 아니었던 듯 폴은 마른침을 두어 번이나 삼키고 나서야 겨우 입을 열 수 있었다.

"저는 원래 피르다우스 제국 놈들에 의해 수도가 불타기 직전까지 궁성의 수비를 담당했습니다. 마지막까지 항전하는 것이 제 뜻이었지만, 그리폰 근위대장 제라르 경께서 저와 몇몇 기사들에게 황제 폐하의 퇴로를 확보하라는 명을 내렸고, 저는 그에 따랐습니다."

"그 후엔 로얄 친위대에 편입되었다고 적혀 있군."

"예. 로얄 친위대에 편입되어 폐하를 직접 호위하다가, 곧 개인적으로 성녀님의 호위를 명받았습니다."

라피엘 백작은 아직도 의문투성이인 얼굴이었다.

"그건 나도 알고 있네. 당시 마지막 아드리언 대전투를 앞두고 성녀의 호위를 위해 기사들을 차출했지."

"성녀님의 호위에는 당시 저뿐 아니라 검술실력으로는 제국에서 열 손가락 안에 드는 윙스 기사단장 피엘 경을 비롯한 10명의 기사와 50명의 병사가 있었습니다."

"그들이 자네가 말한 불명예스러운 일과 관계가 있나?"

폴은 길게 한숨을 쉬었다.

"그렇습니다. 이제부터 제 얘기를 듣고 나시면 제게 상이 아닌 벌을 주셔야 할 것입니다."

"어디 한 번 말해 보게."

폴은 또다시 땅이 꺼져라 길게 한숨을 쉬고는 천천히 입을 열었다.

"아드리엔 산맥 대전투가 어떻게 진행되었는지는 잘 아실 겁니다. 엔젤릭 나이트의 활약에 힘입어서 피르다우스 제국군은 계속해서 밀리고 있는 상황이었습니다."

"그랬지. 피르다우스 제국의 전력 핵심인 각료들이 하나씩 제거될 때마다 전령에게 보고를 받아서 잘 알고 있네."

"전 성녀님의 곁을 떠나지 않아 자세한 전황은 몰랐습니다만 양상이 완전히 기울었다는 것은 잘 알고 있었습니다. 성녀님의 호위를 맡은 저와 다른 기사들까지 달아나는 피르다우스 제국 놈들의 목을 베고 싶어 손이 근질거렸으니까요."

카운트 자작이 회상에 젖었다.

"그 마음 이해할 수 있네. 정말 대단했지. 매일 펜만 들고 있던 나조차도 검을 들고 뛰쳐나갔다네. 2년 동안이나 이 아름다운 대륙 카고니아가, 우리의 부모 형제와 조국이 놈들에게 유린당한 걸 생각하니 꼭 내 손으로 되갚아주고 싶더군. 나 역시 피르다우스의 병사를 넷이나 베었네."

카운트 자작은 흐뭇한 웃음을 지었다가 상념에서 깨어나 물었다.

"한데 자네가 말한 일은 대체 언제 일어난 건가. 전투가 거의 끝난 마당이었는데."

폴이 마른침을 삼키며 대답했다.

"바로 그때입니다. 누가 봐도 전투는 끝난 거나 다름이 없는 상황이었습니다. 한데 갑자기 다크 나이트 파이몬이 자신의 호위병인 4대수호위를 이끌고 미친 듯이 우리를 향해 달려온 것입니다."

쇼난 후작이 곰곰이 생각하다 말했다.

"전세가 기울자 마지막 발악처럼 성녀를 공격하려 한 것이겠지. 성녀는 엔젤릭 나이트의 기사들을 응집시킨 실질적인 리더니까. 하지만 자네와 다른 기사들이 훌륭히 막아내지 않았는가. 자넨 직접 수호위 중 하나를 베기도 했고."

"그게 아닙니다!"

폴의 언성이 격앙되었다.

"우리는…… 우리는 파이몬을 막지 못했습니다. 아니, 막을 수 없었습니다."

"뭐라고!"

위원회의 귀족들이 저마다 소란스럽게 떠들어댔다.

"막지 못했다면 어떻게 성녀가 무사했으며, 자넨 어떻게 살아났는가!"

"믿을 수가 없네!"

쇼난 후작이 탁자를 두드리며 진정시켰다.

"다들 조용히 하시오. 어떻게 된 일인지는 폴 에드워드 경의 이야기를 다 듣고 나면 알게 될 것이오."

분위기가 진정되자 쇼난 후작이 폴을 보았다.

"계속하게."

"예. 파이몬과 그의 4대수호위는 우리 연합군 병사들을 무차별로 쓰러뜨리며 질주해 왔습니다. 다섯 명의 엔젤릭 나이트가 그제서야 사태를 파악하고 뒤늦게 파이몬을 뒤쫓았지만, 제시간에 파이몬을 막을 순 없을 것 같았습니다."

"으음……."

"피엘 경께서 무슨 일이 있어도 성녀님만은 지켜야 한다고, 필요하다면 목숨을 바쳐서라도 지켜내라고 단호하게 명령하셨습니다. 하지만 파이몬을 막는 건 그리 쉬운 일이 아니었습니다."

폴은 잠시 눈을 감았다. 고통 때문인지 아니면 고통스러운 기억 때문인지 그의 얼굴이 일그러졌다.

"피엘 경과 저희가 모두 앞을 막아서서 파이몬을 겨우 멈추게는 했습니다만, 파이몬이 모래바람 같은 것을 내뿜자 대다수가 몸이 말라비틀어져 죽었습니다."

"으으음……."

위원회의 귀족들은 듣기만 해도 끔찍한지 몸서리를 쳤다.

제너럴 메피스토와 각료들의 무서운 점은 바로 그것이었다. 인간이 감당할 수 없는 악마의 힘을 지니고 있어 보통 병사들로는 상대가 되지 않았다.

해서 그들을 상대할 수 있는 유일한 힘이 바로 엔젤릭 나이트였던 것이다.

폴이 이야기를 계속했다.

"살아남은 저도 모래바람에 휘말려 내동댕이쳐졌습니다.

팔다리가 부러지고 머리가 깨질 만큼 큰 충격을 받았지요."

 귀족들은 자신들의 앞에 놓인 보고서를 연신 살피며 폴의 이야기와 비교해 보고 있었다. 하지만 보고서에는 폴이 4대수호위 중 하나를 처치했다는 이야기만 있을 뿐, 다른 이야기는 없었다.

 라피엘 백작이 궁금증을 참지 못하고 발을 동동 구르며 물었다.

 "그렇다면 결과적으로 성녀는 완전히 파이몬의 앞에 노출되었던 게 아닌가."

 "그렇습니다. 파이몬은 완전히 무방비가 된 성녀님을 향해 모래바람을 다시 한 번 뿜었습니다."

 "저, 저런!"

 귀족들은 전투의 결과를 모두가 알고 있음에도 들을수록 궁금했다. 분명히 성녀는 그 전투에서 살아남았고, 전쟁은 브리츠 제국 연합군의 승리로 끝났다.

 "그리고나서 어떻게 되었는지 어서 말해 보게, 어서!"

 귀족들과는 다르게 폴은 서두르지 않았다.

 "겨우 눈을 뜨자 성녀님이 위기에 처한 것이 보였습니다. 저는 몸으로라도 파이몬의 공격을 막아야 한다는 걸 알았습니다. 하지만 다리가 움직이질 않더군요. 모래바람에 닿은 다리의 근육이 썩어들어 갔습니다. 이게 그때 다친 상처입니다."

 폴이 자신의 다리를 내려다보았다. 귀족들은 안타까움을 금치 못하는 듯 안쓰러운 얼굴을 했지만 눈빛은 '어서 다음 이야기를 계속하라'고 재촉하고 있었다.

"그때 저와 성녀님 간의 거리는 그리 멀지 않아서 열 걸음 정도 되었습니다. 제가 다리만 멀쩡했더라도 제 몸으로 성녀님을 보호해 드릴 수 있었을 터였습니다."

쇼난 후작이 물었다.

"다른 기사와 병사들은 어떤 상황이었는가?"

"반은 멀리까지 날아갔고 반은 저처럼 몸에 상처를 입어 움직일 수 있는 상황이 아니었습니다."

"그럼 자네가 성녀와 제일 가까이에 있었겠군."

폴은 약간 주저하더니 고개를 저었다.

"아닙니다. 저와 성녀님의 사이에 한 명의 병사가 있었습니다. 그것도 아주 멀쩡한 몸이었습니다."

"허어!"

"그런 놀라운 일이!"

"어떻게 그런 일이 가능했는지 알고 있나?"

폴이 대답했다.

"그 병사는 파이몬의 4대수호위 중 한 명의 몸을 방패로 삼아 파이몬의 모래바람을 피한 것 같았습니다. 그의 앞에 4대수호위 중 하나가 쓰러져 있는 것을 보았습니다."

"대단한 재치였군."

라피엘 백작은 말하다 말고 고개를 갸웃했다.

"아니, 그럼 설마 보고서에 기록된 4대수호위가……?"

"네. 제가 처치한 것으로 기록되어 있는 수호위가 바로 그 시체일 겁니다."

"하지만 납득할 수가 없군. 그렇다면 자넨 남의 공을 가로챈 것이 아닌가. 그 병사는 지금 어디에 있는가? 그가 누구인지 알고 있나?"

"일반 병사들의 이름까지는……."

쇼난 후작이 폴을 보며 물었다.

"그렇다면 성녀를 구한 사람은 바로 그 병사였는가?"

폴은 잠시 생각하는 듯하더니 묘한 대답을 했다.

"그렇다고도 볼 수 있고…… 아니라고도 볼 수 있을 것 같습니다."

"아니, 어째서?"

"그는 어딘가 이상했습니다. 사지가 멀쩡하고 충분히 움직일 수 있음에도 불구하고 오히려 뒷걸음질을 쳤습니다. 그것은 분명……."

폴은 말하기가 힘든지 말을 쉬었다가 다시 이었다.

"분명 도망치려는 것 같았습니다."

"그런 말도 안 되는! 어떻게 성녀의 호위를 맡은 병사가 성녀의 위험을 보고서도 도망친다는 말인가!"

폴이 목소리를 높였다.

"사실입니다! 제 말에는 추호도 거짓이 없습니다! 제가 거짓

말을 하려 했다면 굳이 이렇게 그때의 얘기를 하지도 않았을 것입니다!"

"으으음……."

귀족들 중에 몇 명이 신음처럼 소리를 냈다.

"계속하게. 그래서 어떻게 되었나?"

폴은 주먹을 불끈 쥐었다. 하도 힘을 주고 이를 악문 채 말하는지라 목소리가 불분명할 정도였다.

"파이몬이 모래바람을 내뿜자 병사는 겁을 먹고 뒤로 물러났지만 전 그러지 않았습니다. 저는……! 저는 있는 힘껏 성녀님을 향해 몸을 앞으로 날렸습니다. 다리뼈가 완전히 어긋나 비명을 질러대고 무릎 아래가 덜렁거리는 느낌이었지만, 그래도 전 온 힘을 다해 뛰었습니다. 하지만…… 하지만 닿지 않았습니다. 망가진 다리로는 성녀님을 구할 수 없었습니다. 성녀님께 가까이 다가갈 수도 없었습니다!"

귀족들은 이제 더 이상 뭐라 묻지도 않고 폴의 얘기만 기다리고 있었다.

폴이 계속해서 말했다. 말하면서 자신도 흥분했는지 이가 갈리는 소리가 났다.

"저는…… 선택을 해야만 했습니다. 제가 다리만 다치지 않았더라도…… 하다못해 다리가 아니라 양팔을 대신 잃었었다면 그 같은 선택은 분명 필요 없었을 것입니다."

폴이 몇 번이나 같은 이야기를 하는 것으로 보아 그는 '어쩔 수 없었다'는 점을 강조하고 싶은 듯했다.

"어쨌든 그 상황에서 전 제가 할 수 있는 한은……."

아까부터 얘기가 겉돌자 듣다 못한 라피엘 백작이 소리쳤다.

"그래서 도대체 어떻게 했다는 말인가! 어떻게 했기에 성녀를 구하고 자네도 살아남았다는 건지 어서 말을 하란 말이네!"

폴이 이를 악물고 외쳤다.

"밀었습니다!"

"……."

순식간에 위원회는 조용해졌다.

잠시 상황이 이해가 되지 않았던 것이다. 귀족들은 곰곰이 폴의 이야기를 되뇌어야 했다.

"그러니까 다크 나이트 파이몬을 막으려던 기사와 병사들이 모두 죽거나 전투불능이 되었고, 파이몬이 다시 성녀를 공격했다."

"한데 멀쩡했던 병사는 성녀를 보호하기보다는 도망가려 했고…… 폴 에드워드 경은 성녀를 구하기 위해 몸을 날렸지만 닿지 않았다."

"그리고 바로 앞에는 도망치려던 병사가 등을 보이며 서 있었고, 폴 에드워드 경은 온 힘을 다해 눈앞의 병사를 밀었다."

"병사는 성녀에게 뿜어진 파이몬의 모래바람을 대신 맞았고……."

"결과적으로 성녀는 목숨을 구할 수 있었다는 게로군."

상식적으로 누군가의 목숨을 구하기 위해 다른 사람을 죽음으로 몰아넣는 것은 인간적으로 문제가 있는 행동이었다.

그러나 기사도에 어긋난다고 할 수만도 없는 게, 그 결과 성녀를 구했고 전투에서 승리하게 된 것이 아닌가.

위원회는 다시 침묵에 휩싸였다.

날벌레 한 마리가 날아다니는지 왱— 하는 날갯짓 소리만 날 뿐이었다.

폴은 고개를 완전히 떨구었다. 고개를 푹 숙인 그의 모습은 처량하기까지 했다. 분명 폴 본인으로서도 엄청난 양심의 가책을 느끼고 있음이 분명했다.

쇼난 후작은 떨리는 손으로 턱수염을 쓰다듬었다. 손에 힘이 너무 들어가 손가락에 턱수염이 뽑혀 나오는 것도 모를 지경이었다.

"그러니까, 확실히 미…… 민 것인가?"

폴은 고개를 숙인 채 조그만 소리로 대답했다.

"예……."

뚝 하고 바닥에 눈물방울 하나가 떨어졌다.

"우, 울지 말게. 허어, 다 큰 사람이…… 이게 어디 울 일인가."

"예……."

폴은 얼굴을 손바닥으로 문질러 눈물을 닦았지만, 어깨가 떨리고 있었다.

"병사는…… 성녀님에게서 물러나고 있었고…… 제게 등을 보인 채였습니다. 그것 말고는…… 방법이 없었습니다. 성녀님을 구할 방법은 그것밖에……."

조그맣게 '흑' 하는 소리가 들려왔다. 귀족들은 어이가 없고 당황한 나머지 뭐라고 말을 하지도 못하고 쇼난 후작이 정리해 주길 기다릴 뿐이었다.

"그, 그래서 그 병사는 어떻게 되었나."

"그게…… 저……."

"그 자리에서 죽었는가?"

"아닙니다. 그게……."

폴은 고개를 들었다. 눈물이 범벅이 되어 엉망인 얼굴이었는데, 어딘가 묘한 표정이었다.

"사라졌습니다."

"뭐라고? 사라졌다니, 그게 무슨 말인가?"

"전 분명 그가 다른 사람들처럼 말라서 죽어 버릴 거라고 생각했습니다. 그런데 그냥 그 자리에서 감쪽같이 사라져 버렸습니다. 물론 성녀님은 무사했구요."

폴은 고개를 흔들었다.

"그 이상은 저도 모릅니다. 저는 생각지도 못한 일에 멍하니 있었고, 그 사이에 엔젤릭 나이트가 다가와 파이몬을 처리

했습니다. 그게 다입니다."

폴은 할 말을 다했다는 듯 입을 다물었다.

"허어."

"거 참……."

여기저기에서 귀족들이 난감해하며 감탄사만을 내뱉고 있었다.

"이거야 원 믿을 수도 없고, 믿지 않을 수도 없고."

쇼난 후작이 물었다.

"그가 누군지는 아는가?"

폴의 눈동자가 흐려지는 걸 보니 그때의 생각을 하는 것 같았다.

잠시 후 폴이 고개를 저었다.

"이름은 기억이 안 나는군요. 적당한 체구에 약간 날카로운 인상이었던 것 같습니다."

"흐으음……."

카운트 자작이 조심스럽게 쇼난 후작을 향해 물었다.

"후작님, 어떻게…… 하시겠습니까?"

쇼난 후작은 얼굴에 가득 주름을 만든 채 고민했다.

"이 얘기를 자네 말고 또 누가 알고 있는가."

폴이 대답했다.

"눈 깜짝할 사이에 벌어진 일이라 아무도 자세한 내막은 모릅니다. 성녀님의 불가사의한 힘으로 파이몬의 공격에서 벗어났다고 생각하는 모양입니다. 심지어는 성녀님조차 무슨 일이 벌어졌는지 모르시더군요."

"그렇겠지. 사람이 감쪽같이 사라졌다면 아마 봤어도 착각이었다고 생각했을 테지."

카운트 자작이 물었다.

"하지만 살아남은 병사들에게 물어보면 누군지 충분히 알아볼 수 있지 않겠습니까?"

"으음……."

한참이나 고민하던 쇼난 후작은 마침내 결정을 내렸다.

"이 얘기는 당분간 비밀로 접어두되, 혹시 모르니 기록에는 남겨두게. 카운트 자작은 아까 정한대로 폴 에드워드 경에게 하사할 작위와 영지 목록을 작성하고, 비밀리에 그 병사에 대해서 알아보도록 하게."

"그렇게 하겠습니다."

폴이 항변하듯 주장했다.

"하지만 전 기사로서 비겁한 짓을 저질렀습니다. 전 상을 받을 자격이 없습니다."

쇼난 후작이 신중한 어조로 말했다.

"방법이야 어떠했든 자네는 성녀를 살렸고, 그것이 결국 전쟁의 승리로 이어졌네. 자네는 주어진 임무를 다해냈고 그것이 바로 기사의 명예일세. 더구나 본인이 사라져 버렸다고 하니, 찾을 방법도 없질 않나."

"하, 하지만……."

"결정은 번복하지 않겠네. 만약 그 병사에 대해 죄책감이 들거든 카운트 자작을 도와 그가 누구인지 알아내고, 찾아낼 수 있다면 찾아내도록 하게."

폴은 힘없이 어깨를 늘어뜨렸다.

쇼난 후작은 보고서의 장부를 덮었다.

"다시 한 번 말하지만 당분간 모두들 이 일을 발설하지 않도록 주의하시오. 전후 복구만으로도 일이 산더미 같고 민심도 어지러운데, 괜한 소문이 퍼지면 아무것도 좋을 게 없을 것이오."

"알겠습니다."

"모두 수고하셨소."

쇼난 후작은 장부를 챙겨 일어섰다. 다른 귀족들도 모두 보고서를 덮고 자리에서 일어났지만, 그때까지도 폴은 일어나지 못했다.

그는 당시를 생각하며 두려움에 떨고 있었다.

'내가 힘껏 그자의 등을 밀었을 때 그가 떠밀리면서 고개를 돌려 나를……, 나를 원망의 눈초리로 쳐다보았었어.'

그때 그의 눈빛.

어이없어하는 얼굴에 황당함과 죽음에 대한 공포, 그리고 등을 떠민 폴에 대한 분노가 가득했다.

폴은 몸서리를 쳤다.

그가 마지막으로 남긴 말이 귓가에서 메아리처럼 울렸다.

"이런 개새끼가!"

차마 위원회에는 말하지 못한 사실이었다.
어젯밤에도 그 말 때문에 잠을 잘 수 없었다. 자꾸만 귓가를 맴도는 그의 말. 폴의 얼굴을 영원히 기억해 두겠다는 듯 부릅뜬 두 눈.
그때 폴은 차마 그의 죽는 모습까지는 볼 수 없어서 그만 눈을 감고 말았다.
눈을 뜨고 나니 그의 모습은 사라지고 없었지만, 그가 남긴 말만은 여전히 귓전을 떠돌고 있었다.
폴은 지그시 눈을 감았다.
평생 짊어져야 할 무게치고는 너무나 무거웠다.
한데, 이상하게도 아주 오래전 그런 비슷한 말을 들은 듯한 기분이 들었다.
'누구였지?'
아무리 기억을 하려 애써 봐도 떠오르지 않았다.
폴의 가슴은 답답하기만 했다.

제2화 비틀린 운명

크라이스 제국력 24년.

메피스토가 이끄는 피르다우스 제국이 아름다운 대륙 카고니아를 상대로 전쟁을 일으킨 시기였다.

그런데 그들이 아무리 강했다 한들 당시 최고의 번영을 누리던 제국 브리츠가 별다른 저항도 하지 못하고 며칠 만에 수도까지 내주었다는 것은 참으로 의문의 여지가 많은 일이다.

이미 엔젤릭 나이트가 활동하고 있었고, 각국의 연합군이 조직되던 때였으므로 제국 브리츠가 조금만 더 버텨주었다면 피르다우스에 의한 피해는 지금처럼 극심하지 않았을 것이다.

하나 당시만 해도 브리츠 제국의 황제 크라이스 3세는 호시탐탐 황제의 자리를 노리는 반군의 무리에 맞서느라 여력이 없었고, 이 때문에 피르다우스의 발호에 발 빠르게 대처하지 못하였다는 것이 학계의 정설이다.

크라이스 3세는 즉위 후 전쟁이 일어나기까지 자그마치 6년이나 반군의 무리를 뒤쫓았으나, 수도 근처에 있던 그들의 본거지를 알아내지는 못하였다.

결국 반란군의 본거지가 밝혀진 것은 수도가 함락된 이후였으니…… 역사란 참으로 아이러니한 일인 것이다.

한적한 오솔길 한가운데에 오도카니 한 청년이 서 있었다.
 귀까지 덮이는 갈색 머리에 눈매가 날카로운 이였다. 평범하다고 할 수 있는 인상이 눈매 때문에 예사롭지 않게 보였다.
 청년의 이름은 스카이.
 그는 방금 전까지 죽음의 문턱 바로 앞에까지 가 있었다. 때문에 얼굴과 몸이 온통 땀으로 흠뻑 젖어 있었다.
 "헉……, 헉……, 헉!"
 스카이는 숨을 헐떡였다.
 한 번에 뒤바뀌어 버린 눈앞의 풍경이 한순간 그를 당혹스럽게 만들었다.

천천히 주변을 둘러보았다.

오솔길의 양옆으로는 덤불과 나무들이 푸르게 자라 있다. 시뻘건 핏물이 냇물처럼 흐르고 온갖 살점과 시체가 빼곡하던 풍경은 온데간데없다.

스카이는 천천히 고개를 들어 하늘을 보았다.

눈이 부실 만큼 창창한 날씨다.

푸른 하늘에 조각구름이 뭉실거리며 흘러가고 있었다. 너무나 평화로워 눈물이 날 지경이다.

스카이는 정신이 나간 사람처럼 중얼거렸다.

"전장의 날씨는 굉장히 어두웠어. 대낮인데도 먹구름이 끼어서 컴컴했는데. 그런데 여긴 이렇게나 화창해. 아무리 봐도 아드리언 산이 아냐."

그제서야 스카이는 환호성을 질렀다. 만면에 기쁨이 가득했다.

"이얏호!"

스카이는 흙바닥 길에 벌러덩 누워 버렸다. 그리고는 미친 듯이 웃어댔다.

"하하하하! 살았다. 살았어! 디본 스카이(Devon Sky) 너 이 자식, 또 살아남았다고!"

스카이는 웃으며 바닥을 굴렀다. 옷이 흙투성이가 되든 말든 상관하지 않았다.

"으하하하하— 하하, 하하하하!"

생각해 보면 우여곡절이 가득한 21년의 삶이었다.

참으로 악착같이도 살아왔다.

어렸을 적 부모가 모두 돌림병으로 죽고 천애고아가 된 스카이였다. 살아남기 위해, 먹고살기 위해 해 보지 않은 일이 없었다.

그런 그가 청년이 되었을 때 뒷골목에 정착하게 된 건 아주 자연스러운 일이었다.

그러다가 좀 먹고살 만해지니 전쟁이 터졌다. 스카이는 빌어먹을 운명을 저주하며 피난길에 오를 수밖에 없었다. 그게 2년 전이었다.

전쟁통에 시달리며 도망 다니기를 2년. 그러나 피르다우스 제국군의 손길이 닿지 않는 곳이 없었다. 다른 사람들처럼 쫓기고 또 쫓기다가 대륙 동쪽 끝까지 몰리고 죽음만을 기다리던 상태였다.

한데 엔젤릭 나이트의 활약이 생각 외로 대단했고, 이에 힘입어 연합군이 조직되었다.

그 와중에 스카이도 강제로 차출되었다. 당시 분위기로써는 전투에 참가하지 않으면 피르다우스의 앞잡이라고 몰려 맞아 죽을 위기였다.

성녀의 호위병사가 된 것은 그저 우연이었다.

그래도 전투가 연합군에 유리하게 돌아가고 있어 잘만 하면 살아남는 건 물론이고 포상도 받을 수 있다 여겼는데 막판에 다크 나이트가 덤벼들 줄이야!

다크 나이트 파이몬의 모래바람은 그와 함께 있던 이들의 대다수를 미이라로 만들어 버렸다. 스카이는 재간을 발휘해 4대수호위 중 하나를 방패로 삼아 숨었다.

4대수호위를 방패로 삼는다는 것 자체도 무모한 일이었다. 칼 한 번만 맞아도 몸이 두 동강 났을 텐데, 스카이에게는 수호위의 공격을 피할 정도의 능력이 없었다.

하지만 확률상 파이몬의 바람을 맞으면 100퍼센트 죽는 것이었고 수호위의 공격을 피해 그의 품안으로 숨는다면 1퍼센트라도 살 확률이 있었다.

스카이는 1퍼센트의 확률에 목숨을 걸었고, 성공했다. 그는 분명히 절체절명의 위기를 넘긴 것이다!

할 수만 있다면 환호라도 지르고 싶었다.

하지만 그것으로 끝난 게 아니라, 파이몬은 다시 한 번 모래바람을 내뿜었다.

스카이는 모래바람이 집중되어 날아오는 걸 보았다. 목표가 성녀 베르나라는 걸 알 수 있었다. 베르나의 곁만 피하면 확실히 살 수 있었다.

다소 비겁하다는 생각도 들었고 아름다운 외모를 가진 베르나가 죽는 게 안됐다(혹은 안타깝다)는 생각도 들었다.

하지만 베르나를 위해 죽을 생각은 없었다. 생판 모르는 남을 위해 죽자고 21년간 아등바등 살아온 게 아니다.

해서 눈치를 보며 베르나의 곁에서 피하려 했다.

그러나……

웬 미친놈이 도망가는 스카이의 등을 확 떠미는 바람에 스카이는 그대로 파이몬의 모래바람에 노출되고 말았다.

원래대로라면 죽어도 벌써 죽었어야 할 스카이였다. 그래도 이렇게 허무하게 죽을 순 없었다.

스카이는 그 절체절명의 순간에 품속에 숨겨둔 두루마리를 떠올렸다.

파피루스(Papyrus)로 만들어진 것인데 지금은 거의 찾아볼 수 없는, 마법이 전성기를 누리던 시대의 유산이었다.

예전에 누군가의 집에 가보로 내려오던 것을 몰래 빼돌린 것인데, 확실한 효과는 모르지만 멀리 이동이 가능한 마법 스크롤이라고 했다.

방법은 그것밖에 없었다.

스카이는 마법 스크롤을 꺼내 찢었다.

그리고 직후 스카이는 바로 아드리언 산맥을 떠나 지금의 산길에 와 있는 것이다.

생각을 마친 스카이는 웃음을 뚝 그쳤다. 자신의 등을 민 기사가 떠올라 버렸다.

"생각하면 할수록 울화통이 터지네. 성녀를 구하고 싶으면 지가 나서서 뒈지든지 말든지! 왜 멀쩡한 날 밀어서 죽이려고 해?"

브리츠 제국의 기사였다. 완전히 기사도에 물든 고지식한 녀석이었는데 지나치다 들은 기억으로 폴이던가, 뭔가 하는 평범한 이름이었다.

"개새끼, 두고 보자. 나중에 제국으로 돌아가면 절대 가만 내버려두지 않는다. 넌 사람을 잘못 건드린 거야. 이 몸이 얼마나 무서운지 똑똑히 느끼게 해 주지."

나름대로 마지막에 그 폴이라는 기사는 양심에 찔렸는지 눈을 감기까지 했다.

얼굴에는 잔뜩 미안하다는 표정을 짓고.

하지만 스카이를 성녀 앞으로 떠밀어 죽이려고 했던 사실은 변하지 않는다.

"성녀는 죽었을까, 아니면 살았을까?"

모래바람을 대신 맞아줘야 할 자신이 사라졌으니 성녀는 죽었을지도 몰랐다.

"안됐지만 나도 살아야 할 이유가 있어서 말야. 미안하게 됐어. 다른 사람도 아니고 딴 여자 때문에 죽을 순 없거든."

스카이는 잠시 고개를 숙이고 성녀 베르나를 위해 묵념을 했다.

그러나 고개를 들었을 때에는 언제 그런 일이 있었냐는 듯 밝은 얼굴의 스카이였다.

"그나저나 여기가 어디지?"

아무리 주위를 둘러봐도 온통 산뿐인지라 위치를 알 수가 없었다. 첩첩이 푸른 산으로 둘러싸여 있다.

"꽤 멀리까지 날아온 것 같은데…… 이런 멀쩡한 산들이 남아 있었던가?"

피르다우스 제국군이 지나친 곳은 모두 잿더미가 되었다. 도시뿐 아니라 산과 들도 마찬가지였다.

사람들이 산으로 숲으로 숨어들자 불을 지르고 함께 태워버렸던 것이다.

스카이의 기억으로 이렇게 멀쩡한 곳은 바다 건너 섬들을 제외하고는 거의 남아 있지 않았다.

"정말 축복받은 곳이군."

이해는 된다. 피르다우스 제국군들이 2년이라는 짧은 시간에 대륙 카고니아의 전부를 먹어치우기는 어려웠을 것이다.

"젠장! 진작에 이런 데가 있는 걸 알았더라면 여기에 숨어 있었을 거 아냐."

산과 들이 온통 새까만 재가 되어 버려서 도망 다니는 동안 그 흔하던 산열매조차 구해 먹을 수 없었다. 며칠씩 굶는 건 예사였다.

한데 이런 평화로운 곳이 피르다우스 놈들의 손에 닿지 않고 남아 있었다니! 그야말로 억울해서 눈물이 앞을 가릴 지경이었다.

그래도 스카이는 살아남았다는 데에 의의를 두기로 했다.

"지금쯤 전쟁은 끝났겠지?"

스카이는 누운 채로 팔을 베고 하늘을 보았다.

풀숲에서 들려오는 한 떼의 산새들이 지저귀는 소리가 그토록 아름다울 수가 없었다.

그러나 가슴 한켠에서 피어나는 아련한 그리움이 스카이의 마음을 울적하게 만들었다.

"그녀가 살아 있었다면……."

이제 살았다고 생각하니 자꾸만 그녀의 모습이 아른거렸다. 유일하게 스카이의 마음을 가져간 그녀는 1년 전 피난길에 죽었다.

"꼭 살아야 해. 알겠지? 내 몫까지…… 꼭…….'

그녀가 남긴 마지막 말이었다.

어쩌면 스카이가 그렇게 삶에 집착하게 된 것도 그녀의 마지막 유언 때문일지도 몰랐다. 아니면 스카이 역시 너무 힘들어 더 버티지 못했을 것이다.

'린…….'

온몸이 피투성이가 되어 죽어가면서도 그녀는 끝까지 스카이를 걱정했다.

"바보같이…… 조금만 더 살아 있었으면 좋았잖아."

스카이의 감은 눈에 살짝 이슬이 맺혔다.

그녀와 함께했던 반년 동안의 일들이 아스라이 흘러갔다.

"이봐? 괜찮아?"
 잠깐 잠이 든 것 같았다. 이틀도 넘게 잠을 못 자서 온몸이 묵직했다.
 "끄응……."
 스카이는 신음소리를 내며 버둥거리다가 벌떡 몸을 일으켰다. 혹 피르다우스의 잔당이라면 큰일이었다.
 그러나 다행스럽게도 눈앞에는 평범한 남자 한 명이 서 있을 뿐이었다. 20대 초반 정도로 보이는 청년이었다.
 "휴우……."
 스카이는 가슴을 쓸어내렸다.
 청년이 물었다.
 "깨어났군. 위험한 일을 당한 모양이야. 어디 다친 덴 없어?"
 청년은 허름한 가죽조끼에 거친 모직으로 짠 낡은 옷을 입고 있었고 등에는 작은 배낭 하나도 지고 있었다. 스카이가 눈을 비비고 청년을 보니 어딘가 익숙한 얼굴이다.
 '어라? 많이 본 것 같은 얼굴이잖아?'

스카이는 고개를 갸웃거렸지만 잠이 덜 깨 잘 기억이 나지 않았다.

'꽤 잘생긴 얼굴인걸. 저런 얼굴을 내가 기억하지 못할 리가 없을 텐데. 후아암…….'

잘생긴 청년이 주위를 둘러보며 물었다.

"산적이라도 만났나?"

"산적…… 이라니……?"

청년이 스카이를 보며 말했다.

"옷이 온통 피투성이잖아."

스카이는 자신의 옷을 내려다보았다. 가슴팍에는 말라붙은 피가 튀어 있었고, 가죽장화에도 눌어붙은 살점과 피딱지가 붙어 있었다.

병사로 차출되며 지급받은 거라곤 달랑 창 한 자루뿐이었는데 그건 잃어버린 모양이었다.

핏자국을 보니 그때의 기억이 되살아나 몸서리가 쳐졌다. 하지만 핏자국이 그대로 남아 있다는 것은 분명 아드리언 산에서 겪었던 일들이 거짓이 아니라는 걸 증명하고 있는 것이다.

스카이는 새삼 살아 있다는 사실에 안도했다.

"나 참. 전쟁 중이었는데 이 정도면 양호한 거지."

"에엣! 전쟁이라고? 그게 무슨 말이야."

청년은 놀랐는지 눈을 동그랗게 떴다.

놀라는 청년 때문에 스카이가 더 놀랐다.

'이런 병신을 봤나. 전쟁 중이라는데 왜 놀래?'

스카이는 약간의 짜증을 실어 대답했다.

"피르다우스 제국이 전쟁을 일으켰잖아. 이 몸께선 그놈들과 맞서 끝까지 저항하다가 이렇게……."

"전쟁이 났어? 브리츠 제국 어디서?"

스카이는 뚱한 얼굴로 청년을 보았다. 정말 모르고 놀란 것 같다.

'뭐야? 이 자식.'

청년이 다시 물었다.

"그런데…… 피르다우스 제국이라니? 그런 이름은 처음 듣는걸."

스카이는 대답을 않고 잠깐 청년을 훑어보았다. 낡았지만 깨끗한 옷을 입고 있었다. 전쟁통의 옷차림이 아니다. 전쟁이 나서 피난가기도 바쁜데 한가하게 빨래나 하고 있을 틈은 없는 것이다.

'정말 이곳은 피르다우스가 거쳐 가지 않았나? 아니, 그럴리가 없지. 대륙 전역이 놈들의 손아귀에 넘어갔었는데.'

그래도 전쟁이 일어났다는 걸 모르는 건 이상하다.

'아무리 외진 곳이래도 소식 정도는 듣고 살 거 아냐. 브리츠 제국을 거론하는 걸 보니 아주 동떨어진 곳도 아닌 것 같은데…… 어째서 피르다우스 제국을 모르지?'

알쏭달쏭한 일이었다.

"여기가 카고니아 대륙은 맞지?"

"그럼."

청년도 헷갈려하는 듯했지만 그건 스카이도 마찬가지였다.

'뭐야. 정말 전쟁이 났는지도 모를 정도로 촌구석까지 내가 날아온 거란 말야?'

스카이가 황당해하며 다시 물었다.

"여기가 카고니아가 맞다면 어째서 피르다우스 제국이 침략한 사실을 몰라? 벌써 2년이나 됐는데?"

청년이 눈을 멀뚱하게 뜨고 스카이를 보았다.

"그런 일이 있었어?"

전쟁이 아니라 동네 애들이 싸운 것처럼 대수롭지 않다는 말투다. 스카이가 거짓말을 한다고 생각하기보다는 '그냥 어딘가에서 사소한 일이 일어났구나' 하고 여기는 듯하다.

스카이는 황당해서 언성을 높였다.

"대륙 전체가 피바다가 된 지 오래인데 지금 무슨 소릴 하는 거야?"

청년이 하하, 하고 웃으며 대답했다.

"대륙 전체가 피바다가 되다니. 당장에 제국 수도 네이스만 해도 멀쩡한걸? 내가 만약 적국이라면 제국 수도는 절대 가만두지 않았을 텐데 말야."

스카이는 어쩐지 화가 치밀었다.

"아니 이거 미친 거 아냐? 수도 네이스가 재가 되어 버린 지가 언젠데? 한 달이나 항전한 끝에 완전히 폐허가 되어 버렸다고! 수도뿐 아니라 주변의 산과 들이 모두 타 버렸어!"

청년은 뭐라 표현할 수 없는 떨떠름한 표정을 지었다.

"무슨 무서운 꿈이라도 꾼 것 아냐? 아니면 사고를 당해서 머리가 좀……. 하긴…… 처음 볼 때부터 피칠을 하고 땅에서 쿨쿨 자던 걸 생각하면……."

청년이 이상한 쪽으로 스카이를 몰고 가자 스카이가 화를 내며 소리쳤다.

"얼씨구? 어디서 지금 멀쩡한 사람을 미친놈으로 만들어?"

"하하, 미안. 하지만 정말이야. 바로 저 산을 넘어 한나절만 걸으면 브리츠 제국의 수도 네이스라고. 내 말을 못 믿겠어?"

스카이가 떨떠름한 얼굴로 되물었다.

"뭐, 뭐라고? 바로 저 앞이 브리츠 제국의 수도라고?"

"그래. 내가 지금 그곳에서 오는 길인걸."

그건 정말 스카이의 상식으로는 말도 안 되는 소리였다.

스카이는 아드리언 산맥에서 전투를 하고 있었다. 아드리언 산맥은 브리츠 제국의 수도 네이스와는 걸어서 몇 달이나 걸릴 정도로 먼 거리다.

네이스는 카고니아 대륙의 중앙쯤 위치해 있고 아드리언 산맥은 동쪽에서도 최남단에 자리한 곳이다.

'아니, 하다못해 백번 양보해서 여기가 네이스라고 쳐. 그

래도 말이 안 되잖아.'

네이스는 피르다우스의 침공에 완전히 잿더미가 되어 버리지 않았는가.

스카이는 다시 한 번 주변을 둘러보았다.

날씨가 맑아 멀리까지 보이지만 그 어디에도 전화의 흔적이 없다.

너무나도 평온하고 아름다운 풍경만이 펼쳐져 있을 뿐이다. 여기가 대륙 카고니아고 저 앞이 수도 네이스라면 잿더미만 보여야지 이렇게 깨끗할 순 없는 것이다.

"아니야…… 그럴 리가 없어……."

"내가 되려 묻고 싶은걸. 아까부터 네가 하는 말을 하나도 알아듣지 못하겠어."

스카이는 고개를 세차게 흔들었다. 그리곤 확인차 다시 물었다.

"저 앞이 브리츠 제국의 수도라면, 여기가 반군들의 아지트인 할티프 산이라도 된단 말이야?"

현 브리츠 제국 황제 크라이스 3세는 성군이었지만 즉위하기 전 형제들과 피비린내 나는 황위 쟁탈전을 벌였다.

그 와중에 목숨을 겨우 부지한 다른 황자들은 세력을 규합해 반군을 조직했고, 그들은 수도 네이스에 가까운 할티프 산에 몰래 근거지를 두고 저항해 왔던 것이다.

결국 피르다우스 제국이 수도 네이스를 침공할 때에 함께 불타 버렸지만, 등잔 밑이 어둡다고 그런 곳에 아지트가 있을 줄은 그 전까지 아무도 몰랐었다.

아무튼 청년은 어리둥절한 얼굴로 대답했다.

"할티프 산인 건 맞아. 하지만 반군들의 근거지라니?"

스카이는 이 황당한 사실에 눈만 끔벅거렸다. 멍한 얼굴로 중얼거렸다.

"여기가…… 제국 수도 네이스에 있는 할티프 산이면…… 내가 본 불탄 폐허는 뭐야. 난 왜 이런 데에 와 있는 거지?"

청년은 머리를 긁적거렸다. 그가 보기엔 스카이가 약간 정신이 나간 것처럼 보일 것이다.

스카이가 정신을 차리고 다시 물었다.

"여긴 카고니아 대륙이 맞지? 분명하지?"

청년이 당연하다는 듯 대답했다.

"그렇다니까."

"브리츠 제국의 지금 황제는 누구지?"

"크라이스 3세. 즉위하신 지 5년 정도 됐지."

스카이는 '억!' 소리를 냈다.

"5, 5년?"

피르다우스 제국 발호 시기가 크라이스 3세의 즉위 6년째 되는 해였다.

그러니까 청년의 말이 맞다면 지금은 피르다우스 제국이 나타나기 1년 전, 달리 말하면 침략 전쟁이 시작되기 1년 전. 그리고 전쟁이 2년 동안 지속되었으니, 지금은 스카이가 살던 시기에서 3년 전인 것이다.

믿을 수가 없었다. 아무리 생각해도 그런 일은 있을 수가 없었다.

"설마 내가 과거로 날아오기라도 한 건 아니겠지? 그런 말도 안 되는 일이……."

머리에서 뭔가가 번쩍 스쳐 지나갔다.

스카이가 청년을 다시 보았다.

밝은 갈색 머리에 촌스럽고 순박하지만 어디에서 본 듯한 낯익은 얼굴.

스카이는 분명 그 얼굴을 알고 있었다. 물론 조금 더 나이를 먹었고, 훨씬 더 세련되며 당당한 인상이긴 했지만 말이다.

'어디서 봤더라? 왜 이렇게 낯이 익지?'

순간 스카이는 '아!' 하고 무릎을 쳤다. 어디서 본 듯하다고 생각했던 청년의 이름이 떠오른 것이다.

"하하……하하하. 설마 당신, 아니 네 이름이……."

청년이 소박하게 웃으며 대답했다.

"난 길리언이라고 해. 수도에서 무두장이 노릇을 하고 있지."

스카이는 스륵하고 혼이 빠져 나가는 기분이었다.

"하, 하하…… 이게 말이 돼?"

길리언이라는 이름은 전쟁에서 살아남은 이라면 누구나 알고 있었다.
 그렇다.
 엔젤릭 나이트의 리더 이름이 바로 길리언이다.
 엔젤릭 나이트의 리더 길리언은 원래 브리츠 제국 수도 네이스에서 무두장이로 있었다고 했다.
 그래서 나중에 엔젤릭 나이트가 되어서도 알아본 사람들이 많았다.
 "하하하, 길리언…… 하하하하!"
 청년의 말이 맞다면 스카이는 정말 과거로 돌아온 것이다. 그리고 지금 엔젤릭 나이트가 되기 이전의 무두장이 길리언을 만나고 있는 중인 것이다.
 "내가 과거로…… 하, 하하하!"
 속단하기는 일렀다. 하지만 이건 현실이었다. 엔젤릭 나이트의 리더 길리언이 과거의 모습으로 지금 여기에 있지 않은가. 게다가 산들이 온전하게 남아 있는 것도, 피르다우스 제국이 일으킨 전쟁을 길리언이 모르는 것도 다 설명이 된다.
 '내가 지금 꿈을 꾸고 있는 게 아니라 피르다우스 제국이 쳐들어왔다는 꿈을 꾸다가 깬 게 아닐까?'
 아니다. 그건 확실히 아니다. 피르다우스의 침공 후 2년간 겪어온 모든 일은 단순히 꿈으로 치부하기엔 너무나도 생생하고 끔찍한 경험이었다.
 "나 미치겠네."

스카이는 크게 숨을 들이마셨다.

'바로 앞이 수도 네이스라고? 그래. 가보면 알게 되겠지. 직접 내 눈으로 보지 않고는 믿을 수 없는 일이야. 어떻게 사람이 과거로 돌아갈 수가 있어?'

스카이는 한쪽 오솔길을 가리키며 물었다.

"수도로 가려면 이쪽으로……?"

말투가 아까보다 조심스러워졌다. 눈앞의 청년이 엔젤릭 나이트의 리더 길리언이라고 생각하니 절로 움츠러들었다.

그가 본 엔젤릭 나이트의 리더 길리언은 카리스마가 넘치는 인물이었다. 밝은 갈색 머리칼을 휘날리며 성검을 휘두르는 그의 모습은 한 폭의 그림과도 같았다.

피르다우스 제국군에게는 공포와 두려움의 상징이었고, 대륙의 모든 여인들에게는 최고의 이상형이었으며 남자들에게는 존경의 대상이었다.

길리언뿐 아니라 다른 기사 네 명 모두 굉장한 미남이었다. 엔젤릭 나이트라고 불린 이유 중의 하나가 다섯 기사 전부가 미남자인 데서 연유했다는 설까지 있을 정도였다.

그때만 해도 스카이가 말을 건다는 것 자체가 불가능했다. 그만큼 엔젤릭 나이트는 까마득히 먼 위에 있는 이들이었던 것이다.

"길은 이쪽이 맞지만 지난번 폭우로 중간에 길이 끊겨 있어서 돌아가야 할 텐데."

길리언의 말에 스카이는 지금은 길리언이 엔젤릭 나이트가 아니라는 점을 겨우 인식해냈다.

괜히 주눅들 필요는 없었다. 오히려 길리언과 이렇게 동등한 대화를 하고 있다는 사실에 어깨가 으쓱해지려고 했다.

길리언이 말했다.

"수도로 갈 거면 같이 가면 되겠네. 나도 마침 물건을 납품하고 돌아가는 길이니까."

"그거 잘됐네. 고마워."

스카이는 약간의 불안감을 가진 채 길리언을 따라 걸음을 옮기기 시작했다.

수도 네이스로 가보면 알게 되리라. 설마 이것이 환상이라 하더라도 그 수많은 사람들까지 환상일 수는 없을 테니까.

우연히 길리언을 만난 일은 그다지 신경 쓰이지 않았다. 어차피 길리언과 자신은 아무 관계도 없다.

그가 나중에 엔젤릭 나이트가 되든 말든 여기가 과거라면 스카이는 당장 살 걱정을 해야 할 판이다.

스카이와 길리언이 자리를 떠난 지 잠시 후, 근처 나무 위에서 그림자 두 개가 뛰어내렸다.

두 사람은 얼굴에 복면을 하고 있었는데 한 명이 놀라운 투로 말했다.

"저놈이 우리의 근거지를 알고 있었어. 너도 들었지?"

"예. 할티프가 우리의 아지트라고 말하는 걸 제 귀로 똑똑히 들었습니다."

"으으음……."

상관인 듯한 복면인이 말했다.

"아지트가 알려지다니, 놈이 이 사실을 다른 사람들에게 알리기라도 하면 큰일이다. 어서 황자께 보고를 해야겠어."

"같이 있던 녀석이 수도에서 무두질을 하는 길리언이라고 하는 걸 들었습니다. 어떻게 할까요?"

복면인들의 눈빛이 날카롭게 빛났다.

"난 이 사실을 황자께 보고하러 가야겠다. 넌 수도에 있는 기사들을 동원해서 녀석들을 뒤쫓아라."

"알겠습니다."

복면인 둘은 서로 눈빛을 확인하고 고개를 끄덕인 후 각기 다른 방향으로 움직이기 시작했다.

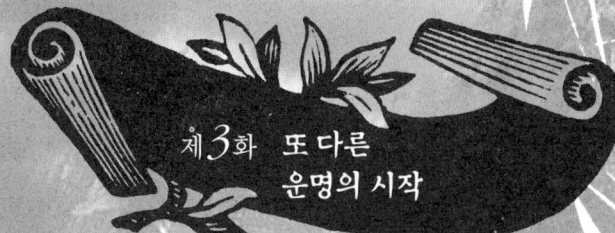

제3화 또 다른 운명의 시작

엔젤릭 나이트의 리더 길리언은 원래 무두장이였던 것으로 알려져 있다. 우리의 빛나는 영웅이 좁고 어두운 공간에서 온갖 악취를 맡으며 무두질을 했다는 건 참으로 믿기 어려운 일이다.

길리언이 일하던 네이스의 작업장은 현재 유명한 명소가 되어 수많은 사람들의 발길이 끊이지 않는다.

필자도 찾아가 보았는데 관광객들로 발 디딜 틈 없이 혼잡하였다. 줄을 서서 차례를 기다려야 하며 작은 가죽주머니를 받고 입장할 수 있다.

필자 역시 가죽주머니를 유용하게 사용하였음을 인정하지 않을 수 없다.

대부분의 사람들은 신성한 명소를 더럽힐까봐 조심스럽게 가죽주머니에 구토를 하였으나 일부는 심한 악취에 혼절하여 실려 나가는 풍경을 연출하기도 하였다.

그럼에도 불구하고 많은 사람들이 더럽고 악취 가득한 길리언의 작업장을 찾는 이유는 단 하나이다.

이런 비참한 공간에서 일을 하며 신탁을 받은 성녀 베르나가 찾아오길 기다리던 길리언의 마음을 직접 체험해 보기 위함인 것이다.

와글와글.

스카이는 자리에 서서 움직일 줄을 몰랐다. 말문이 막히고 아무 생각도 나지 않는다.

'설마설마 했는데…….'

역시나였다.

단단하게 쌓아올린 높은 회색 성벽과 커다란 성문, 쉴 새 없이 오가는 짐마차와 사람들. 쉴 새 없이 들려오는 많은 사람들의 대화소리.

그것은 분명 수도 네이스의 모습이었다.

스카이는 자신의 눈을 의심했다. 그러나 몇 번이고 눈을 씻어 봐도 성문에는 많은 사람들로 북적이고 있었다.

아주 활기차고 풍요로운 도시였다. 성 안까지 들어가 볼 필요도 없었다.

"으아…… 으아."

스카이는 괴상한 신음소리만 내며 관도 한가운데에서 고개를 이리저리 돌려댔다. 사람들이 길 가운데를 떡하니 막은 스카이를 보며 수군거리고 지나갔다.

갑자기 스카이가 지나가던 한 털북숭이 남자의 팔을 붙들었다.

"이봐, 여기가 어디야?"

털북숭이 남자는 흠칫 놀라며 이상한 눈초리로 스카이를 보았다. 옷에 피칠갑을 한 스카이의 모습에 놀랐기 때문이다.

"왜, 왜 이래?

"뭐가 왜 이래! 여기가 어디냐고 물었잖아!"

간만에 뒷골목에서 행세하던 그대로의 모습이 나왔다. 스카이가 눈을 부라리자, 털북숭이 남자가 깜짝 놀라며 대답했다.

"어, 어디긴 어디야. 제국 브리츠의 수도 네이스지."

"으아아으아아……!"

"별 이상한 놈을 다 보겠네."

털북숭이 남자가 땅에 침을 뱉으며 가 버렸지만 스카이는 기운이 빠진 멍한 얼굴로 한참을 더 서 있었다. 그러더니 또 이번엔 지나가던 여인을 붙들고 물었다.

또 다른 운명의 시작 69

"지금이 크라이스 제국력으로 몇 해지?"

"아야, 이것 좀 놔요. 올해로 23년이잖아……요. 도대체 이 사람 뭐야?"

여자는 '재수 없어'라고 말을 내뱉으며 종종걸음으로 지나가 버렸다.

"와아, 나 진짜 미치겠다."

스카이는 정신을 차리지 못했다.

'살자고 스크롤을 찢었더니 과거로 왔어? 어떤 병신 같은 놈이 그걸 이동 마법 스크롤이라고 했어!'

크라이스 제국력 23년이면 크라이스 3세 즉위 5년차. 길리언이 말한 그대로였다.

'1년 후면 다시 전쟁이 시작될 텐데, 2년을 또 어떻게 버티고 살아남아야 하냔 말야!'

생각만 해도 다리가 덜덜 떨렸다.

대륙이 완전히 황폐화된 전쟁이었다. 먹을 것도 없어 며칠씩 굶기가 일상다반사였고 아사 직전에 겨우 살아나기도 했다. 도망치다가 전투에 휘말려 죽을 뻔한 것도 몇 번, 몇십 번이었다.

차라리 죽어 버릴까 생각했던 건 수만 번도 넘었다.

그 지겨운 전쟁을 다시 겪어야 한다고 생각하니 눈앞이 깜깜해질 뿐이었다.

그나마 그땐 린이 있었기에 버텨낼 수 있었다. 그녀를 피난

중에 만나지 못했다면 결코 전쟁을 버틸 수 없었을 것이다.

하지만 이번엔 그녀를 다시 만날 수 있을지 확신할 수도 없었다. 스카이의 발걸음이 절로 성문으로 향했다. 길리언이 깜짝 놀라 스카이를 붙들었다.

"이봐, 그런 모습으로 어딜 가려고?"

"확인해 봐야 해."

"뭘 더 확인하려고. 여기가 수도 네이스라니까?"

"아냐. 그럴 리가 없어. 그럴 리가 없어."

미친 사람처럼 스카이는 같은 말을 몇 번이나 되뇌었다. 길리언이 스카이를 잡아끌었다.

"그 꼴로 성에 들어가려고 했다간 당장 경비병에게 붙들리고 말걸? 무슨 일인지는 차근히 듣기로 하고, 정 성 안으로 들어가고 싶으면 일단 따라와."

"따…… 오라고?"

"그래. 이 근처에 내가 일하는 작업장이 있으니 거기서 좀 씻고 옷이라도 갈아입고 가."

스카이는 길리언에게 이끌려 터덜터덜 따라갈 수밖에 없었다. 꼭 성 안에 들어가고 싶어서 그런 건 아니었다.

어차피 달리 갈 데도 없었다.

길리언이 일하는 무두 작업장은 성 밖에서도 외곽 쪽에 자리하고 있었다.

몇 개의 장원을 지나 걷다 보니 한산한 들판에 수없이 많은 수의 가죽이 즐비하게 널려 있는 곳이 나타났다.

무두질의 특성상 냄새가 심해 성내에는 들일 수 없었다. 때문에 작업장이 성 밖의 외딴 지역에 촌락처럼 모여 있는 것이다.

대부분의 작업장은 작은 시내를 바로 곁에 끼고 있어서 물레방아 같은 휠(Wheel)로 작업장에 물을 끌어오고 있었다.

작업장의 마당에는 석회수와 지방제거제가 담긴 큰 항아리들이 줄지어 놓여 있었고 가공 중인 가죽이 담겨 있었다. 그래서인지 항아리의 근처를 지날 때마다 고약한 냄새가 풀풀 풍겨났다.

"아……."

전쟁터에서 누누이 맡아왔던 살점 썩는 냄새, 똥오줌이 부패하여 나는 거북한 누린내, 석회수가 풍기는 축축한 단내.

숨이 탁 하고 막혀와 질식될 것만 같았다. 이 모든 냄새들이 스카이에게 '이것이 현실' 이라고 말하는 듯했다.

"우엑, 이 냄새들 죽이는구만."

길리언이 피식 웃었다.

"냄새가 어때서. 정겹고 좋잖아?"

"정겹고 좋긴 개뿔이……."

길리언이 웃음을 멈추고 조심스럽게 물었다.

"한데…… 무슨 일이 있었던 거야? 무슨 일을 당했길래 피투성이가 돼서 거기에 쓰러져 자고 있었어?"

스카이가 중얼거리듯 대답했다.

"말해도 믿지 않을걸. 나조차도 별로 믿고 싶지 않으니까."

길리언이 웃으면서 스카이의 어깨를 두드렸다.

"어떤 일인지 몰라도 기운 내. 이렇게 만난 것도 인연인데 성내에 가는 김에 간만에 펍(Pub)에서 한잔 하자고. 술은 내가 사지. 어때?"

스카이는 길리언을 다시 보게 되었다. 아깐 미처 생각하지 못했는데 길리언은 역시 길리언이다.

'이 자식, 이제 보니 이거 되게 좋은 놈이네.'

무슨 일을 당했는지 묻지도 않고 도와주는데다 초면임에도 마치 오랜 친우처럼 대해 주니 고맙게 느껴졌다.

'역시나 영웅의 기질은 타고나는 건가.'

길리언이 나중에 엔젤릭 나이트의 리더가 된다 해도 그리 이상할 것 같지 않다. 지금의 그의 모습은 엔젤릭 나이트의 길리언과 똑같다.

스카이는 그제야 자신이 과거로 돌아와 있음을 실감했다. 과거의 길리언, 그의 존재를 인정한 것 자체가 이미 현실을 자각한 것이다.

'그 미친 마법 스크롤 때문에 이게 무슨 생고생이냐.'

어차피 살자면 어쩔 수 없는 선택이었다. 그리고 덕분에 이렇게 살아났고.

살아난 것만도 다행인데 그 이상의 욕심을 부릴 수는 없는 노릇이었다. 어쨌든 미래의 일을 어느 정도 알고 있으니 대처도 쉬울 것이다.

스카이는 길게 심호흡을 했다.

'젠장. 어쨌든 살아 있으니까 어떻게든 되겠지.'

길리언이 생각에 빠져 있던 스카이를 불렀다.

"이쪽이야."

코를 찌르는 퀴퀴한 냄새를 맡으며 띄엄띄엄 자리한 오두막 서너 채 정도를 지나자 길리언이 한 작업장의 울타리 안으로 들어섰다.

한데 마당에 건조 중인 가죽들을 지나치며 길리언이 고개를 갸웃거렸다.

"이상하군. 다들 어딜 갔지?"

스카이가 되물었다.

"어딜 가다니? 그게 무슨 소리야?"

"여기서 함께 일하는 동료들이 열 명이 넘는데 한 명도 보이질 않네. 다들 밥이라도 먹으러 갔나."

길리언이 의아해하며 계속해서 걸었다.

"내가 아침에 떠났을 때만 해도 다들 작업을 하고 있었거든. 그런데 이상하게도 너무 조용해."

아직 지방을 제거하지 않은 생가죽들이 항아리에 반쯤 걸쳐져 있고 가죽이 담긴 손수레가 옆에 놓여 있었다. 마치 가죽을 옮기다가 만 듯한 상황이었다.

"아무리 급한 일이 생겨도 단체로 일을 하다 말고 갈 친구들이 아닌데."

스카이는 잠깐 위화감을 느꼈다. 2년 동안 전쟁터에서 위기가 생길 때마다 머리를 내밀던 감각이다.

'지금은 전시도 아니고 평화로운 시대잖아. 이상한 일이 일어날 리가 없어.'

불안하긴 한데 이유를 알 수가 없었다. 애써 살아났는데 이상한 일에 휘말리는 건 절대 사양이었다. 길리언은 그런 스카이의 생각을 아는지 모르는지 어깨를 으쓱거리며 말했다.

"여기엔 훔쳐갈 것도 없고 역겨운 냄새만 가득한데, 뭐 뭔 일이야 있겠어?"

스카이와 길리언은 곧 작업장 안으로 들어섰다.

끼이익.

반쯤 열린 커다란 판자문을 밀고 들어가자 컴컴한 작업장의 안쪽이 보였다. 밖보다도 더 더러웠다.

바닥은 엉겨 붙은 기름으로 미끌거렸고 벽을 따라서 사선모양의 작업대가 배치되어 있었다. 그 밑에는 온통 짐승의 털로 가득했다.

"하하, 미안. 매일 청소해도 늘 똑같아서 말이지. 좀 더럽더라도 참아. 숙소는 저 안쪽에 있으니까 거기에서 옷을 갈아입……."

그때.

쿵!

누군가 뒤에서 문을 닫았다. 한순간 작업장이 어둠 속에 휩싸였고, 곧 칙 하는 소리와 함께 양초가 켜졌다.

스카이와 길리언은 뒤를 돌아보았다.

문 쪽에 다섯 명의 남자가 서 있었다. 스카이가 길리언을 보며 물었다.

"같이 일하는 동료들?"

길리언은 고개를 저었다. 그도 미심쩍은 표정이다.

"아니. 처음 보는 사람들이야."

남자들은 문을 막고 서 있었다. 하나같이 후드를 눌러쓰고 있어서 얼굴을 알아볼 수 없었다.

길리언이 물었다.

"무슨 일입니까?"

괴인 중 한 명이 말했다.

"단도직입적으로 묻지. 너 말고 누가 또 그 사실을 알고 있는지 말해라."

"그 사실?"

스카이가 되물으며 길리언을 쳐다보았다. 길리언이 혹여 알고 있는가 해서였지만, 괴인들은 그의 의도를 잘못 받아들인 모양이었다.

질문을 한 괴인이 길리언을 고갯짓으로 가리키며 물었다.

"알고 있는 건 너와 저 녀석 둘뿐이냐?"

얘기가 뭔가 이상하게 흘러간다 싶었다.

"무슨 말인지……?"

길리언이 한발 앞으로 나서며 묻자 갑자기 괴인이 발로 그의 배를 걷어찼다.

퍽!

"서툰 수작 부리지 마!"

길리언이 뒤로 밀려났다.

"윽!"

넘어지려는 길리언을 스카이가 잡아주었다. 길리언은 비틀거리면서 바로 섰다. 이유도 모른 채 얻어맞아 화가 났는지 얼굴이 붉게 상기되었다.

"이게 무슨 짓이야!"

괴인들이 케이프(Cape) 안에 숨기고 있던 무기를 꺼냈다.

챙.

가벼운 쇳소리와 함께 시퍼런 검날이 번뜩였다. 숏소드(Short Sword)였다. 검신의 길이가 두어 뼘 정도 되는데 단검보다는 길고 장검(Long Sword)보다는 짧은 검이라 소지하기가 편하고 지금처럼 망토 안에 숨기기도 편하다.

"헛!"

길리언과 스카이는 신음을 삼키며 뒤로 물러섰다.

길리언이 놀라며 소리쳤다.

"내 동료들은? 설마?"

"이곳에서 일하던 놈들은 모두 뒤쪽 방에 처넣었다."

길리언이 가려던 숙소를 말하는 모양이었다.

괴인 한 명이 숏소드로 스카이를 가리켰다.

"묻는 말에만 제대로 대답하면 뒤쪽의 녀석들은 살려주겠다."

"에?"

스카이는 눈을 동그랗게 떴다.

'아니 이게 무슨 개떡 같은 소리야?'

어슴푸레한 불안감이 뭉글거리며 피어났다.

괴인들 중 한 명이 말했다.

"두 번 말하지 않겠다. 네 녀석이 어떻게 할티프가 우리의 아지트인지 알았느냐고 물었다."

스카이는 길리언을 만나 정신이 없을 때 할티프 산이 반군들의 본거지라고 말한 것이 기억났다.

기겁을 할 노릇이었다.

"으에엑?"

뭔가 잘못되었다!

나름대로 침착한 성격인 스카이도 이 순간만큼은 머릿속이 하얘지는 것 같았다.

길리언이 다시 나섰다.

"오해가 있는 것 같……."

길리언의 말이 채 끝나기도 전에 괴인이 나지막한 소리로 위협적인 말을 내뱉었다.

"네 녀석들이 할티프 산이 우리의 아지트라고 말한 걸 내 귀로 똑똑히 들었다. 발뺌할 생각 따윈 하지 않는 게 좋아."

길리언은 입술을 깨물었다. 이제야 전후 사정이 어떻게 된 일인지 안 것 같았다.

"이자들, 반군기사야. 아마도 네가 산에서 말한 걸 들은 것 같다."

길리언이 스카이에게 작은 소리로 말했다. 그의 목소리는 조금이지만 떨리고 있었다.

스카이는 눈앞이 깜깜했다.

'이럴 수가! 미래에서 온 내가 과거의 일에 휘말리다니.'

들도 보도 못한 일을 경험하고 있기에 대처할 방법도 생각나지 않았다.

스카이가 어떻게 해야 할지 감을 잡을 수 없어 당황하고 있을 때, 길리언이 스카이의 귀에 대고 속삭였다.

"사실 네가 헛소리만 한다고 생각했는데 사과해야겠군. 네 말이 맞았어. 내가 시간을 끌어볼 테니 넌 달아나서 아무에게나 이 일을 알리도록 해."

스카이는 섬찟해져서 길리언을 쳐다보았다. 역시나 길리언은 스카이를 실망시키지 않았다. 그는 겁쟁이도 아니었고 비겁한 자도 아니었다.

결연한 의지가 담긴 얼굴이었다. 엔젤릭 나이트의 리더일 때처럼 카리스마 넘치는 바로 그 얼굴!

만일 보통 사람이 이 같은 일을 당했다면 백이면 백, 스카이의 탓으로 돌리고 목숨을 구걸했을 것이다.

스카이는 마른침을 삼켰다. 입술이 바싹 말라왔다.

전혀 예상치 못한 일이었다.

길리언이 자신을 만나지 않았다면 반군기사들에게 목숨을 위협받을 일은 생기지 않았을 터였다.

'반군들의 아지트가 알려진 건 훨씬 뒤야. 나…… 때문에 과거가 바뀐 건가?'

스카이가 '반군의 아지트' 운운한 것이 그만 반군에게 걸려 지금의 상황에 이르도록 만들었으니, 그야말로 꼬여도 보통 꼬인 게 아니었다.

폴이라고 했던가, 마지막 순간에 스카이의 등을 떠민 기사의 얼굴이 갑자기 떠올랐다.

"으아아아! 이게 모두 그 미친 개새끼 때문이야!"

스카이가 비명처럼 악을 쓰자 모두가 놀랐다.

그만 아니었다면 지금쯤 스카이는 전쟁이 모두 끝난 평화로운 세상에서 자유를 만끽하고 있었을 것이다.

그러나 등을 떠민 폴보다도 더 열 받는 건 스크롤이었다. 무슨 이동 마법이라고 하더니 과거로 돌아가게 할 줄 누가 알았겠는가.

"천년 동안 자손대대로 저주받을 새끼! 개똥에 말아서 비벼 먹어도 시원찮아, 대가리를 통째로 잘게 다져 오득오득 씹어 먹어도 모자랄 망할 자식 같으니!"

미친 듯 비명을 지르다가 이젠 욕을 해대니 길리언은 물론이고 반군기사들도 당황했다. 완전히 악에 받쳐 퍼붓는 욕설에는 간담이 서늘하기까지 했다.

하지만 그들은 스카이가 계속 시끄럽게 떠들도록 내버려두지 않았다.

"무슨 소릴 하는지 몰라도 저놈 입부터 막아!"

명령을 내린 한 명을 제외하고 나머지 반군기사들이 조심스럽게 다가왔다. 자신들의 정체를 알고 있다 생각하니 섣불리 덤비기가 꺼림칙한 모양이었다.

"이러지들 마십시오. 이러지 말고 일단 대화를……."

길리언이 어떻게든 해 보려 했지만 그건 싸우기 위해서가 아니라 그저 스카이가 달아날 틈을 만들어 주려 하는 부질없는 행동일 뿐이었다.

사실은 그게 평범한 사람의 행동이었다. 싸워서 일을 해결하는 방식은 쉽게 선택할 수 없는 것이다.

길리언이 멋들어지게 싸워서 반군기사를 물리칠지도 모른다고 생각했던 스카이는 자신의 생각이 말도 안 된다는 걸 깨달았다.

'아직 성녀 베르나를 만나 엔젤릭 나이트의 리더로서 각성

하지 못한 거야. 그랬다면 이런 녀석들 따위는 한주먹거리도 안 될 텐데.'

반군기사들이 다가오자 길리언은 조금씩 뒤로 물러설 수밖에 없었다. 그는 맨손이고 반군기사들은 무기를 들고 있었다.

"크으······."

길리언은 급한 김에 손을 뻗어 작업대에 놓인 무둣대를 집어 들었다. 무둣대도 칼은 칼인데 날이 제대로 서지 않은데다 양쪽 끝에 손잡이가 달려 있어서 사람을 상하게 하긴 어려운 칼이다.

더구나 양손으로 무둣대의 손잡이를 잡고 서 있는 길리언의 동작은 어설프기 그지없었다.

상대는 다르다. 지금은 반군에 속해 있지만 그 전에는 정식기사였던 자들이다. 어중이떠중이가 아니라 십수 년 이상 정식으로 검술을 수련해 황자를 모실 정도로 실력을 갖춘 이들이다.

정식기사 4명 대 무두장이 1명.

도저히 길리언이 이길 수 있는 상황이 아니다. 어차피 싸워서 이기려는 게 아니라 그저 반항하는 정도의 수준이다.

스카이는 반쯤 미쳐 돌아 버릴 지경이었지만 돌아가는 상황만은 명확히 알고 있었다.

'이대로라면 길리언은 죽어. 엔젤릭 나이트고 뭐고 다 없어진다고!'

엔젤릭 나이트가 있어야 브리츠 제국을 비롯한 연합군이 전쟁에서 승리할 수 있을 테고, 그래야 스카이도 안전하게 전쟁이 끝날 때까지 살아남을 수 있을 게 아닌가.

하지만 미래의 일은 그렇다 치더라도 일단은 지금 당장 살아남는 게 중요했다.

어차피 이 자리에서 죽어 버리면 대륙이 피르다우스의 손에 넘어가든 엔젤릭 나이트의 리더가 바뀌든 아무 상관없는 일이었다.

눈앞이 아득해졌다.

"이러지 말고 말로 해결해 봅시다!"

길리언의 외침은 공허했다. 애초에 말로 하려 온 자들이 아니었다.

반군기사들이 눈에 불을 켜고 다가오고 있었다.

그리고 스카이는 정면으로 붙어서는 절대 정식기사들과 싸워 이길 수 없다는 걸 잘 알고 있었다.

'거지 같은 내 인생, 정말 막장이구나. 과거로 돌아와서까지도 이렇게 꼬이냐!'

스카이는 이를 질끈 깨물었다.

'어쩔 수 없다!'

스카이가 달려 나가던 길리언을 붙잡고 급하게 물었다.

"뒤쪽에 당신 동료들이 갇힌 방, 거기에 나갈 수 있는 통로가 있어?"

"아니. 나갈 수 있는 길은 앞문뿐이야."

"그럼 내가 어떻게든 시간을 벌 테니까 방으로 가서 동료들을 구해내. 알겠어?"

"동료들을?"

물론 스카이가 정의감에 불타 그런 건 아니었다. 그들이 있어야 살아날 확률이 더 높아지기에 그런 것이다.

하지만 설명할 시간이 없었다. 가장 선두에 선 반군기사가 가볍게 숏소드를 찌르며 공격해 온 것이다.

"달아날 곳은 없다!"

스카이는 부츠에 숨겨둔 단도를 꺼냈다. 몇 년을 넘게 스카이와 함께해 온 듬직한 친구였지만, 정식기사를 상대로 얼마나 해낼 수 있을지는 자신이 없었다.

반군기사의 숏소드가 날카롭게 날아들었다. 스카이는 길리언을 옆으로 밀어내고는 몸을 숙이려 했다.

그런데 갑자기 반군기사가 경악성을 터뜨렸다.

"엇!"

미끄덩.

반군기사의 발이 허공에서 허우적거린다 싶더니, 꽈당 소리를 내며 뒤로 넘어지고 말았다. 바닥이 온통 털과 기름투성이라 미끄러워 중심을 잃은 모양이었다.

"으윽……."

뇌진탕이라도 일으켰는지 초점이 흔들리고 입이 벌어졌다.

생각지도 못한 횡재였다.

잠시라도 방심하면 죽는 전쟁터를 2년이나 전전하며 살아온 스카이다.

스카이의 눈빛이 번뜩이는가 싶더니 곧장 쓰러진 반군기사에게 달려들었다. 스카이는 망설임 없이 반군기사의 목에 단도를 틀어박았다.

"칵!"

가래 끓는 소리와 함께 핏줄기가 솟았다. 스카이는 반군기사의 숏소드를 빼앗아 순식간에 뒤로 물러났다. 일련의 동작들이 빠르고 신속하기 그지없었다. 스카이 스스로도 놀랄 정도였다. 지옥 같은 2년 동안 악착같이 살아남은 스카이의 신체는 그 이전보다 상당히 단련되어 있었던 것이다.

"컥…… 커어어!"

목을 잡고 버둥대던 반군기사의 몸이 천천히 늘어졌다. 목에서부터 꿀럭거리며 흘러나온 피가 바닥을 축축하게 적시고 있었다.

죽어가는 반군기사의 모습을 보는 길리언의 얼굴이 창백해졌다.

"이, 이건……. 우욱!"

길리언은 헛구역질을 했다.

"사, 사람을 죽, 죽이다니…… 우욱!"

사람을 죽인다는 건, 죽는 모습을 눈앞에서 목도한다는 건

또 다른 운명의 시작

쉬운 일이 아니다.

평범한 일상을 살아온 길리언으로서는 감당하기 쉽지 않은 일일 터.

그러나 마냥 길리언을 달랠 수만은 없는 상황이었다. 스카이는 반군기사들에게서 눈을 떼지 않으며 나지막이 말했다.

"개소리하지 마. 죽이지 않으면 우리가 죽어."

그 말에 길리언은 헛구역질을 참아냈다.

"지금 이게 장난인 줄 알아?"

길리언은 아무 말도 하지 못했다. 서늘하다 못해 몸이 떨릴 정도로 스카이의 눈빛은 매서웠다.

길리언은 입술을 떨면서 고개를 끄덕였다. 하얗게 질린 채 억지로 무둣대를 부여잡는 모습이 안타깝기까지 했다.

길리언이 반군기사들의 눈치를 보았다.

찌릿.

그들에게서 엄청난 살기가 느껴진다.

남은 네 명의 반군기사들이 살기를 뿜어내고 있었다. 자신의 동료 하나가 어이없게 죽었으니 분노할 만하다.

스카이는 심호흡을 했다. 그들이 분노하고 있으니 이제부턴 한순간이라도 실수하면 그때가 끝이다. 방심하지 않는 기사를 상대로 맞서 싸운다는 건 극히 어려운 일이다.

한 명은 여전히 문을 지킨 채고 나머지 셋이 바늘도 들어가지 않을 만큼 경계하며 서서히 조여들어오고 있다.

스카이가 곁눈질로 슬쩍 주변을 살폈다. 작업장은 복도처럼 긴 형태다. 양쪽 끝에는 도랑이 있어 냇물에서 끌어온 물이 흐르고 있다.

오물과 찌꺼기가 흘러가도록 만든 도랑이다. 그리고 바로 도랑 앞에 작업대가 놓여 있어서 작업장의 폭은 실질적으로는 네 사람이 어깨를 나란히 서면 틈이 없을 정도로 좁은 편이다.

'좋아.'

스카이는 반군기사를 죽이고 빼앗은 숏소드를 판자로 된 나무바닥 중앙에 힘껏 내리꽂았다.

우직!

숏소드가 단단히 바닥에 틀어박힌 것을 확인하자 옆 작업대에 놓여 있던 긴 쇠뭉치를 들어 숏소드의 손잡이를 후려쳤다.

카창—

숏소드가 반으로 부러지며 뾰족한 가시모양이 되었다. 부러진 부분이 날카롭게 위로 솟구쳐 있었다.

그러더니 스카이는 작업대에 놓여 있던 덜 손질된 가죽들을 마구 바닥에 집어 던졌다.

철벅 철벅.

석회를 머금은 생가죽들은 축축하고 미끄러웠다. 덜 용해된 지방들이 뚝뚝 떨어지고 있었다.

그제서야 길리언은 스카이의 의도를 알 수 있었다. 바닥에 생가죽들을 던져놓은 건 가뜩이나 미끄러운 바닥을 더욱 미끄럽게 하기 위함이다. 아무리 조심하더라도 밟으면 미끄러진다.

 게다가 바닥 한가운데에 박힌 부러진 검은 훌륭한 트랩이다. 함부로 움직이다가 미끄러져 부러진 검에 닿으면 크게 상처를 입게 된다.

 반군기사들은 롱소드 대신 숏소드를 망토 속에 숨겨 다닐 정도로 남들의 이목을 두려워한 까닭에 당연히 갑옷도 입지 않았다.

 "대, 대단해!"

 길리언은 진심으로 감탄했다. 주변의 상황을 파악하고 순간적인 판단으로 이 정도까지 해내다니, 스카이가 아까와는 전혀 다른 사람으로 보였다.

 스카이가 길리언에게 말했다.

 "움직일 만하면 빨리 뒤쪽 방으로 가서 친구들을 구해내."

 "아, 알았어."

 길리언은 안쪽으로 급히 몸을 돌렸다.

 반군기사들은 길리언을 막을 수가 없었다. 섣불리 다가섰다가 넘어져 다친다거나 중심을 잃고 비틀거릴 때 기습을 받으면 곤란한 까닭이다.

 석회에 살점이 반쯤 녹아 맨질거리는 생가죽과 가운데 박힌 부러진 검 하나를 사이에 두고 반군기사와 스카이의 대치가 이어졌다.

'자아, 이제 어쩔 거냐. 숨어 다니는 놈들이니 시간을 끌면 불리한 건 그쪽이지.'

문제는 생각보다 무두작업장이 외진 곳이라는 것이다.

그래도 일단 길리언이 잡힌 동료들을 구하고 나면 상황은 어느 정도 역전될 수 있다.

좁고 미끄러운 공간이니 여럿이서 죽자 사자 몸으로 달려들면 제대로 된 검술을 펼치기 어려울 것이다. 몇 명은 죽는다 해도 몇 명은 살아날 수 있다.

세 명의 반군기사들은 천천히 다가왔다. 한 명은 검으로 스카이를 견제하고 나머지는 바닥의 가죽을 옆으로 치웠다. 생가죽을 치운 자리가 용해액과 떨어진 지방질로 범벅이 되었다.

어느 정도 가죽을 치워내자 기사들이 성큼 다가섰다.

스카이는 손 안에서 단도를 휘릭 돌리며 소리쳤다.

"와! 와봐!"

어차피 한 번 죽을 뻔한 몸이었다. 그렇다고 해서 죽을 생각은 없지만 죽음을 각오하지 않으면 벗어날 수 있는 상황이 아니었다.

최악의 경우, 아니 차선의 경우라 하더라도 세 기사를 상대로 멀쩡할 수는 없을 것이다.

그러나 기사들은 서너 걸음 떨어진 곳에서 갑자기 걸음을 멈추었다. 얼굴에 묘한 안도의 표정이 깃들어 있다.

스카이는 불안한 생각이 들었다.

"설마!"

챙 하는 쇳소리가 두어 번 울리더니 곧이어 길리언의 비명이 들려왔다.

"으아악!"

길리언의 비명소리가 날카로운 창처럼 스카이의 귀를 찌르고 심장을 후벼팠다.

또 한 번 스카이는 아득해질 지경이었다.

그럼에도 스카이는 섣불리 움직일 수 없었다. 등이라도 돌렸다간 반군기사들의 재빠른 검에 당할 수 있는 거리였다.

길리언이 들어간 안쪽에서부터 발걸음소리가 점점 크게 들려오고 있었다. 누군가 걸어 나오고 있는데 그건 분명 길리언이 아니었다.

"제기랄!"

스카이는 속으로 '제발…… 제발!' 하고 빌고 또 빌었다.

걸음소리는 점점 더 가까워지고 있었다.

무슨 일이 생겼는지 보지 않을 수 없었다.

스카이는 뒤를 돌아보았다.

절망적이었다.

또 다른 반군기사 두 명이 숏소드를 꺼내들고 걸어 나오고 있었던 것이다!

그중 한 명의 숏소드의 검날에 피가 묻어 있는 것도!

스카이는 목이 터져라 소리를 질렀다.

"길리어—언!"

왜 붙잡힌 길리언의 동료들을 지키는 자가 없을 거라고 생각했을까. 왜 길리언을 그곳으로 보낸 것일까.

"이, 이런 거지 같은!"

눈앞이 노래지는 것 같았다.

그 순간 뒷골이 서늘해지는 느낌이 들었다.

스카이는 자책할 틈도 없이 최대한 몸을 비틀었다.

쉬익—

검이 스카이의 왼팔을 스치며 수직으로 지나갔다. 스카이는 본능적으로 몸을 틀면서 상대의 얼굴에 머리를 처박았다.

정확히 들어갔는지 와지끈 소리가 나며 코가 뭉개지고 이빨이 부러지는 소리가 났다. 부러진 이빨이 박힌 듯 머리가 아파왔지만 그런 걸 신경 쓸 겨를이 없었다.

상대도 보통이 아닌지라 거의 동시에 스카이의 옆머리를 숏소드의 자루 끝으로 후려친 것이다.

"컥!"

공격한 반군기사와 스카이가 동시에 비틀거렸다. 하지만 반군기사의 타격이 더 컸다. 스카이는 잠시 휘청대다 자세를 잡았지만 반군기사는 양손으로 얼굴을 감싸고 있어 다음 공격을 이을 수 있는 상태가 아니었다.

스카이는 반군기사의 다리를 걷어찼다. 얼마나 바닥이 미끄

또 다른 운명의 시작 91

러운지 반군기사는 거의 덤블링을 하듯이 공중에 떴다가 바닥으로 엎어졌다.

운 없게도 그가 엎어지는 바닥에는 부러진 검이 꽂혀 있었다.

"크아아악!"

부러진 검이 반군기사의 복부를 뚫고 삐죽이 올라왔다. 반군기사는 배를 움켜쥐고 고통스러운 비명을 질렀다.

스카이는 몸을 숙여 반군기사의 심장에 단도를 찔러 넣었다. 명치 부근에서부터 비스듬히 늑골 안쪽으로 단도가 파고들어 심장을 관통했다.

찌르는 순간 손끝에 감촉이 왔다. 볼 것도 없이 즉사였다. 반군기사의 몸이 움찔거리며 떨었다.

다른 반군기사가 몸을 웅크리고 있는 스카이의 등을 검으로 찔러왔다. 스카이는 몸을 튕기듯 뒤로 날렸다. 스카이가 비켜난 자리에 반군기사의 숏소드가 내리꽂혔다.

콰직!

스카이는 한쪽 벽에 붙어 작업대를 등지고 설 수밖에 없었다.

"헉…… 헉헉……."

숨이 가빠왔다.

피했다고 생각했는데 팔과 등 쪽에서 뜨끈한 피가 흘러내리고 있었다. 역시나 정식으로 수련한 기사의 검을 완전히 피한다는 건 무리였다. 바닥이 미끄러운데다 기사들이 손에 익은 롱소드가 아니었기에 그나마 이 정도에서 그친 것이다.

어쨌든 스카이가 꽂아둔 부러진 검은 이제 소용이 없게 되었다. 반군기사들은 부채꼴모양으로 스카이를 둘러쌌다.

스카이는 이를 악물고 단도를 고쳐 잡았다. 독기어린 눈으로 포위한 반군기사들을 하나씩 노려보았다.

"제기랄! 내가 어떻게 살아남았는데 이렇게 죽을 것 같아? 가더라도 혼자는 안 간다. 목숨이 아깝지 않은 놈은 덤벼!"

두 눈이 불붙은 것처럼 타올랐다.

'군주에게 충성을 맹세한 기사들에게 이 정도의 협박이 통하지 않을 거라는 건 잘 알고 있지만, 더 이상 방법이…… 방법이 없어! 빌어먹을.'

살벌한 스카이의 눈빛에 반군기사들도 적잖이 긴장했다. 눈빛만으로 이렇게 긴장해 보기는 처음이었다.

'보통 녀석이 아니다!'

스카이는 평범한 사람과는 달랐다. 전쟁통에 수많은 죽음을 보았고 위험을 겪었다.

때문에 자신도 모르는 사이 그 경험들이 눈빛에서 드러나고 있었던 것이다. 어지간한 사람이라면 지금의 스카이 눈빛을 보면 오금이 저릴 정도였다.

그때 문을 막고 서 있던 반군기사가 말했다. 그것은 스카이가 예상하던 것과는 정반대의 말이었다.

또 다른 운명의 시작

"모두 물러서라."

'응? 이게 무슨 소리야?'

스카이를 포위하고 있던 반군기사 중 하나가 억울한 듯 소리쳤다.

"하지만, 이놈을 이대로 내버려둘 순 없습니다."

"안다. 그러나 벌써 훌륭한 기사를 둘이나 잃었다. 주둔지야 옮기면 되지만 너희 같은 기사를 한 명 양성하려면 10년이 걸린다. 지금 같은 중요한 때에 이런 쓸데없는 일로 소중한 기사를 한 명이라도 더 잃어선 안 된다."

워낙에 스카이가 독기가 올라 있으니 스카이를 처치하는 것보다 더 큰 피해를 입을까봐 우려하는 모양이었다.

반군기사들은 얼굴 가득 분한 기색을 표하며 두어 걸음씩 물러섰다.

스카이는 다행이라고 생각하면서도 불안감이 들어 문 쪽에 있는 반군기사를 쳐다보았다.

반군기사가 물었다.

"마지막으로 한 번 더 묻겠다. 할티프 산에 우리의 본거지가 있는지 어떻게 알았으며, 또 누가 알고 있는지 말해라."

'마지막으로?'

뭔가 이대로 끝낼 건 아닌 모양이었다.

하지만 스카이는 조롱하듯 대답했다.

"밖에 나가서 물어봐라. 모르는 사람이 없을걸? 너희만 모르는 거지."

"그런가."

문 쪽에 있던 반군기사는 잠시 생각하는 듯하다가 고개를 끄덕였다. 별로 스카이의 말을 믿는 눈치는 아니었다.

"모두 밖으로 나간다."

반군기사들은 스카이를 노려보며 그의 명령에 따랐다.

문 쪽에 서 있던 반군기사가 마지막까지 남아 있다가 스카이를 보고 말했다.

"넌 우리의 소중한 기사를 둘이나 해쳤다."

"개소리하지 마! 그럼 내가 얌전히 죽어줄 거라고 생각했나? 아아, 너희들은 그런 모양이지? 그럼 잘 되셨구만. 너부터 이리 와봐. 단번에 두 동강을 내줄 테니까!"

반군기사는 스카이가 조금도 주저하지 않고 자신의 목을 벨 거라는 걸 알았다. 물론 싸우자면 싸울 수도 있지만 워낙 장소가 좋지 않은데다 굳이 싸우지 않아도 해결할 방법이 있었다.

반군기사는 말없이 스카이를 노려보다가 밖으로 나갔다. 그가 나감과 동시에 쾅! 하고 문이 닫혔다.

스카이는 긴장을 풀지 못했다. 다시 무슨 일이 벌어질지 알 수 없었다.

잠깐의 시간이 지나고 그들이 다시 들어올 기미가 보이지 않자 그제서야 살짝 긴장이 풀렸다.

"후……."

힘이 빠져 다리가 후들거렸다.

그들이 왜 그대로 철수했는지는 알 수 없지만 일단 시야에서 사라진 것만으로도 압박은 벗어날 수 있었다.

스카이는 곧바로 작업장 안쪽으로 뛰어갔다. 길리언의 비명 소리가 계속해서 마음에 걸리고 있었다.

길리언에게 아무 일도 생기지 않았기를 바랐지만, 그건 희망사항일 뿐이라는 걸 잘 알고 있었다.

작업장 끝은 막다른 골목과도 같았고, 방 하나가 옆쪽에 붙어 있었다. 문은 반쯤 열려 있었는데 길리언은 그 문에 몸을 반쯤 걸친 채 쓰러져 있었다.

"으…… 으으으."

"길리언!"

스카이는 급히 길리언의 상체를 일으켰다. 가슴에 길게 베인 상처와 팔다리를 관통당한 자상이 있었다. 출혈이 너무 심해 드러난 팔다리의 피부가 새하얗게 보였다.

눈앞이 막막해지는 듯했다.

"길리언! 정신 차려! 길리언!"

길리언이 희미하게 눈을 떴다.

"죽었어…… 모두…… 모두 죽었어……."

스카이가 방 안을 들여다보았다. 십여 구의 시체가 짐짝처럼 구겨진 채 처박혀 있었다.

"이…… 이런……."

스카이는 이를 악물었다. 자신들의 정체가 알려질 것을 우려한 반군기사들이니 목격자를 남겨둘 리 없는 것이다.

어쨌든 지금의 문제는 길리언이 죽어가고 있다는 것이었다. 다른 사람도 아닌 길리언이.

죽는다.

죽어간다.

엔젤릭 나이트의 리더가 될 길리언이.

피르다우스 제국군에게서 대륙을 지켜낼 영웅이.

그리고 짧은 시간이었지만, 호감이 갔던 녀석이.

스카이는 길리언의 어깨를 움켜쥐었다.

"어이! 정신 차려, 길리언. 당신은 지금 죽으면 안 돼!"

길리언은 가물거리는 눈으로 스카이를 보았다. 원망과 한이 가득 어려 피맺힌 눈동자였다.

스카이는 그의 눈빛을 마주하고 자기도 모르게 시선을 회피하고만 싶었다. 다른 건 몰라도 자기 때문에 죽게 되었으니 책임감이 느껴졌다.

그러나 길리언은 스카이를 탓하지 않았다. 아니, 탓할 수가 없었다.

길리언의 팔이 축 늘어졌다. 스카이는 고개를 떨궜다.

가슴이 콱 막혔다.

"빌어먹을."

죽은 것이다.

스카이는 그가 죽은 것을 현실로 인정하기 어려웠다. 자신이 알고 있는 역사대로라면 그는 여기에서 죽을 인물이 아니었다.

"정신 차려…… 이봐. 설마…… 죽은 거야? 응? 죽었어? 정말 죽었냐고!"

그러나 죽은 길리언은 말이 없었다.

억울하고 분했을 것이다. 이름도 모르는 녀석을 만나 친한 동료들과 자신까지 죽어야만 했다. 얼마나 원통하고 분했으면 눈도 감지 못하고 죽었을까.

털썩.

스카이는 자리에 주저앉았다. 문틀에 머리를 기대고 허공을 응시했다. 큰 잘못을 저지른 느낌이다. 자기가 아니었으면 미래에 영웅이 되었을 남자가 죽어 버렸다.

뭐가 이렇게 엉망진창으로 꼬였는지 알 수가 없었다.

"환장하겠네. 길리언이 죽었으니 앞으로 어떻게 되는 거야."

아무리 제 목숨만 중요한 스카이라도 양심의 가책은 충분히 느끼고 있었다. 아니, 가책 정도가 아니었다. 엔젤릭 나이트의 리더 길리언이 죽었으니 앞으로 피르다우스 제국군은 누가 어떻게 막는단 말인가.

그때 허공에 거무스름한 연기가 피어나기 시작했다.

스카이는 더 상념에 빠질 시간이 없었다.

"응?"

매캐한 냄새가 코를 찌르고 숨이 막혀왔다. 숨을 쉴 수 없을 만큼 답답한 공기가 가득했다.

정신이 번쩍 들었다.

"불!"

스카이는 벌떡 일어섰다.

판자벽의 틈새로 밖을 내다보았다. 반군기사들이 횃불을 들고 집을 포위한 채 서 있었다.

"쿨럭, 쿨럭!"

스카이는 기침을 하며 방을 나왔다. 작업장 안은 앞도 분간하기 어려울 정도로 연기로 차 있었다.

가뜩이나 화학용제가 많아 유독한 연기가 자욱했다. 금세 머리가 핑 돌고 시야가 흐려졌다.

"제, 제기랄."

살려면 문 밖으로 나가는 수밖에 없다. 그러나 나가면 포로로 사로잡히거나 그대로 죽는다. 그들의 기사를 둘이나 죽였으니 잡히면 곱게 죽지는 못할 것이다.

"쿨럭쿨럭!"

전쟁통에 지독한 일을 수도 없이 겪었다. 그런 최악의 상황에서도 재빠른 판단력과 민첩한 행동으로 겨우겨우 위기를 넘겨낼 수 있었다.

하지만 지금 같은 상황에서는 스카이도 어떻게 해야 할지

막막할 따름이었다.

 그래도 멍청하게 죽음을 기다릴 순 없었다.

 "내가 이대로 죽을 것 같냐!"

 스카이는 이를 악물었다.

 이렇게 멍청하게 죽자고 과거로 돌아온 게 아니다.

 화르르륵—

 작업장 전체가 불길에 휩싸였고 얼마 지나지 않아 천장까지 무너지기 시작했다.

 우르르르—

 풀썩 풀썩.

 나무로 지어진 작업장은 너무도 쉽게 타오르며 무너지고 있었다. 새빨간 불이 시커먼 연기를 꾸역꾸역 토해내고 재가 쉴 새 없이 휘날렸다.

 외양이 완전히 무너져 버려 본래의 형체를 찾을 수가 없었다. 부러진 기둥 몇 개만이 남아 흔적을 대변할 뿐이다.

 반군기사들은 더 이상 태울 것이 없어진 불길이 스스로 사그러들 때까지 밖을 지키고 서 있었다.

 "지독한 놈이군. 끝까지 밖으로 뛰쳐나오지 않다니."

 "그래도 이 정도면 불에 타 죽지 않더라도 질식해서 죽었을 겁니다."

 "이제 자리를 떠야 합니다. 사람들이 오고 있습니다."

멀리에서 사람들이 연기를 보고 무슨 일인가 하며 모여들고 있었다.

"놈이 말한 게 어디까지 사실인지 알 수 없으니 일단 황자께 보고하고 주둔지를 옮기던지 해야겠군. 자, 철수다."

반군기사들은 사람들에게 들키지 않도록 은밀하게 자리를 벗어났다.

사람들이 웅성거리며 불탄 작업장 주위에 몰려들었다. 대부분은 근처에서 일하던 무두장이들이었고, 작업을 하다 말고 왔는지 앞치마와 각반에 온통 지방질과 털이 범벅이었다.

웅성웅성.

사람들은 시끄럽게 떠들어댔지만 유독한 연기가 계속 나고 있어서 제대로 다가서지도 못하고 있었다.

"이게 무슨 일이야?"

"몰라. 불이 났나봐."

"쯧쯧, 안됐구만. 조심들 좀 하지. 살아 있는 사람은 없나?"

"완전히 타 버렸으니 통구이가 되었겠구먼."

다그닥 다그닥.

멀리에서 말을 탄 젊은 기사 둘이 나타났다. 기사들은 말의 고삐를 당기며 멈추었다.

"워워."

이히히힝.

불은 거의 꺼졌지만 유독한 연기가 새어 나오고 있어 말이 고개를 흔들며 가까이 가려 하지 않았다.

"무슨 일이오?"

무두장이 한 명이 대답했다.

"보시다시피 불이 나서 작업장 하나가 전소되었습니다."

기사는 말에서 내릴 생각도 않고 다시 물었다.

"생존자는?"

"없는 것 같습니다."

기사들은 안타까움을 금치 못했다.

"혹시 주변에서 수상한 자들은 못 보았소?"

구경꾼들이 술렁대다가 한 명이 대표로 말했다.

"못 본 것 같습니다."

"흠, 그럼 일단 연기를 가라앉혀야 하니 물을 뿌려두시오. 곧 성에서 조사가 나올 거요."

"기사님들이 직접 조사하시는 게 아니구요?"

다른 기사가 대답했다.

"우린 근처를 순찰하던 중에 연기를 보고 온 것이오."

그가 옆의 기사를 보며 말했다.

"폴, 난 이대로 주변을 더 돌아볼 테니 자넨 성으로 돌아가서 보고하게."

"알겠네. 이랏!"

기사들은 금세 떠났고 남은 이들은 알 수 없는 화재에 죽은 이들을 애도하며 재만 남은 작업장에 물을 끼얹기 시작했다.

스카이는 살아 있었다.

'운이 좋았다고 해야 하나.'

스카이는 사방에서 타오르는 불길에 갇혀 있을 때를 떠올렸다. 연기는 너무 독해서 질식할 지경이었고 불붙은 천장은 무너지고 있어서 절체절명의 순간이었다.

스카이는 벽 쪽에 붙어 있는 작은 도랑을 보았다. 도랑은 시내와 이어져 있는데 작업대에서 작업하고 남은 오물이나 털 등의 찌꺼기를 흘려보내는 역할이었다.

도랑은 좁고 더러웠지만 더 생각할 틈도 없이 스카이는 커다란 생가죽들을 도랑에 던져 흐르는 물에 적셨다. 그리곤 도랑 안으로 들어가 생가죽들을 몇 겹이나 덮고 몸을 웅크렸다.

쿠르릉, 요란한 소리를 내며 벽과 거더(Girder)가 무너졌다. 다행히도 몇 겹의 생가죽이 직접적인 부상은 막아주었고 도랑에도 물이 흐르며 약간의 신선한 공기가 들어와 숨을 쉴 정도는 되었다.

스카이는 그렇게 버텨서 살아난 것이다.

반군기사들이 돌아가는 걸 알고도 쉽게 나올 수 없었다. 돌아간 척하고 남아 있다면 더 위험해질 수 있었다.

'후…… 정말 돌아 버리겠군. 과거로 돌아온 것도 모자라서

또 다른 운명의 시작 103

이런 재수 없는 일에 휘말리다니.'

스카이는 차가운 물이 온몸을 흘러 지나가는 것을 느끼며 그대로 가만히 눈을 감았다. 복잡했던 머리가 그나마 찬물에 씻겨 가라앉는 느낌이었다.

그렇다고 해도 기분만 좀 나아졌을 뿐이었다. 현재 처한 상황을 생각하니 머리가 다시 아파지려 했다.

'내가 과거로 온 건 확실해졌다 쳐. 그런데 길리언이 죽었다면 이젠 어떻게 되는 거야?'

죽지 말아야 할 길리언이 죽어 버렸으니 미래가 어떻게 바뀔지 알 수 없었다.

'이젠 어떻게 되는 거지?'

스카이는 최대한 기억을 짜내어 생각했다.

엔젤릭 나이트가 실제로 결성되기 시작한 것은 전쟁이 시작되기 1년 전부터였다.

그러니까 길리언은 지금 스카이가 있는 이맘때 쯤 신탁을 받은 성녀와 만나고 네 명의 동료를 얻게 된다. 그리고나서 엔젤릭 나이트로 각성하며 1년 후 피르다우스 제국군과 싸운다.

그리하여 2년간의 전투 끝에 거의 승리할 지점까지 오게 되는 것이다.

하지만 그 길리언이 죽었으니 미래를 전혀 예측할 수 없었다. 성녀가 신탁을 받지 않을 수도 있고 아예 엔젤릭 나이트가 존재하지 않게 될 수도 있으며 다른 사건이 생겨날 수도 있다.

'잠깐?'

한참을 생각하던 스카이는 왜 자신이 이런 걱정을 하고 있는지 의아했다.

'일이 이렇게 된 게 전부 내 탓이야? 지금이 과거인지 알고서 내가 반군이니 뭐니 지껄인 게 아니잖아. 게다가 과거로 날아온 게 내 잘못이냐고!'

오히려 화가 났다.

모든 게 폴이라는 작자와 멍청한 마법 스크롤 때문인 것이다. 만약 마법 스크롤에 제대로 된 이동 마법이 적혀 있었다면 아무런 문제도 없이 끝났을 게 아닌가.

'제기랄! 어차피 앞으로 전쟁이 나든, 전쟁을 막든 못 막든 내가 알 바 아냐. 그냥 평범한 나 같은 놈이 뭘 어쩔 수 있겠어. 나 하나 살기도 벅찬데.'

스카이는 미래가 어떻게 되든 간에 자신의 살 길을 모색해야 한다는 결론에 도달했다.

'앞으로 전쟁이 일어나기까지 1년 남았어. 그 안에 무슨 일이 생기지? 생각하자, 생각해. 이후에 일어날 일들을 대강 기억하고 있으니 잘만 하면 이용할 수도 있어.'

끙끙거리며 생각하다 보니 어느 작은 왕국에서 왕의 암살 사건이 있었던 것이 떠올랐다. 물론 암살시도는 실패했다.

'그 왕국으로 가서 내가 왕을 구하는 척하면?'

왕이 직접 보상을 한다면 단순히 돈 정도가 아니라 작위형

식의 보상을 받을 수도 있다. 더 이상 뒷골목 건달이 아니라 준귀족이 되는 것이다.

아마 최소한 기사작위라도 받게 될 것이리라. 그리고 스카이는 대대로 지배계층으로 살 수 있으리라.

그것은 분명 상상만으로도 즐거운 일이었고 현실적으로 가능성도 있는 일이었지만, 상황상 큰 걸림돌이 있었다.

'한데 아무리 명목상이라지만 기사가 되면 피르다우스 제국이 쳐들어왔을 때 제일 먼저 싸워야 하잖아. 백이면 백, 그건 살자고 하는 짓이 아니라 죽자고 하는 멍청한 짓이지.'

좋은 기회지만 사지로 내몰리고 싶진 않았다.

'아무래도 그건 나중에 생각하고…… 그럼 돈을 벌까?'

돈이 있다면 신분쯤은 어느 정도 극복할 수 있으리라.

'여름쯤 중부에서 홍수가 나서 식료품이나 약재들이 많이 필요했었지. 미리 사재기를 해 두면 한탕 크게 할 수 있을 테고. 또 무슨 일이 있었더라……'

그러나 돈을 번다는 것도 별로 좋은 생각은 아니었다.

'젠장!'

돈을 벌어봐야 전쟁이 시작되고 나면 소용이 없다. 작은 지역에서 벌어지는 전쟁도 아니고 대륙 전체가 황폐화되는 전쟁이다. 억만금보다 빵 한 조각이 더 가치 있는 시대인 것이다.

'이거 뭐 이래?'

미래에 무슨 일이 일어나는지 안다고 해도 당장에 뭔가 써

먹을 게 없었다.

　돈도 명예도 전쟁이 나면 아무 짝에도 쓸모없는 무용지물일 뿐이다.

　'그냥 피르다우스 제국에 확 붙어 버려?'

　그러나 피르다우스 제국은 마치 허상과도 같은 존재였다. 서북단의 작은 왕국 트론에서 홀연히 나타난 메피스토에 의해 피르다우스 제국이 발호하였다는 정도밖에는 알려져 있지 않았다.

　그것이 바로 1년 후다. 그러니 지금 트론을 가본다고 해도 아무것도 알지 못할 게 뻔했다.

　더구나 피르다우스 제국의 실질적인 지배자는 메피스토다. 하나 안타깝게도 그가 어디서 왔는지, 누구인지는 밝혀진 바가 없었다. 전쟁이 끝나기 전 스카이가 시간이동을 해 버렸기 때문이다.

　그러니 그를 찾아가는 것 역시 무리다. 괜히 트론에 가서 비비적거리다가 시작부터 휘말려들기라도 하면 목숨을 재촉할 뿐이다.

　하지만 만약 피르다우스 제국군의 일원이 될 수 있다고 해도 스카이는 그러고 싶지 않았다.

　피르다우스 제국군에 의해 무참히 살해된 그녀를 배신하는 일이기 때문이었다.

　'린······.'

그녀의 이름은 린이었다.

린과는 피난 중에 만났다. 그녀에 의해 스카이는 아사 직전에 목숨을 구원받았고, 그녀의 덕택으로 살아갈 의욕을 얻었다.

전쟁이라는 극도의 불안한 상황이었지만 스카이는 린과 함께했던 잠깐의 시간이 그동안 살아온 그 어떤 시간보다도 행복하고 소중했다.

그녀가 죽은 후에는 더욱 전쟁을 견디기 힘들어 수십, 수백 번이나 그냥 쓰러져 죽고 싶은 충동을 느꼈다. 그래도 그녀를 생각하며 그녀의 몫까지 살아야 한다는 생각으로 악착같이 버텨왔다.

그것이 지금까지 스카이가 살 수 있었던 원동력이었다.

'린이 아니었으면 난 수십 번은 더 죽었어.'

스카이가 그렇게나 로맨티스트라거나 하진 않지만, 삶의 원천이었던 그녀를 위해서라도 피르다우스 제국군 편에 붙을 수는 없었다.

하필이면 최악의 상황 바로 직전으로 다시 돌아온 것이 토하고 싶을 정도로 짜증나는 일이었지만, 어쨌든 스카이는 다시 한 번 전쟁을 겪고 살아남아야 했다.

'그러기 위해서 난 어떻게 해야 하지?'

스카이는 몇 번씩이나 다시 상황을 정리하고 또 정리해 보았다. 무언가 놓친 점이 있는지, 혹은 더 좋은 생각이 있는지 찾기 위해서였다.

역시나 가장 최선의 방법은 길리언이 죽지 않고 과거의 역사 그대로 흘러가는 일이었다. 최소한 어디로 달아나면 살아날 확률이 큰지 그 정도는 알고 있었으니까.

그러나 그 정도로는 안 된다.

어떤 이유에서인지 과거로 돌아왔으니, 단순히 살아남는 정도로는 만족할 수 없었다. 그런 만족감이라면 배가 터지도록 실컷 경험했다. 아무런 대가도 없이 그 지옥 같은 2년을 다시 버틸 순 없었다.

'만약에······.'

불현듯 스카이의 머릿속에 한 가지 생각이 떠올랐다.

'만약 피르다우스 제국군이 전쟁을 일으키기 전에 그들을 막을 수 있다면 어떨까?'

물론 예전이었다면 말도 안 되는 얘기였다. 하지만 스카이에게는 무기가 있다.

미래를 알고 있다는 커다란 무기가!

'난 미래를 알고 있어. 메피스토의 정체는 모르지만 메피스토와 그의 각료들이 1년 후에 트론에서 난을 일으킨다는 것도 알고, 그들을 막을 엔젤릭 나이트를 알아.'

일종의 쾌감을 동반한 흥분으로 가슴이 두근댔다.

'그 빌어먹을 자식들이 트론을 장악하기 이전에 엔젤릭 나이트의 멤버를 모두 모아서 잽싸게 뒤통수를 쳐 버리는 거야.

그렇게 되면 그 지옥을 또다시 경험하지 않아도 돼. 어디 그뿐이야? 미래의 일을 이용해서 부와 명예도 두둑이 챙길 수 있어.'

불가능한 일은 아니었다. 피르다우스 제국의 주축은 메피스토와 그의 각료들이다. 그들이 처음부터 수만, 수십만 명의 군대를 이끌고 있었던 것은 아니었다. 세력이 커진 것은 트론을 먹어치우면서부터였다.

그 전에 어떻게든 막을 수만 있다면!

메피스토가 난을 일으키기 전에 막는다면, 전쟁은 발발하지 않게 될 것이다.

그렇다.

전쟁이 나서 돈을 벌 기회와 신분 상승의 기회를 모두 놓치게 된다면 전쟁이 나지 않게 하면 되는 것이다.

'씨발, 이래 죽으나 저래 죽으나 마찬가지야. 당하기 전에 먼저 치면 더 큰 기회가 생길 수 있어!'

스카이는 이를 바득 갈았다.

잊을 수 없었다. 필사적으로 살기 위해 도망 다니던 그 2년은 정말 운이 좋아 살아남았다.

한번은 피르다우스 제국군이 농성하는 연합군의 성에 독을 뿌린 적이 있었다. 성문을 열고 나가도 죽고 성 안에 틀어박혀 있어도 중독되어 죽는 상황이었다.

스카이의 곁에서도 수십, 수백 명이 죽어갔다. 피부가 새까

맞게 되어 피거품을 물고 쓰러져 죽는 사람이 태반이었다.

그러나 그 와중에서도 스카이는 살았다. 피르다우스 제국군이 물러날 때까지 스카이는 죽은 척 숨어 있었다.

분명 중독이 되긴 했지만 죽음에까지 이르진 않았다. 사흘 밤낮을 토하고 시커먼 피똥을 싸고, 일주일을 혼수상태로 있었지만 그래도 살았다.

그 성에서 살아남은 사람은 유일하게 스카이 혼자뿐이었다. 나중에 알게 된 사실이지만 그 성에 들어가기 전 너무 배가 고파 숲에서 아무 풀이나 뽑아먹었었는데 그 중에 해독초가 있었던 것이다.

그때 우연이라도 그 풀을 먹지 못했더라면? 혹은 중독이 좀 더 심했다면?

둘 중에 한 가지만 빠졌어도 백이면 백, 스카이는 죽었을 것이다. 말 그대로 운이 좋았기에 살아남은 것이다. 그것은 미래를 안다 해도 벗어날 수 있는 상황이 아니었다.

만약 똑같은 상황에 처한다면 살아남을 수 있을까?

자신이 없다.

같은 상황이 온다면 살아남을 자신이.

지옥 같은 2년을 견디느니 차라리 엔젤릭 나이트들을 이용해서 메피스토를 막는 게 더 가능성 있는 일이었다.

결심하고 나니 머리가 환해졌다. 잔뜩 어지럽혀진 방 안이 순식간에 깨끗이 치워진 느낌이다.

또 다른 운명의 시작 111

'그렇다면 이제 해야 할 일은?'

물론 길리언에 관한 문제부터 풀어야 했다.

길리언은 자신을 만나 억울하게 죽었다. 그것도 조금은 미안하다. 더구나 그의 죽음으로 미래가 어찌될지 모른다는 불안감도 있다.

하지만 방법이 아주 없는 건 아니다. 길리언의 죽음에 대한 최소한의 책임을 지고 동시에 미래에 대한 불안감까지 해소할 수 있는 방법이 있다.

그건 바로 성녀 베르나를 직접 찾아가 보는 것이다.

'만약 성녀에게 내린 신탁이 길리언이 아닌 다른 이로 바뀐다면 그 후의 미래는 다소 바뀔지언정 엔젤릭 나이트와 대륙의 미래는 제대로 굴러가겠지. 그럼 더는 미래를 걱정하지 않아도 돼.'

그 반대의 경우도 마찬가지다.

'신탁이 벌써 길리언에게 내려져 있는 상태라면 성녀에게 길리언이 죽었다고 얘기를 해 주면 돼. 그 뒤에야 어떻게 되든 성녀가 알아서 할 테고. 난 그러면서 자연스럽게 그들과 어울려야겠지. 그 정도면 난 길리언의 죽음에 대해서도 어느 정도 책임을 다한 셈이야.'

스카이가 가장 바라지 않는 것은 신탁이 아예 내려지지 않거나 성녀 베르나가 아닌 다른 이에게 신탁이 내려지는 경우다.

그런 경우엔 그냥 성녀 베르나를 찾아간 것만으로 할 일을 다했다고 생각하는 수밖에 없다.

그러면 그것으로 포기?

아니, 그렇다고 스카이의 계획이 모두 수포로 돌아가는 것은 아니다.

'나는 이미 한 번 죽었던 거나 마찬가지고, 다시 전쟁을 버텨야 한다면 차라리 죽는 게 나아. 난 미래를 알고 있어. 성녀와 잘 안 되면 그냥 내가 길리언 행세를 하며 어거지로라도 밀어붙이면 돼!'

스카이는 마치 궁지에 몰린 쥐가 고양이를 물어뜯는 것처럼 피르다우스 제국과 싸우려 하는 것이다.

'내가 그때를 잊을 것 같아?'

분노가 솟구쳤다.

앞날을 기약할 수도 없이 그저 도망만 다녔던 신세.

눈앞에서 사랑하는 여자가 죽어가는 데도 아무것도 해 볼 수 없는 무력감.

그녀는 너무나 처참하게 죽었다.

그런 생각들이 떠오르자 열이 올라 몸이 뜨끈해지는 것 같았다. 하지만 다음 순간 그녀를 생각하자 스카이는 급속도로 몸이 차가워졌다.

'그렇군. 운이 좋다면 다시 한 번 린도 만날 수 있지 않을까? 린은 아마 살아 있겠지?'

린은 피난길에 죽었으니 과거로 돌아온 지금이라면 그녀는 분명 어딘가에서 살아 있을 것이다.

그러나 스카이는 큰 기대는 하지 않고 있었다.

린과는 피난 도중 만났기 때문에 다시 만난다 해도 그를 알아보지 못할 것이다. 그것은 너무 서글픈 일이었다.

더구나 전쟁이 나기 전 그녀에게는 약혼자까지 있었다.

그런 사실들이 뜨겁게 불붙던 스카이를 차갑게 만들었던 것이다.

'그래. 그녀를 위해서라도 성녀를 만나러 가야겠어. 그리고 다시 시작해 보는 거야. 어떻게 전쟁이 진행되었는지 아니까 그녀를 살릴 수도 있잖아. 그거면 됐지, 뭘 더 바래.'

전쟁이 나기 전의 과거로 돌아온 건 끔찍한 일이지만 대신 죽었던 사람을 살릴 수 있다!

스카이는 의욕을 다졌다. 미래의 일을 알고 있으니 조금만 머리를 굴려본다면 충분히 가능한 얘기다.

지금 시대의 린이 예전에 스카이가 만났던 린과는 같은 사람이면서도 다른 사람이라는 게 부담스럽지만 견디기 어려운 일은 아니었다.

'좋아. 결정이 끝났으니 행동으로 옮기자. 하지만 그 전에…….'

수도 네이스를 떠나기 전에 해야 할 일이 있었다.

스카이는 이를 뿌득 소리가 나도록 갈았다.

스카이를 이곳으로 오게 만든 두 원인 중의 하나. 그 원인을 찾아가 복수를 해야 했다.

'그 빌어먹을 놈에게 쓴맛을 보여주지 않고는 떠날 수 없지.'

스카이는 사람들에게 들키지 않도록 도랑을 기어가 휙이 돌고 있는 시냇물 쪽으로 몰래 빠져 나왔다.

폴 에드워드는 어두워질 무렵 집무를 끝내고 퇴근하는 길이었다. 무거운 갑옷을 벗고 내성의 근위대 본부에서 하루 일을 마치고 나오면 그렇게 기분이 상쾌할 수가 없었다.

자랑스러운 그리폰 근위대 소속기사로서 임무를 충실하게 마쳤다는 자긍심이다.

그러나 오늘은 그리 기분이 좋지 않았다. 성 외곽에서 있었던 무두작업장 화재사건 때문이다.

조금만 더 빨리 연기를 발견하고 달려갔더라면 사람을 살릴 수 있었을지 모른다는 아쉬움이 남았다. 어차피 유독한 연기 때문에 무두장이들은 빠져 나오기도 전에 정신을 잃고 쓰러졌을 게 분명하지만 말이다.

"할 수 없는 일이지."

폴은 외성에 있는 자신의 저택으로 향하며 크게 기지개를 켰다.

"끄응, 오늘은 하루 종일 말을 타고 성 밖을 순찰했더니 피곤하군. 얼른 돌아가서 따뜻한 물에 몸이라도 담가야겠어."

폴은 걸음을 재촉했다. 밤이 되니 펍 같은 선술집에 화려한 불들이 켜지고 알싸한 맥주 냄새가 과객들을 유혹하고 있다. 폴도 맥주 한 잔 걸치고 싶은 마음이 굴뚝같았지만 내일은 아침부터 훈련이 있는 날이라 그럴 수가 없었다. 누가 뭐라 해도 폴은 의무에 충실하고 명예를 아는 전형적인 기사였다.

그가 골목길을 돌아 인적이 드문 한적한 곳에 자리한 자택에 거의 다다랐을 때 즈음 누군가가 그를 불렀다.

"이봐, 폴."

폴은 아무런 의심 없이 뒤를 돌아보았다. 이름을 불렀으니 아는 사람인가 보다 하고 생각했던 것이다.

"응? 누가……."

그 순간 눈에 불똥이 번쩍하고 튀었다.

불행하게도 아는 사람은 아는 사람인데 폴은 전혀 모르는, 하지만 그쪽은 폴을 씹어죽이고 싶을 정도로 원한을 가진 사람이었던 것이다.

빠—악!

"으악!"

누군가가 폴의 안면을 다짜고짜 머리로 들이받아 버렸다.

폴은 손을 휘적거리며 뒷걸음질을 쳤다.

그가 말했다.

"아하, 혹시나 했더니 그놈이 맞네. 폴이라는 이름이 워낙 흔해서 아니면 어쩌나 고민했잖아?"

만약에 아니었으면 어쩌려고 무작정 공격한 거냐! 고 폴은 반문하고 싶었다. 그러나 지금은 그럴 때가 아니었다.

도대체가 영문을 알 수 없는 노릇이었지만 당하고만 있을 수 없었다. 폴은 허리에 찬 롱소드를 뽑으려 했다. 하지만 상대가 더 빨랐다.

"에라잇, 개새끼야!"

괴한은 폴의 가랑이 사이 급소를 냅다 걷어찼다.

뽀각!

"컥!"

하늘이 노래지는 고통이 사타구니에서부터 온몸으로 퍼져 나갔다.

"크윽! 이런 비겁한...... 으으윽......!"

폴은 엉거주춤한 자세로 상대를 쳐다보았다. 고통과 어둠 때문에 상대의 실루엣만이 어렴풋이 보일 뿐 누구인지는 알 수 없었다.

상대가 같잖다는 듯이 대꾸했다.

"비겁해? 야 이 자식아. 멀쩡한 사람을 뒤에서 밀어 죽이려든 놈이 지금 비겁하단 말이 입에서 나오냐?"

폴은 짧은 순간 자신의 인생을 돌이켜 보았다. 그러나 아무리 생각해 봐도 사람을 밀어서 죽인 적은 결코 없었다.

"나, 나는 그런 적이 없다. 나는 명예로운 그리폰 기사단의 기사다. 내가 그런 일을 할 리가……."

"그래. 네가 모른다고 할 줄 알았어. 아니, 모를 거야. 암, 그렇고말고. 근데 난 말야, 네가 몰라도 상관이 없거든."

폴은 갑자기 섬뜩해졌다.

'이거 미친놈이다!'

폴이 뭐라고 항변할 틈도 없이 괴한이 냅다 폴의 턱을 걷어찼다.

"꽥!"

폴의 머리가 휙 제껴졌다.

괴한이 비겁한 수를 쓰는 것으로 보아 기사가 아님은 분명했다. 검만 뽑을 수 있다면 상대해 볼만도 한데 상대는 전혀 틈을 주지 않고 있었다. 분명 기사에 대해 잘 아는 놈인 것 같았다.

"으라차!"

괴한이 뒤로 넘어진 폴의 가슴에 올라탔다. 그때부터 막무가내로 폴을 두들기기 시작했다.

"나쁜 놈! 이런 놈은 그저 뒤지게 쳐 맞아야 정신을 차린다니까."

퍽퍽퍽!

폴은 쏟아지는 주먹세례를 두 손으로 어떻게든 막아보려 했지만 괴한은 그것조차 즐기는 모양이었다.

투다다닥—

비 오는 날 먼지가 날 정도로 폴은 늘씬하게 얻어맞았다.

"오해다! 오해야!"

맞으면서도 어떻게든 항변해 보려 하는 폴이었다. 그의 진심이 통했을까?

괴한이 잠시 주먹을 멈췄다.

"흐음, 그래. 네 입장에서 보면 오해일 수도 있겠지."

폴은 광명을 찾은 느낌이었다.

"맞더라도 이유나 알고 맞게 해 다오. 서로 얘기를 하다 보면 오해가 풀리지 않겠나."

괴한이 냉큼 고개를 저었다.

"아냐. 안타깝게도 네가 보기엔 오해겠지만 내겐 오해가 아니라서 말야."

괴한의 주먹질이 다시 시작됐다.

"그냥 잠자코 쳐 맞아라. 내가 분이 풀릴 때까지."

"으아아!"

태어나서 이렇게 맞아본 건 처음이었다. 정신이 가물거리다가 혼절하기도 했다. 그런데 혼절해 있다가 정신을 차리면 아직도 상대가 두들기고 있는 것이다! 맞다가 기절하고 또 맞아서 깨어나는 괴이하고도 끔찍한 경험이었다.

어지간하면 이 정도까지는 안 할 텐데 상대는 여전히 분이 풀리지 않은 모양이었다.

얼마나 시간이 지났을까.

괴한이 씩씩거리면서 몸을 일으켰다.

"후우, 이제야 좀 기분이 풀리는 것 같네. 십 년 묵은 체증이 내려간 기분이야."

"으으으……"

폴은 이미 축 널브러져 있었다. 얼굴이 퉁퉁 부어 앞도 안 보일 지경이었다.

"도대체 왜…… 내게 무슨 원한이 있어서……"

폴은 제대로 발음도 되지 않는 부은 입술을 억지로 놀려 물었다.

괴한은 때리다가 지쳤는지 숨을 몰아쉬면서 되물었다.

"네가 만약 꿈에서 사람을 죽였어. 그럼 죄를 지은 거냐, 아니냐."

"꾸, 꿈에서 그런 게 어떻게 죄가 될 수 있…… 다는 건가."

"그럼 다른 경우. 네가 과거에 도둑질을 했어. 그럼 지금의 넌 죄인이냐, 아니냐."

"그건 죄인…… 이지만 난…… 과거에 기사도에 어긋나는 짓을 한 적이…… 없다."

"그러면 네가 만약 미래에 죄를 짓는다고 쳐. 그럼 지금의 너는 죄인이냐, 아니냐."

폴이 피를 튀기며 억울함을 호소했다.

"미래에 내가 죄를 지을 수도 있겠지만, 안 지을 수도 있다. 그런데 어째서 지금의 내가 죄인이 되는 거냐!"

"흐음, 네가 미래에 죄를 짓는 게 명확한 사실이라면?"

"그런 말도 안 되는 소리를! 사람이 죄를 지을 때에 죄인이지 나중에 죄를 짓는다고 해서 어떻게 지금 죄인이 될 수가 있어!"

괴한이 고개를 끄덕였다.

"역시 그렇지? 생각해 보니 네 말이 맞는 것 같다. 나도 참 그게 애매했어."

"크윽……!"

무슨 일인지 모르지만 뭔가 굉장히 억울한 느낌이 들었다.

괴한이 말했다.

"미안하다."

"크으윽……!"

괜히 눈물이 찔끔 나왔다. 안 듣느니 못한 말이었다.

괴한은 '캬아, 시워언하다' 하고 말하며 손을 탁탁 털고 떠났다. 폴로서는 복장이 터질 노릇이었다.

"왜—!"

폴의 절규가 어두운 밤하늘을 가로질렀다.

또 다른 운명의 시작

제4화 진실의 이면을 엿보다

성녀 베르나는 케드론 백작가 출신으로 일찍이 헌신과 봉사에 뜻을 두고 수녀원에 몸을 의탁하였다. 그러던 중 드디어 신탁을 받고 길리언을 만나게 되었다.

그처럼 아름다운 백작가의 여인이 보통 사람도 하기 어려운 서원과 금욕의 생활을 하며 사교계에 진출하지 않은 것은 사교계의 큰 손실이라고 볼 수 있다.

하나 우리는 여기서 성녀 베르나의 참모습을 알 수 있는 것이다.

이와 같은 사실과는 달리 전쟁이 끝난 후 사람들에게 알려진 것은 대부분 그녀의 미모와 성품에 관한 말들뿐이다.

필자 역시 그녀를 가까이에서 볼 기회가 있었는데, 일반인은 도저히 범접하기 어려울 정도로 도도한 기품과 위엄어린 아름다움이 있었다.

그러나 직접 이야기를 나누어본 바에 의하면 성녀 베르나는 참으로 상냥하고 친절하며 누구보다도 여성스러웠다.

이러한 가녀린 여인이 어떻게 그 험한 전장을 헤치며 버텨올 수 있었는지 아직도 의문스러울 따름이다.

3일 후, 스카이는 트뤼아킨에 도착했다.

트뤼아킨은 카고니아 대륙의 서남쪽 끄트머리에 위치한 작은 도시로, 스카이로서는 태어나서 처음 밟아본 땅일 정도로 별볼일 없는 곳이었다.

그러나 그가 이곳까지 부득불 와야 했던 이유는 바로 이곳에 성녀 베르나가 있기 때문이다.

성녀 베르나는 슈이잔 수도원에서 사역을 했다고 알려져 있었다. 그곳에서 바로 신탁을 받았고 길리언을 찾기 위한 여행을 떠났던 것이다.

트뤼아킨은 시골도시답게 건물들이 별로 없고 넓은 들판에 작물과 과수들이 심어져 있었다.

스카이는 포도나무의 벌레를 잡고 있는 농부에게 슈이잔 수도원의 위치를 물었다. 농부는 땀을 한번 훔치더니 한쪽 방향을 가리키며 대답했다.

"슈이잔 수도원은 이쪽으로 한 반나절 쭈욱 걸어가다 보면 큰 건물 하나가 있는데, 거기요."

"잠깐도 아니고 반나절이면 한참 가야 되는데 그렇게 말해주면 어떻게 찾아갑니까."

"가다 보면 수도원 비슷한 거라곤 거기밖에 없으니 찾기 쉬울 거요. 길 따라가는 거니까 찾기도 어렵지 않을 거고."

스카이는 대충 고맙다는 인사를 하고 방향을 가늠했다.

'그냥 무작정 찾아갈 순 없으니 작전이라도 짜고 가야겠다.'

일단 스카이는 시내에서 한숨 돌린 다음 수도원을 방문하기로 결정했다.

수도원은 상당히 폐쇄적인 곳이기 때문에 무턱대고 찾아간다고 해서 베르나를 만날 수 있을 것 같지 않았다. 더군다나 슈이잔 수도원은 시골구석에 있는 작달막한 수도원치고 계율이 엄격하고 수행의 강도가 높기로 이름이 나 있었다.

그야말로 성녀 베르나라는 인물이 나올 만한 곳이랄까 싶은 곳이었다.

여하튼 이러저런 고민을 떠안고 시내로 들어선 스카이는 제일 먼저 눈에 들어오는 펍으로 들어섰다.

일단 시원한 맥주를 목으로 넘기면 먼지와 피로에 쩐 몸이 개운해질 것 같았다.

스카이가 문을 열고 들어서자 약간 어둑한 펍 안에 오밀조밀 모여 있는 사람들이 눈에 들어왔다.

시골도시의 펍이라 그런지 대다수가 단골손님이데다 막 집에서 나온 것처럼 편안한 차림새였다.

"어이쿠, 처음 보는 손님이네. 어서 오십쇼. 뭘 드릴까요?"

문을 여닫는 소리에 주방에 있던 주인장이 냉큼 튀어나왔다.

사람 좋은 웃음에 약간 붉은 코를 가진 주인장은 척 보기에도 넉넉한 인심이 묻어나오는 그런 사람이었다.

스카이는 근처 테이블에 아무렇게나 털썩 주저앉으며 대꾸했다.

"맥주 하나. 안주는 됐고."

"맥주라고요? 거 참 잘 고르셨습니다. 저희 집 맥주는 이 근방에서 최고죠. 그럼 곧 대령해 올……."

그때였다.

끼이이익.

방금 스카이가 닫았던 문이 살며시 열리며 누군가가 들어섰다. 동시에 주인장이 황급히 표정을 바꾸며 스카이에게 큰 소리로 말했다.

"죄송하지만 손님, 저희 집은 지금 막 술이 다 떨어졌습니다요. 아무래도 다른 집에 가셔야 할 듯한뎁쇼?"

스카이의 표정에 짜증이 솟구쳤다.

"뭐라고? 방금 전에는 금방 주겠다고 했잖소."

"아 그거야 제가 잘못 알았던 것입죠. 어쨌거나 지금은 술이 한 방울도 없습니다."

고개까지 저으며 당당히 부정하는 주인장이었다. 스카이는 어이가 없었다.

'지금 장난하나?'

주인장은 '헴헴' 하고 헛기침을 하고 테이블을 정리하는 척하면서 낮게 속삭였다.

"잠시만 기다리시면 금방 대령하겠습니다."

"뭐?"

스카이가 황당한 표정을 지었다.

"도대체 이게 무슨 개 같은 짓……."

문득 스카이는 이상한 생각이 들어 뒤를 돌아보았다. 펍 안으로 누군가 들어섰는데 다른 손님들이 저마다 시선을 회피하기라도 하듯 딴청을 부리고 있었다.

스카이는 곧 그 이유를 알 수 있었다.

들어선 이는 헐렁한 후드를 깊게 내리써서 얼굴을 감춘 수도사였다.

'수도사가 펍에? 뭐 대금이라도 직접 받으러 왔나?'

수도원에서 술을 빚어 마을의 주점에 술을 공급하는 경우는 많았지만 대금을 직접 받으러 오는 일은 드물었다.

수도사 자체가 사람들과 대면하기를 꺼리는 까닭이다. 서원 중에 금언의 날이 오면 하루 종일 같은 수도사끼리도 말을 하지 않는 정도니, 일반인들과 말을 섞을 리 없다.

한데 이 수도사는 좀 다른 모양이었다.

주변을 슬슬 살피던 수도사가 코끝까지 푹 눌러쓴 후드를 확 젖혔다.

"아아, 시원하다."

스카이는 깜짝 놀라고 말았다.

후드를 들어올리자 나타난 것은 깜짝 놀랄 정도로 아름다운 소녀의 얼굴이었던 것이다.

새하얀 피부는 투명하게 빛을 발했고, 커다란 보라색 눈동자는 마치 보석처럼 반짝였다.

싱싱한 붉은 입술은 장미보다 더욱 진했다.

마치 인간이 아닌 천사 같은 외모였다.

그야말로 감히 범접할 수 없는 아름다움, 이라는 말이 절로 나올 지경이었다.

그녀가 가볍게 머리를 흔들었다.

사르륵.

후드와 후드를 덮은 고짓(Gorget) 속에 숨겨졌던 금빛의 치렁거리는 머리카락이 살짝 웨이브져 허리까지 흘러내렸다.

스카이는 소리를 지를 뻔했다.

'성녀 베르나다!'

수도사의 복장을 한 이가 바로 스카이가 찾던 베르나였던 것이다.

스카이는 자기도 모르게 벌떡 일어섰다.

쾅! 소리를 내며 테이블 모서리에 무릎을 부딪쳤다.

"윽!"

덕분에 그는 수녀에게 인사할 타이밍을 놓치고 말았다. 수녀는 그런 스카이에게 눈길 한번 주지 않고 성큼성큼 걸어왔다.

어정쩡하게 서 있던 주인장이 움찔대며 뒷걸음질을 쳤다.

"아, 저기 저…… 오, 오셨습니까?"

수녀가 예쁜 턱을 치켜들고 냉큼 대답했다.

"네. 보다시피. 그런데 오늘은 술이 다 떨어졌다고요?"

"네, 그게, 그게 그렇습죠. 마, 마침 다들 아침부터 주구장창 퍼마시는 통에…… 에, 그러니 그냥 돌아가 보시는 게……."

"흐응. 그렇다고요. 그럼 어쩔 수 없겠네요."

수녀가 잠시 고개를 갸웃거리며 서 있었다. 슈이잔 수도원의 칙칙한 수녀복을 입고 있음에도 불구하고 태양보다 더 눈부실 지경이었다.

스카이가 그녀를 보았던 때보다 세 살이나 어려졌으니 한층 더 예뻐 보일 수밖에 없을 것이다.

하지만 스카이는 수녀의 외모보다도 지금 벌어지고 있는 일련의 일들에 대해 수상쩍은 의문을 떠올리는 중이었다.

'아니 근데 이건 무슨 상황이야?'

말을 걸긴 해야겠는데 말을 걸 만한 분위기도 아니고, 무슨 말부터 시작해야 할지도 결정하지 못했다.

스카이가 수녀에게 던질 첫 마디를 고민하던 중이었다.

펍의 주인장과 미묘한 대치 상태로 서 있던 수녀가 갑자기 이런 말을 던졌다.

"내가 직접 확인해 볼 수밖에."

"옛? 뭐, 뭐를…… 앗!"

쌩 소리가 나게 수녀가 움직였다.

"아, 안 됩니다요!"

막아서는 주인장의 어깨를 짚고 말을 타듯 넘어가는 그녀의 모습은 한 폭의 그림과도 같았다. 물론 스카이가 보기엔 그가 보았고 상상했던 모습과 전혀 어울리지 않는 미치도록 어색한 광경이었다.

수녀는 카운터 너머 주방 안으로 쏜살같이 달려갔다. 당황한 주인장이 그녀를 부리나케 따라 나섰지만 그녀를 붙잡을 수는 없었다.

스커트 자락을 양손에 말아쥐고 달리는 그녀는 빨라도 보통 빠른 것이 아니었다.

"아이고, 저걸 어째!"

주인장이 울상을 짓는 사이에 벌써 수녀는 주방에서 발견한 커다란 배럴(Barrel)을 발로 굴리며 나오고 있었다.

"뭐가 어째? 술이 떨어져? 지금 나더러 그걸 믿으라는 거예요?"

수녀는 득의양양한 표정이 되어 굴리던 맥주통을 발로 턱 하고 밟아 세웠다.

"흥. 감히 성직자에게 거짓을 고하다니. 오랜만에 빠져 나왔는데 빈손으로 가게 만들려고?"

그녀는 단단히 봉해져 있던 맥주통의 뚜껑을 뜯었다.

펑.

맥주통이 열리며 하얀 거품이 흘러내렸다.

수녀는 맥주통 입구에 얼굴을 대고 혀로 흐르는 거품을 낼름 핥았다.

그것까진 분명 귀엽기 그지없는 행동이었지만,

"음, 오늘은 아주 좋은데?"

하고 말하는 그녀의 모습은 연륜이 30년은 쌓인 술꾼이나 다름없었다. 너무도 자연스러운, 그러니까 평소에도 자주 해본 것 같은 매우 익숙한 동작이었다.

'저, 저…… 저게 뭐냐!'

스카이는 뒷골이 뻐근했다. 누군가 뒤통수를 한 대 세게 갈긴 듯 멍했다.

'지금 저게 성녀 베르나라는 거야? 내가 전에 보았던 고결

이랑 위엄이랑 기품은 다 어디 가고?'

 말을 걸어야겠다는 생각은 이미 대륙 너머의 망망대해로 날아가 버리고 정신적 충격에서 헤어 나오지 못하고 있는 스카이였다.

 주인장이 나섰다.

 "자, 잠깐! 지금 설마 그 통 하나를 다 비우시겠다는 겁니까?"

 수녀가 당당하게 대꾸했다.

 "어머, 새삼스럽게 뭘 그런 걸 물어요? 어서 잔이나 갔다 줘요. 나도 입 대고 마시기는 싫으……, 아니 뭐 꼭 그런 건 아니지만 하여튼 빨리 가져다 줘요."

 스카이의 눈이 충격으로 퀭해졌다.

 '입까지 대고 한 통을 다 들이키는 거냐!'

 전쟁터에서 보았던 고귀한 성녀는 사라지고 얼굴 반반한 술고래만이 남아 있을 따름이었다.

 수녀는 건장한 남자 한 명이 겨우 어깨에 질 만한 무게의 배럴을 질질 끌고 냉큼 빈자리로 가 앉았다.

 주인장이 황급히 그녀와 맥주통 사이에 끼어들었다.

 "아아아안 됩니다!"

 그의 표정은 결사적이었다.

 수녀가 고운 눈썹을 바싹 치켜세웠다.

 "뭐라고요?"

이렇게 말하는 수녀는 한쪽 주먹을 말아쥐고는 다른 쪽 손바닥으로 탁탁 두들기고 있었다. 그것은 마치 싸움에 굉장히 능숙한 싸움꾼이 싸울 상대를 미리 겁주기 위한 동작처럼 보였다.

물론 스카이는 이런 생각을 필사적으로 부정하고 있었다.

'이건 사실이 아냐. 저런 여자가 절대 성녀 베르나일 리가 없어!'

알고 있던 모습과 정반대인 성녀는 좀처럼 스카이가 정신적인 방황의 늪에서 헤어 나오지 못하게 하고 있었다.

'음…… 분명 쌍둥이 자매라거나 그런 걸 거야. 원래 자매 중의 한쪽이 괄괄하면 한쪽은 차분한 성격이라지. 다른 쪽이 성녀 베르나인 게 틀림없어.'

성녀 베르나가 쌍둥이라는 얘기는 들어본 적도 없었다. 하지만 얼굴은 분명 성녀 베르나가 맞으니 그것 말고는 딱히 부정할 수 있는 트집거리가 없었다.

스카이는 조금이나마 안정을 되찾았다.

'조금만 더 지켜보자.'

펍의 주인은 수녀와 실랑이하기가 두려운 모양이었다. 그는 두려운 눈빛으로 수녀의 주먹을 내려다보았다. 그러나 다음 순간 눈을 질끈 감고는 이렇게 외쳤다.

"안 된다고 했습죠! 물론 저 엄격한 슈이잔 수도원의 수녀님께서 저희 펍에서 술을 드시는 것이 그 뭐냐…… 그래, 계율에 어긋난다는 것도 알고 있고! 게다가 일전에는 친히 수도원장님께서 방문하셔서는 절대 베르나 수녀님께 술을 팔지 말라고 명하신 것도 있습니다만! 네, 그것도 다 좋다 이거죠! 하지만 지금 제가 이렇게 말씀드리는 이유는……."

스카이의 입이 쩍 벌어졌다.

'이런 망할! 저 술고래 수녀 이름이 정말 베르나야? 그럼 저게 진짜 성녀?'

수녀 베르나가 고까운 목소리로 주인장을 노려보며 물었다.
"이유는?"

"그러니까 그 이유는, 그러니까 그게…… 그게……, 밀린 외상값 때문입죠!"

"……."

순간 베르나가 입을 다물었다.

더불어 펍에도 잠시 정적이 찾아들었다. 이미 다른 손님들은 아까부터 입을 꾹 다문 상태였다.

베르나의 기세가 한풀 꺾인다 싶자 용기를 얻었는지 주인장은 그 틈을 빌어 재빨리 지껄여댔다.

"한두 번도 아니고, 정말이지 이게 어디 하루 이틀 일이어야 말입죠. 그간 밀린 외상값이 얼만 줄이나 아십니까? 제가 흙 파서 술 빚는 것도 아니고 이건 해도 해도 너무 하시지 않습니까? 제가 그렇게 수도원장님 눈치를 봐가며 술을 내드렸으면 최소한 밀린 외상값은 주셔얍죠! 암, 그럼요."

베르나는 대답 대신 주머니 여기저기를 뒤적거렸다. 그러더니 목걸이 하나를 꺼내들었다.

"이거면 되잖아요?"

주인장의 얼굴이 하얗게 질렸다.

"이, 이건 수녀님들이 기도할 때 쓰는 신앙의 목걸이가 아닙니까! 이런 걸 술값 대신 받았다간 제가 지옥에 갑니다요. 게다가…… 어디다 팔아먹을 수도 없고."

"흐음, 그럼 달리 줄 만한 게 없는데. 아이 참, 왜 무소유의 서원 따위가 있는지 몰라."

수도사들은 신을 모심에 있어 개인적인 소유물을 가지고 있지 않기로 약속했는데 그게 바로 무소유의 서원이었다.

때문에 수도사들에겐 일 년에 한 번 정도 아주 특별한 날이 아니면 기본 의상과 음식을 제외하고는 아무것도 주어지지 않았다.

어쨌든 이로써 주인장의 승리였다. 아무리 얼굴이 두껍다 하더라도 돈을 안 내면 못 주겠다는데 더 이상 버틸 순 없을 것이다.

주인장이 한시름 놓은 얼굴로 팔짱을 꼈다.

이제는 저 아름다운 성녀 베르나가 슬픔으로 고개를 떨군 채 퇴장하는 일만 남았다.

그러나…….

베르나는 테이블을 발로 걷어차며 일어섰다.

쿠당탕탕!

 묵직한 오크 나무 재질의 테이블이 배를 보이며 나동그라졌다. 주인장은 물론, 펍에 있는 사람들 모두가 깜짝 놀라 얼어붙었다. 그것은 스카이도 마찬가지였다.

 "보자보자 하니까…… 나중에 우리 아빠한테 말해서 돈 달라고 하면 될 거 아냐! 앙? 주인장, 우리 아빠가 누군지 몰라?"

 주인장은 덜덜 떨면서 조그만 소리로 대답했다.

 "케, 케드론 백작님……."

 "잘 아네. 오케이. 그럼 나중에 우리 아빠한테 가서 술값을 청구하면 되는 거야. 이제 됐지?"

 주인장은 울상을 지었다. 한낱 시골마을의 펍 주인이 백작가에 가서 딸-그것도 수녀가 된 딸-의 외상값을 달라고 하는 건 거의 불가능한 일이다.

 스카이는 속으로 외쳤다.

 '맙소사! 저게 어디가 성녀야, 그냥 깡패지! 그것도 나보다 더 심하잖아. 난 저런 삼류 깡패는 아니라고.'

 베르나는 아까의 목걸이를 탁 하고 옆 테이블에 올려놓았다.

 "이걸 담보로 맡아둬요. 안 그러면 내가 꼭 공짜로 술을 먹는 것 같잖아."

 그것은 어차피 뒤쪽에 슈이잔 수도원의 표식이 새겨진 평범한 목걸이일 뿐 아무런 담보가치도 되지 않는 것이었다.

주인장이 길게 한숨을 내쉬었다. 그가 마지못해 잔을 가져오려는 순간이었다. 펍 안의 누군가가 창 밖으로 몸을 내밀고는 큰 소리로 외쳤다.

"앗, 제롬 수도원장님! 마침 잘 오셨습니다. 여기 베르나 수녀님께서……"

수도원장이라는 말을 들은 베르나가 표정을 확 구겼다.

"이런! 재수 옴 붙었네."

베르나는 황급히 스커트 자락을 말아쥐었다. 자세를 보아하니 튈 작정임이 틀림없었다.

그제서야 스카이는 퍼뜩 정신을 차렸다.

'아차! 이러고 있을 때가 아니지. 어디서 저딴 게 튀어나왔는지 몰라도 성녀 베르나가 맞다면…….'

스카이가 소리를 치며 베르나의 앞을 막아섰다.

"잠깐만요!"

그러나 베르나는 앞을 가로막는 스카이를 보며 성마른 목소리를 내뱉었다.

"뭐야, 이건 또? 빨랑 비키지 못해?"

"잠시만요. 꼭 할 얘기가……."

"비키라잖아!"

베르나는 스카이의 정강이를 냅다 후려찼다.

빡!

순간 다리뼈가 부러지는 듯한 고통이 찾아왔다. 무슨 쇠몽

둥이로 정강이를 맞은 것 같았다.
"아윽!"
예의 쌩— 하는 바람소리와 함께 베르나가 스카이를 밀치며 지나쳤다.
스카이는 정강이를 붙들고 바닥을 뒹굴었다.
눈물이 찔끔 났다.
쾅!
그사이 베르나는 벌써 빠져 나갔는지 스윙도어가 마구 펄럭거렸다.
"이런 썅……."
스카이가 눈물을 머금고 일어섰다. 베르나가 수도원 바깥에 있다는 걸 알았으니 돌아가기 전에는 만나야 했다. 더구나 수도원장에게 술집에 있는 걸 들켰으니 근신처벌을 받을 것은 자명한 일. 일단 수도원으로 돌아가면 더욱 만나기 힘들 게 분명했다.
스카이는 억지로 고통을 참으면서 베르나의 뒤를 쫓았다.
속으로는 수백 번도 더 이렇게 외치면서.
'저런 깡패 같은 게 무슨 성녀라고!'
만일 스카이가 직접 베르나를 보지 않고 소문으로만 들었다면 지금의 베르나를 결코 성녀로 인정하지 못했을 것이었다. 그러나 어쨌든 그녀는 성녀가 될 베르나 본인이었고, 스카이에게는 그녀가 필요했다.

베르나는 한참을 달렸다. 이미 시내를 벗어나 슈이잔 수도원으로 향하는 한적한 오솔길로 접어들어 주위엔 풍성하게 자라는 곡식들뿐이었다.

베르나는 잠시 달리기를 멈추고 뒤를 돌아보았다. 좀 전에 술집에서 보았던 이상한 남자가 아직도 그녀를 따라오고 있었다.

"헉…… 헉헉……. 뭐 저런 미친놈이 다 있어?"

숨이 목까지 차올랐을 정도로 힘들었지만, 그래서 멈춘 게 아니었다.

다름 아닌 뒤에서 들려오는 목소리 때문이었다.

"야 너! 거기…… 거기 안 설래? 헉헉…… 너 잡히면…… 진짜 죽는다!"

처음엔 그래도,

"거기 좀 서요! 할 말이 있다니까요!"

로 시작했는데,

"제발 좀 서봐!"

에서부터 반말 투로 바뀌더니 이젠 욕설로 바뀐 것이다.

"저게 진짜 보자보자 하니까!"

베르나가 도끼눈을 뜨고 따라오는 남자를 노려보았다. 베르나가 멈춰 선 탓에 결국 그 미친놈은 그녀의 옷자락을 붙드는 데 성공했다.

"헥, 헥헥…… 자, 잡았……."

베르나가 남자를 뿌리치려 했지만 그는 악착같이 옷자락을 붙들고 늘어졌다.

"이씨, 야! 네가 뭔데 그래? 네놈 눈에는 이 수녀복이 안 보이냐! 어디서 이런 무례한 짓거리야!"

베르나가 버럭 성질을 부렸다.

마침내 성녀 베르나를 붙잡은 스카이는, 양다리가 후들거려 죽을 맛이었지만 그래도 수녀복 자락을 놓지 않았다.

달리는 도중 흙먼지를 잔뜩 먹은 그는 잔기침을 내뱉은 뒤에야 말을 꺼낼 수 있었다.

"그러게 진작 멈췄으면 그런 소리도 안 듣고, 헉헉……, 좋았을 거 아냐. 급할 때만 성직자가 되냐?"

"뭐?"

"양심을 좀 가져 봐라. 나 참. 남의 장삿집에 가서 행패를 부리질 않나."

스카이는 너무나 한심스러워서 무심코 조그맣게 중얼거렸다.

"이딴 게 성녀 베르나라니 미칠 노릇이군."

"야, 너 말 다했어?"

베르나가 찢어질 듯한 눈길로 스카이를 째려보았다.

'이딴 게'에서 이미 열을 받은지라 뒤에 '성녀'라는 말이 왜 붙었는지는 생각도 하지 못했다.

서슬이 퍼런 눈빛을 보는 순간 스카이는 아차 싶었다.

'아! 내가 뭐하고 있는 거야? 지금 성녀와 싸워서 뭘 어쩌자고. 제기랄, 처음엔 그냥 얘기만 하려 했을 뿐인데.'

어쩌다 보니 상황이 꼬여 버린 탓이었다.

스카이는 꽉 움켜쥐고 있던 성녀 베르나의 옷자락을 슬며시 놓아주었다. 그리고 정중하게 양손을 들어올렸다. 어쨌든 스카이도 필사적이었다.

"이러지 맙시다, 수녀님. 나는 꼭 할 얘기가 있어서 먼 길을 온 사람입니다. 그러니까 말이죠. 지금 수녀님이 꼭 알아야 할 중요한…… 이런 제길!"

말투까지 점잖게 바꿔가며 대화를 시도하던 스카이는 돌연 욕설을 뱉어냈다.

베르나가 그새 달아났기 때문이다.

아까부터 느끼는 것이긴 했지만, 베르나는 정말 그 명망 높은 케드론 백작의 소중한 외동딸, 고귀하신 레이디 베르나가 맞는지 의심스러울 정도로 짐승 같은 움직임을 보이고 있었다.

스카이가 아는 한 저런 우악스럽고 교양 없는 귀족가의 사람은 처음이었다.

베르나가 뒤를 돌아보고 주먹을 흔들었다.

"너 오늘 운 좋은 줄 알아. 내가 바빠서······."

더 이상 쫓아갈 힘도 없던 스카이는 베르나의 뒤통수에 대고 소리를 질렀다.

"아, 제롬 수도원장님! 여깁니다! 글쎄 저기 앞에 가는 베르나 수녀님이 좀 전에 술집에서 무슨 짓을 저질렀는지 아십니까? 모르시면 제가 말씀을 좀······."

"칵!"

베르나가 괴성을 질러대며 홱 몸을 돌려 다시 뛰어왔다. 그리곤 잽싸게 뒤를 돌아보았지만 제롬 수도원장이 보일 리 없었다.

스카이는 베르나의 팔을 잡았다. 달아나지 못하도록 단단히 움켜쥐었다.

"아하, 걸려드셨구만."

"이런 사기꾼 자식!"

속았다는 것을 안 베르나가 번개같이 발을 걷어찼다.

"네가 감히 성스러운 수녀를 놀려? 지옥에 떨어지고 싶은 거냐!"

한 번 당했던 기술(?)에 또다시 당할 스카이가 아니었다. 스카이는 아슬아슬하게 베르나의 발길질을 피해냈다.

"웃기시네. 그렇게 따지면 술 처먹고 행패부리는 수녀는 어디로 가겠냐? 참 잘도 천국에 가겠구나."

"이 자식이 정말······ 어?"

베르나가 갑자기 스카이의 뒤를 보고 눈을 동그랗게 떴다. 스카이는 자기도 모르게 뒤를 돌아보았다. 아무도, 아무것도 없었다.

'아차!'

정말 치가 떨리도록 놀라운 연기력이었다. 산전수전을 다 겪은 스카이가 속은 것이다.

퍽!

베르나가 스카이의 정강이를 걷어찼다. 하필이면 그게 좀 전 술집에서 얻어맞았던 자리였다.

"으악!"

스카이는 균형을 잃고 앞으로 휘청대며 넘어졌다. 그러면서도 베르나의 팔은 결코 놓지 않았다.

쿠당탕탕!

덕분에 베르나는 스카이와 덩달아 뒹굴게 되었다. 마치 스카이가 베르나를 덮친 것처럼 베르나는 스카이의 아래에 깔렸다. 숨소리가 들리고 뜨거운 숨결이 느껴질 정도로 둘의 얼굴이 가까이 붙었다.

"에……?"

공황상태에 빠진 둘은 잠깐 동안 마주보며 말이 없었다.

곧 정신을 차린 베르나가 비명을 질러댔다.

"으아아아! 너, 너, 너, 너 빨리 안 비켜? 이게 지금 뭐하는 짓이야!"

베르나는 얼마나 놀랐는지 말까지 더듬으면서 고래고래 소리를 질렀다.

스카이는 스카이대로 열이 받아 버렸다.

"네가 내 정강이를 걷어차서 이렇게 된 거 아냐!"

"이 변태 자식! 주제에 누굴 넘봐? 그리고 보니 아까부터 쫓아온 게 수상쩍엇! 어딜 감히 나한테!"

"이런 빌어먹을! 나도 너 같은 꼬마한테 관심이 있어서 그런 게 아냐. 누군 이러고 싶어서 이러는 줄 알아?"

"뭐, 뭐? 꼬, 꼬마? 이제 진짜아!"

뒷골목에서 많은 여자들을 보고 그들의 추함과 아름다움을 모두 겪은 스카이다. 그러다 보니 여자의 외모에 대해 나름대로 초탈한 상태다.

하지만 스카이도 남자다. 만약 스카이가 다른 세계에 사는 사람 같다고 생각했던 이미지의 성녀와 이런 상황이 되었다면, 스카이 역시 가슴이 두근댔을 것이다.

그러나 지금은 결단코 아니었다.

가슴이 두근대기는커녕 머리로 그냥 들이받아 버리고 싶은 심정이다.

"야아— 너 빨리 비켜! 넌 죽을 줄 알어!"

"제기랄. 할 얘기가 있다고 그랬잖아! 아니면 내가 정신이 나가서 이런 시골동네까지 기어들어 왔겠냐!"

"네가 어디서 왔는지 내가 알게 뭐야! 그리고 사람을 깔아뭉

개면서 할 얘기가 어딨어? 역시 너 변태 맞지?"

"내가 어딜 봐서 변태로 보여!"

그 순간 베르나가 누운 채로 스카이의 턱을 들이받았다.

빡!

눈에 별이 보였다.

베르나가 스카이의 팔을 깨물었다.

"으아악!"

스카이가 베르나를 잡은 팔을 놓자 베르나가 스카이를 밀쳤다. 스카이는 옆으로 구르며 벌떡 일어섰다.

베르나가 힘껏 뛰어올랐다. 마치 비상하는 백조와도 같았다.

"에라이, 이거나 먹어라앗!"

붕 뛰어오른 베르나는 그 힘으로 막 일어서는 스카이의 머리를 힘껏 받아 버렸다.

빠—악—!

경쾌한 격타음이 울렸다.

베르나는 잠시 그 상태로 서 있었다. 스카이도 일어서려는 듯한 엉거주춤한 자세 그대로 멈췄다.

"……."

하지만.

"아악!"

비명을 지른 것은 베르나였다. 너무나도 가련한 비명소리와 함께 베르나는 머리를 감싸쥐고 주저앉았다.

그에 비해 스카이는 인상을 쓰며 머리를 조금 쓰다듬었을 뿐이었다.

"후우……."

이제야 소동이 일단락된 듯싶었다.

"나 참. 엄청난 말괄량이잖아."

스카이는 어이가 없어 헛웃음을 지었다. 미래에 성녀라고 불리며 함부로 말을 건네기도 어려울 정도의 고귀한 수녀와 무슨 애들 싸움 같은 드잡이질을 하는 현실이 믿겨지지 않았다.

동시에 불안감이 증폭되었다.

'이런 말괄량이를 데리고 어떻게 메피스토와 싸워? 이거 그냥 확 피르다우스 제국군으로 전향해 버려?'

물론 생각만 그럴 뿐이지만.

베르나는 눈물이 그렁그렁한 채 입을 뾰루퉁하게 내밀고 일어섰다. 어째서인지는 모르지만 아름답다기보다는 귀엽게만 느껴졌다. 그래도 그 귀여운 모습에 혹해서는 안 된다는 걸 스카이는 방금까지의 경험으로 잘 알고 있었다.

한숨을 돌린 스카이가 빠르게 말했다.

"시간을 많이 빼앗진 않을 테니까 잘 들어. 알겠어?"

베르나가 대답 대신 눈동자를 굴렸다. 여차하면 도망가겠다는 의도로밖에 보이지 않았다.

"정말 말로는 안 되겠군."

스카이가 베르나를 노려보며 이마를 스윽 하고 쓰다듬었다. 베르나가 움찔했다.

"흥!"

하지만 베르나는 이내 코웃음을 치며 치맛자락을 잡고 미끈한 다리를 드러냈다.

'어쭈?'

뜻하지 않게 팽팽한 긴장감이 감돌았다.

이상한 대치 속에서 베르나가 천천히 고개를 끄덕였고, 스카이가 말을 시작했다.

"좋아. 사실 나도 이렇게 이상한 상황에서 얘기하는 건 마음에 들지 않지만, 지금은 그런 걸 따질 때가 아니야."

"어째서?"

"길리언이 죽었어."

스카이는 다짜고짜 얘기를 꺼냈다. 엉뚱한 한마디였지만 신탁을 받았다면 충분히 알 수 있는 얘기였다.

그러나 안타깝게도 베르나의 표정은 그리 변화가 없었다. 눈을 멀뚱거리며 베르나가 물었다.

"길리언? 죽었다니까 안됐긴 한데…… 그 사람이 누구야?"

'이런 젠장!'

스카이는 속으로 외치며 재차 확인했다.

"길리언을 몰라?"

"내가 알게 뭐야. 난 당장 네놈이 누군지도 모르는데."
"후……."
예상했던 것 중 최악의 시나리오에 속하는 하나였다. 일이 생각보다 복잡해졌다.
베르나에게 아직 신탁이 내리지 않은 모양이었다.
'그러니까 술집에서 그렇게 난동을 피웠겠지만.'
물론 신탁을 받았다고 해서 그러지 말란 법은 없었다.
'이거 곤란하군.'
아무리 생각해 봐도 지금쯤은 신탁이 내려야 했다. 전쟁은 1년밖에 안 남았는데 아직도 신탁이 내리지 않은 것은 뭔가 이상했다.
베르나가 스카이가 알던 것과는 달리 엄청난 말괄량이에 괄괄한 성격이라는 것도 이상한 일이었다.
'신탁이 내린 후에 성격이 바뀌는 건가?'
스카이는 여러모로 베르나와 신탁에 대해 생각해 보다가 입을 열어 물었다.
이럴 땐 확실하게 묻는 편이 나았다.
"그럼 아직 신탁을 받지 않은 거야?"
"신탁?"
베르나는 잠깐 생각하다가 대꾸했다.
"아하, 수도원에 보관되어 있는 그 신탁의 스크롤을 말하는 건가?"

"신탁의 스크롤?"

이번엔 스카이가 되물었다.

"그게 뭔데?"

"그런 게 있어. 아무것도 써 있지 않은 스크롤인데 신탁이 내려지면 스크롤에 글자가 나타난대."

신탁은 신탁의 스크롤이라는 것을 통해 일어나는 모양이었다.

"뭐, 수도원의 일이야 내가 알 바 아니고. 아무튼 신탁을 받지 못했다는 거지?"

"난 신탁의 스크롤 구경도 못해 봤는걸?"

"그럼 신탁의 스크롤을 보지 못했다면 신탁이 내려왔어도 모를 수도 있는 거야?"

자꾸 대답만 하기 짜증났는지 베르나가 되물었다.

"그런데 왜? 그거랑 길리언이라는 사람이 무슨 관계인데?"

스카이는 짧은 순간 선택을 해야 했다. 신탁에 대해 말을 할 것인지, 아니면 그냥 이대로 모른 척 기다릴 것인지.

하지만 이렇게까지 했는데 중간에 그만 둔다는 건 아주 찜찜한 일이었다.

하다못해 신탁이 내려와 길리언이 아닌 다른 사람이 선택되는지라도 알아야 마음이 편할 게 아닌가.

'내가 너무 빨랐나? 흠…… 일단 슈이잔 수도원에 신탁의 스크롤이라는 게 있다니까 아직 신탁이 내려지지 않았다면,

진실의 이면을 엿보다 151

조만간에 신탁이 내려질 건 확실한데…… 아니, 벌써 신탁이 내려졌는지도 모르는데 어쩌지?'

스카이는 속으로 끙끙대다가 결국 얘기를 털어놓기로 결정했다.

'젠장. 일단 말이라도 해 놔야지. 어떻게든 며칠만 기다려 볼 수밖에.'

다른 사람이 아니라 성녀에게라면 미래의 일을 말해 두어야 했다. 그래야 성녀가 스카이를 신뢰하게 될 테고, 이후의 행동을 할 때 편해지게 된다.

"신탁이 내려졌는지 아직 안 내려졌는지 모르겠는데, 안 내려졌으면 조만간 신탁이 내려질 거야. 그리고 그 신탁은 네가 받게 되어 있어. 거기 보면 선택받은 자들을 찾아 기사단을 결성하라고 되어 있을 텐데 길리언은 그 중의 리더야."

느닷없이 마주친 누군가가 미래에는 뭐가 이렇고 저렇게 될 것이오, 라고 얘기한다면 그 얘기는 당연히 황당하게 들릴 수밖에 없다.

베르나가 배시시 웃었다.

"너 미친 거 맞지?"

"안 미쳤어!"

"미친 거 맞는데 뭘 그래. 내가 기사단을 왜 결성해? 넌 귀족이 아니라서 잘 모르는 모양인데 기사단 하나를 유지하려면 돈이 얼마나 드는지나 알아? 그 돈이 있으면 내가 왜 이런 벽

촌 수도원에 처박혀 있냐. 도망쳐도 진작에 도망쳤지."

스카이가 화를 억누르면서 대꾸했다.

"네 개인 기사단이 아니라 신께서 결성한 기사단이라니까."

"신은 또 왜 기사단을 결성해? 작작 좀 해라. 그런 얘기가 먹힐 리가 없잖아."

"너한테는 이게 전혀 현실감이 없는 모양인데 어차피 좀 있으면 싫어도 알게 될 거야. 아주 몸서리치게 현실감이 느껴질 테니까."

"흐—응?"

"일 년 뒤에 피르다우스 제국군이 쳐들어 올 거야. 대륙이 쑥대밭되는 건 시간문제야. 신이 선택한 엔젤릭 나이트는……."

베르나는 이 부분에서 '엔젤릭 나이트라니, 너무 촌스러워' 하고 중얼거렸다. 스카이는 화를 꾹꾹 참으면서 뒷말을 이었다.

"엔젤릭 나이트는 피르다우스 제국군에 대항할 수 있는 유일한 기사들이야."

베르나가 흥 하고 콧소리를 냈다.

"피르다우스 제국? 들어본 적도 없는 나라야. 그런 나라가 어떻게 대륙을 쑥대밭으로 만드니? 아니 뭐 설사 그런 나라가 있다고 쳐. 근데 다른 나라들은 다 뭐하고?"

"피르다우스 제국군은 인간의 힘으로 상대할 수 없어. 아니, 제국군 자체는 상대할 수 있어도 그 각료들은……."

스카이는 말을 하던 중에 메피스토의 각료들이 떠올라 소름이 끼쳤다.

"제기랄! 아무튼 신이 선택한 이들이 아니면 그들에게 맞서지 못해."

"왜 인간의 힘으로 상대할 수 없는데? 걔네는 뭐 악마라도 되냐?"

스카이가 진심으로 기쁜 표정을 지었다.

"이제야 얘기가 좀 통하는 모양이네. 바로 그거야! 정말 악마인지는 모르겠는데 거의 악마에 가까워. 그러니까 신께서 신탁을……."

"잠깐잠깐."

베르나가 스카이의 말을 가로챘다.

"뭐야. 그러니까 악마들이 쳐들어와서 대륙이 쑥대밭이 되고, 인간을 구원할 자들은 엔젤릭 나이트뿐인데 그걸 내가 신탁을 받아 결성한다고? 이 베르나가?"

"그렇다니까."

스카이가 고개를 끄덕이는 순간, 베르나는 그의 코앞에서 폭소를 터트렸다.

"와하하하하! 뭐야, 그 바보 같은 얘기는, 그런 얘기는 동화책으로 써도 안 팔리겠다! 푸하하하하하!"

"그런 게 아니……."

"으하하하하! 아이고 배야."

"내 말을 좀……."

"나 죽네, 죽어. 오늘 베르나 죽어요. 으하…… 으하하하하!"

스카이의 눈에 살기가 번뜩였다.

'저걸 그냥 확!'

스카이로서는 목숨을 걸 만큼 진지한 얘기였다. 하지만 직접 경험하지 않는 이상 분명 베르나가 아니더라도 백이면 백 그 얘기를 믿지 않을 것이다.

미친 듯이 웃는 성녀 베르나를 보며 스카이는 착잡한 표정을 지었다.

'그래. 믿기지 않을 테지. 나라도 그럴 테니까.'

거기에 대놓고 진지해질 것을 요구해 봤자 소용이 없을 것 같았다.

어차피 성녀는 곧 신탁을 받게 될 테니 그때가 되면 자연히 스카이의 이야기를 믿을 수밖에 없을 것이다.

스카이는 마지막으로 당부했다.

"신이 선택한 사람 중의 한 명, 그것도 기사단의 리더가 되어야 할 길리언이 죽었어."

스카이는 '그게 어떻게 미래를 바꿀지 몰라서 찾아온 거야'라는 말은 쏙 삼켰다.

"푸하하핫!"

베르나는 데굴데굴 구르다가 배가 아파서 더 웃지 못하고 눈물을 글썽이면서 스카이를 쳐다보았다.

"믿든 안 믿든 그거야 네 마음이지만 너도 곧 알게 될 거야. 그 스크롤로 네가 신탁을 받게 될 테니까."

"그래? 그럼 안 믿을래."

스카이가 당황했다.

"아니아니, 그러니까 그게 믿고 안 믿고의 문제가 아니라니까는?"

"내 마음이라며?"

베르나가 냉큼 일어섰다. 그녀는 온몸에 흙먼지를 잔뜩 뒤집어쓴 상태였다. 베르나는 자신의 상태를 보더니 요란스럽게 흙과 먼지들을 털어냈다.

베르나가 투덜거렸다.

"그런 말도 안 되는 얘기 때문에 내 꼴이 이게 뭐야. 수도원으로 돌아가면 원장 수녀님의 잔소리가 빗발칠 텐데."

베르나가 샐쭉대며 던진 말에 스카이가 덤덤히 대꾸했다.

"정 그렇다면 가서 일단 스크롤부터 확인해. 날 미친놈 취급하는 건 그 후에라도 상관없으니까."

"헹. 스크롤은 무슨 놈의 스크롤. 그런 게 내 손에 있으면 진작에 술이랑 바꿔 먹었지."

스카이는 화들짝 놀랐다.

"뭐? 그럼 스크롤이 없단 말이야? 아깐 있다더니!"

베르나가 허리에 손을 얹고 얄미운 표정으로 말했다.

"있기야 있지. 근데 그 스크롤은 냄새나는 수도원장이 꽁꽁

감춰두고 있단 말이야. 신탁이라고는 한 번도 내린 적이 없는데도 무슨 보물처럼 애지중지하거든. 나 같은 말단 수녀가 그걸 어떻게 봐."

"네가 못 보더라도 신탁이 내리면 수도원장이 볼 수 있는 거 아냐. 그럼 상관없어."

"안됐지만, 전해지는 말에 따르면 신탁의 스크롤에 나타나는 글자는 그게 내린 사람한테만 보이는 거라던데?"

스카이의 얼굴이 약간 창백해졌다.

"그럼 신탁이 내려도 네가 그걸 볼 수 없다는 거야? 아니, 아예 알 수조차 없다는 거잖아."

"그렇지. 쉽게 말하자면 네가 말한 얘기는 하나도 앞뒤가 맞지 않는다는 거야. 내가 보지도 못하는데 어떻게 신탁을 받을 수가 있겠냐고."

"미치겠군."

"동화를 쓰려면 제대로 알고나 써. 괜히 애먼 사람 잡지 말고 말야."

"미치겠다고!"

스카이는 머리를 쥐어뜯었다.

그렇다면 원래의 역사에서는 어떻게 베르나가 신탁을 받을 수 있었을까?

그냥 이대로 기다리면 우연히 베르나가 신탁의 스크롤을 볼 수 있게 될까? 그래서 신탁을 받게 될까?

하지만 베르나가 지금 하는 행동으로 봐서는 절대 그렇지 않을 것 같았다. 벌이나 받고 방에서 근신하게 될 텐데 신탁의 스크롤을 볼 수 있게 되는 일은 점점 더 요원해지는 것이다.

스카이는 한탄했다.

'젠장할, 완전히 잘못 짚었어. 내가 봤던 그 고결한 성녀는 어디 가고 이런 왈가닥 바보가……'

얘기를 하는 동안 마침내 베르나는 그럭저럭 옷매무새를 다듬을 수 있었다.

"에이, 오늘은 정말 재수도 없지. 모처럼 근신이 끝나고 도망 나왔는데 술도 못 먹은 데다 들어가면 잔소리나 호되게 당하게 생겼으니…… 쯧! 이게 다 네가 살짝 돌았기 때문이잖아! 왜 하필 나야 진짜. 어휴! 너, 내가 마음 바뀌어서 한 대 치기 전에 그만 가봐라. 바보 같은 동화작가라서 봐준 줄 알아. 사기꾼이었으면 죽었어."

마지막에 '사기꾼'이란 말을 할 때엔 스카이조차 흠칫 하고 떨 정도로 살기가 진득하니 묻어나왔다. 말을 마친 성녀 베르나는 냉큼 돌아서 수도원을 향해 걸어갔다.

스카이가 황급히 물었다.

"그럼 뭐 하나만 묻자. 그럼 신탁의 스크롤을 너 말고 다른 사람들은 볼 수 있어?"

베르나는 소리를 내지 않고 입모양만으로 대답을 대신했다.

'작작 좀 해, 이 새끼야.'

베르나가 저렇게 나오자 스카이 역시 더 이상 그녀를 붙들고 늘어질 생각이 들지 않았다.

어차피 지금 이야기해 봤자 자신만 미친놈이 되는 것이다.

스카이가 하늘을 올려다보며 한숨을 푹 내쉬었다.

'그냥 확 포기해 버려? 어차피 나만 혼자 도망가서 살아남으면 그만 아냐. 내가 이렇게 욕먹으면서 꼭 이 짓을 해야 되는 건 아니잖아?'

눈앞에 신탁이 내리는 스크롤을 들이대며 얘기를 해야 그나마 말이 통할까.

'응?'

스카이는 옳거니 싶었다.

'그래. 스크롤을 쥐어줘 보면 되잖아. 그럼 확실해지겠지. 신탁을 받지 못해서 스크롤로 엿을 바꿔 먹던지 따위는 내 알 바 아니고 그땐 나 혼자 독립적으로 움직이면 되니까.'

어쩐지 신을 모독하는 것 같아 스카이는 하늘을 살짝 올려다보았다.

그때 불현듯 어떤 장면이 떠올랐다.

저 새파란 하늘 어딘가에서 새카만 구름처럼 날아오던 피르다우스 제국군의 모습이. 눈 깜짝할 사이에 피의 강을 만들고 시체의 산을 쌓아올리는 모습이.

자신의 눈으로 똑똑히 목격한 그 장면을 떠올리자 스카이는 저도 모르게 몸을 떨었다.

'제기랄! 제기랄! 제기랄!'

몇 번이나 욕을 내뱉고서야 조금 진정이 되었다. 그때의 참상은 정말로 떠올리기만 해도 몸서리가 쳐졌다.

"젠장, 그 깡패 같은 수녀. 어디 한번 두고 보자. 내 말이 거짓말이라고 웃었겠다? 두고 봐. 놀라서 두 눈이 튀어나오는 꼴을 내가 꼭 봐주고 말 테니."

스카이는 양 주먹을 불끈 움켜쥐었다.

그날 밤.

"하아아암."

베르나는 양손으로 입을 틀어막고는 조심스럽게 하품을 했다. 수도원의 하루 일과가 모두 끝난 지금은, 원장 수녀가 지도하는 견습 수녀들의 취침기도 시간이었다.

하루 종일 피곤한 일만 있었던데다가 수도원을 몰래 나가 펍에 갔던 것까지 들켜 버려서, 기도 전까지 지겹도록 잔소리를 들어야만 했던 베르나였다. 몸은 이미 녹초가 되어 버려서 빨리 잠을 자러 가고 싶은 심정뿐이었다.

기도가 거의 끝나가고 있었다. 이것만 끝나면 숙소로 돌아가 잠을 잘 수 있었다.

숙소라고 해 봤자 장식 하나 없이 단촐하고, 침대와 작은 협탁이 하나씩 있을 뿐이다.

게다가 침대라고는 차가운 돌바닥에 밀짚더미를 듬성듬성

올려놓고 낡아빠진 거적 하나를 덮어둔 게 다였다. 문득 백작가에서 지낼 때 쓰던 푹신하고 따뜻한 침대가 그리워졌다.

어쨌거나 쏟아지는 졸음을 억지로 참으며 기도를 하고 있는 것보다야 거지 같은 침대라도 가서 빨리 눕는 게 낫다.

'하여튼 그 미친놈 때문에……'

먹다 만 맥주 거품을 떠올리던 베르나가 저도 모르게 쩝쩝 입맛을 다셨다.

'……인자하고 자비로운 신이시여, 내일은 꼭 일용할 술을 내려주시옵소서. 안 그러면 이제 기도고 나발이고 안 할 거예욧!'

베르나가 엉망진창 기도를 마치는 순간, 그에 비해 이루 말할 수 없이 고상하고 고결한 기도문을 읊어주던 원장 수녀가 취침시간이 되었음을 알려주었다.

"취침기도가 모두 끝났으니 자매님들은 조용히 숙소로 돌아가십시오."

베르나가 속으로 환호성을 지르며 자리에서 일어섰다.

사실 잘 나가는 백작가의 레이디가 이런 깡촌 수도원까지 쫓겨 온 처지를 생각하면 서글프지 않을 수 없었다. 하지만 베르나는 의외로 수도원 생활에 잘 적응하고 있었다.

여타 평범한 귀족가 영애들과는 다른 참으로 특이한 모습이었다. 그중 타고난 신체적 조건은 남자로 태어나지 못한 게 외려 화가 되었지만 말이다.

한데 애석하게도 취침시간은 그리 호락호락 찾아오지 않았다. 한 젊은 수사가 헐레벌떡 소 예배당 안으로 들어섬과 동시에 베르나의 꿈이 산산이 부서지고 있었다.

"자, 잠시 기다려주십시오! 자매님들께선 아직 숙소로 돌아가면 안 되십니다!"

원장 수녀가 다급히 물었다.

"무슨 일인가, 형제여?"

수사는 재빨리 가슴에 성호를 그은 다음 대답했다.

"큰일 났습니다, 원장 수녀님. 수도원에 도둑이 들었습니다. 제롬 수도원장님까지 나서시어 지금 수도원 구석구석을 수색 중이십니다. 자매님들께서도 어서 합류해 주십시오."

늘 고요하고 평온한 수도원에 날벼락 같은 소리였다.

베르나는 견습 수사나 수녀들이 아닌 일반 수사가 이 정도로 말을 길게 하는 것조차도 처음 보았다. 다른 곳도 아닌 말을 최대한 삼가는 것을 미덕으로 하는 수도원에서 말이다.

도둑도 보통 도둑이 아니라는 뜻이었다.

"뭐라고? 도둑? 지금 이 신의 집에 도둑이 들었다는 말인가? 이곳에 뭘 훔쳐갈 게 있다고……."

"믿기 어려운 사실이지만 틀림없습니다, 원장 수녀님. 제롬 수도원장님께서도 진노하시어 어서 빨리 도둑을 잡으라고 명하셨습니다."

"대체 그 불경한 도둑이 무얼 훔쳐갔다는 건가?"

젊은 수사는 잠시 하늘을 바라보다 한숨을 내쉬고, 다시 한 번 크게 성호를 그었다.

"그게…… 유감스럽게도 신탁의 스크롤입니다."

베르나는 깜짝 놀랐다.

'신탁의 스크롤? 하필이면 그게 도둑맞았단 말이야?'

원장 수녀 역시 대노했다.

단 한 번도 신탁이 내린 적이 없다지만, 그래도 신탁의 스크롤은 매우 신성하고 중요한 물건이었다. 슈이잔 수도원이 그나마 명맥을 유지하고 있는 것도 바로 그 신탁의 스크롤 때문이었다.

"어떻게 그런 일이 있을 수 있단 말인가! 신탁의 스크롤은 제롬 수도원장님께서 특별히 간수하고 계시지 않았나?"

젊은 수사가 울상을 지었다.

"어쩔 수 없었습니다, 원장 수녀님. 제롬 수도원장님이 보고 계신 가운데 없어진 것이라……"

"호들갑 떨지 말고 여기 있는 수녀들이 모두 들을 수 있도록 자초지종을 설명해 보게."

"저기, 그러니까 저녁 무렵 저희 수도원에 낯선 자가 찾아와 제롬 수도원장님을 뵙기를 청했습니다. 물론 저희 수도원은 함부로 타인의 방문을 허용치 않습니다만, 그자가 어찌나 교묘하게 설득하던지 수도원장님께서도 의심의 마음을 지우고 받아들이셨던 것이지요. 그런데 그자가……"

요컨대 슈이잔 수도원의 제롬 수도원장님께서 사기꾼에게 사기를 당하셨다는 것이다.

원장 수녀는 차마 더 들을 수 없다는 듯, 눈썹을 일그러뜨리며 말했다.

"한데 저녁 무렵이었다면 그자가 벌써 도망치지 않았겠는가?"

"아닙니다, 원장 수녀님. 수도원 밖이 훤히 트여 있고 저희 형제들이 밭에서 작업을 하고 있었는데 그자가 달아나는 것을 본 이가 없답니다. 필시 수도원 한구석에 몸을 숨기고 있을 것입니다. 그래도 혹시나 몰라 일부 형제들이 트뤼아킨 시내로 향했습니다."

그 말에 원장 수녀는 한시름 덜은 표정을 지었다.

"알겠네. 앞장서 안내하게나. 자매님들은 모두 나를 따라오시오."

이렇게 해서 원장 수녀를 비롯한 수녀들은 모두 횃대나 양초를 손에 들고 수도원 구석구석을 뒤지는 신세가 되었다.

가뜩이나 술기운 부족으로 몸이 뻐근하던 베르나가 속으로 저주를 퍼부었음은 더 말할 것도 없었다.

한 가지 기분 나쁜 점이라면, 베르나는 자꾸만 그 간 큰 도둑놈이 누구인지 알 것 같다는 것이었다.

수도원의 모든 수사와 수녀들이 밤새도록 수도원 구석구석을 뒤졌으나 수색 작업은 실패로 돌아갔다.

도둑을 잡기는커녕, 먼지구덩이를 들쑤시는 바람에 애꿎은 쥐들만 톡톡히 고생을 치러야 했다.

'난 더 이상 못해!'

마지못해 수색에 끼어 있던 베르나는 넌더리를 내며 도망칠 결심을 했다.

'난 가서 잘 거야! 도둑 따위 내가 알게 뭐야?'

결국 베르나는 잔머리에 눈치를 보태 슬쩍 수색대에서 빠져 숙소로 돌아갔다.

숙소로 돌아가는 길은 어둠이 한적하게 깔려 있었다.

혹시나 들킬까봐 베르나는 일부러 양초를 손에 들고 있지 않았다. 그녀의 모습은 짙은 어둠 속에 완벽히 묻혀 있었다.

그러나 어둠에 모습을 감춘 자는 베르나 혼자가 아니었다.

"자매여."

등 뒤에서 자신을 부르는 소리에 베르나는 기겁할 듯이 놀랐다.

"누구세요?"

그러나 베르나는 곧 정신을 수습하고 소매 아래로 주먹을 꾹 말아쥐었다.

'여차하면 한 대 때려서 기절시키고 도망치자.'

베르나를 부른 자는 수사복을 입은 젊은 수사였다.

"누구긴. 나야."

"……에?"

분명 어디서 많이 들어본 목소리였다. 베르나가 저도 모르게 한 발자국 앞으로 다가갔다.

"앗……! 너 그놈이잖아!"

그는 물론 스카이였다.

스카이는 잽싸게 베르나에게 다가가 손으로 그녀의 입을 막았다.

"쉿! 들키려고 작정했어?"

"읍읍……."

"놔줄 테니 가만히 좀 있어."

스카이는 베르나의 입을 막은 손을 풀었다. 베르나는 순순히 목소리를 낮췄다.

"어떻게 된 거야? 네가 왜 그 옷을 입고 있어?"

"뒷마당에 널어놓은 거 하나 걸쳐 입었지. 지키는 사람도 없어서 쉽더만. 무슨 도둑이 들었다고 해서 같이 찾아다니느라고 좀 귀찮았지."

대부분의 수사들은 말을 하지 않고 후드를 꾹 눌러쓰고 다니니 수사복장을 하고 수색대에 섞여 있었다면 쉽게 알아차릴 수 없었을 것이었다.

"이거 완전 나쁜 놈일세? 그거 성직자 사칭이야. 그러다가 천벌 받아."

"됐다, 됐어. 나라고 뭐 좋아서 이러는 줄 알아?"

스카이는 조심스럽게 주변을 살폈다. 사방은 어두웠고, 멀리서 부산스럽게 움직이는 불빛들이 보였지만 그들에게 다가오는 사람은 없었다.

스카이는 수사복 안섶에서 스크롤을 꺼냈다.

"이거 받아."

베르나는 보지 않아도 그게 신탁의 스크롤이라는 걸 알 수 있었다.

"이, 이거 신탁의 스크롤이지?"

"그래."

"이걸 어떻게 훔친 거야?"

"흠……, 그건 직업적 노하우라 알려주기 힘든데."

"말해 주지 않으면 받지도 않을 테닷!"

협박 아닌 협박에 못 이기는 척하며 스카이가 대답했다.

"어느 날 꿈을 꾸었는데 신께서 한 수도원의 풍경을 보여주시며 이곳으로 가 신탁을 얻으라 하셨습니다. 그리고 깨어나 보니 이 목걸이가 있더군요. 그래서 물어물어 찾아왔습니다. 제게 신탁의 스크롤을 보여주실 수 있겠습니까? ……하고 말했지. 물론 이 수사복을 입고서. 뭐, 그리고 나선 냉큼 가지고 도망쳤어. 그게 다야."

스카이가 말을 하며 목걸이를 흔들어 보였다.

"앗, 그건?"

베르나는 스카이가 들고 있던 목걸이를 빼앗듯이 낚아챘다.

"그래. 네가 주점에 맡긴 그 목걸이. 여기에 슈이잔 수도원의 표식이 있더라고. 덕분에 일이 쉬웠어."

어렸을 때부터 험한 생활을 겪어온 스카이에게 순박한 시골 수도원장을 속이는 건 그리 어렵지 않은 일이었다.

"이 사기꾼 같으니."

베르나는 말은 그렇게 했지만 나름대로 감탄하는 표정이었다.

"아무튼 이제 내 할 일은 다 했으니 빨리 받아."

"너 정말 미쳐도 단단히 미쳤구나."

베르나가 어이없다는 듯 중얼거렸다.

"이렇게 억지로 일을 벌인다고 정말 신탁이 내려질 것 같아? 게다가 기왕 훔쳤으면 조용히 갖다 팔 일이지 그걸 다시 나한테 갖고 와? 너 바보냐?"

스카이가 그녀를 노려보았다.

"누굴 쩨쩨한 좀도둑으로 아는 거야?"

"좀도둑이 아니더라도 사기꾼인 건 확실하지."

대꾸할 말이 없어진 스카이는 베르나의 말을 무시했다.

"내가 알 바 아냐. 넌 이제 이걸 가지고 있다가 언제 신탁이 내리나 지켜보기만 하면 돼."

그때였다.

"엇? 이거 왜 이래?"

스카이가 깜짝 놀란 표정으로 손에 쥐고 있던 스크롤을 바라보았다. 손이 따듯해지면서 둘둘 말려 있던 스크롤이 저절로 퍼졌던 것이다.

"헛!"

스카이의 눈이 커졌다.

스륵 스륵.

아무것도 쓰여 있지 않은 낡은 스크롤 위에 글자가 나타나기 시작했다. 그것은 마치 스크롤 위로 글자가 툭툭 튀어올라오는 듯했다.

주변은 아무것도 읽을 수 없을 정도로 캄캄했지만 스카이는 스크롤 위에, 정확히는 허공에 튀어나온 글자들을 똑똑히 볼 수 있었다.

> 그대, 선택받은 나의 자식이여.
> 나의 이름으로 나의 뜻을 이행할 자여.
> 그대의 손에 신과 소통할 증거를 남기노라.
> 이는 오로지 그대가 맞서야 할 고통과 역경이니
> 그대가 아닌 그 누구도 이를 대신할 수 없음이니라.
> 모든 것이 제자리를 찾을 때
> 그대 역시 원하는 것을 얻게 되리라.

눈앞에서 이루어지는 기적에 스카이는 잠시 할 말을 잃었다.

'이, 이게 진짜였단 말인가!'

말할 수 없이 엄숙한 감동이었다. 스카이는 난생처음으로 강건한 사명감을 느낄 수 있었다. 인간의 왕이 내린 명령조차도 떨쳐 버리기 힘든 마당에 신의 명령이라니.

믿을 수 없는 일이었다.

'엔젤릭 나이트는 모두 이런 마음으로 사명을 행하고 있었던 거야. 그래서 그들이 그렇게나 선하고 정의로워 보였던 거구나.'

지금 이 순간 어처구니없게도, 스카이는 사명감에 부풀어 엔젤릭 나이트들처럼 신의 명을 행하고 싶다는 강렬한 욕구에 휩싸였다.

"이건……."

"어이, 왜 그래?"

그때 베르나가 어깨를 툭 치는 바람에 스카이는 감정의 소용돌이에서 헤어 나왔다.

그가 베르나를 바라보았다.

아무리 생각해도 그녀는 이 경건하고 엄숙한 감동과는 어울릴 수 없다는 느낌이었다.

그래도 그녀는 성녀 베르나였다.

"아니, 잠깐?"

스카이는 베르나와 스크롤을 번갈아보았다.

베르나를 보고 다시 스크롤의 글자를 보고.

뭔가 떨떠름했다. 마음 한구석이 찜찜한 게 어딘가 자꾸만 걸리는 느낌이었다. 어쨌든 스카이는 베르나에게 이 엄숙하고 경건한 신의 증거를 보여야 했다.

"자, 봐. 이래도 내가 미친놈이냐?"

"뭘 봐?"

"보라고, 이걸!"

스카이가 베르나에게 스크롤을 쫙 펼쳐보였다.

"봐! 진짜 신탁이 내렸잖아!"

"⋯⋯에?"

베르나가 고개를 갸웃거렸다.

"뭘 어쩌라고? 어디가 신탁이 내렸다는 건지 모르겠네. 대체 뭘 보라는 거야?"

스카이가 황당한 표정이 되었다.

"이게 안 보여?"

"뭐가 보여?"

"여기! 신탁이 내렸다고! 이 글자가 안 보인단 말이야?"

베르나가 과장되게 '호호' 하고 웃었다.

"축하해. 이걸로 진짜 미친놈이라는 걸 완벽하게 증명했군. 나도 정신이 나갔지. 졸려 죽겠는데 이런 놈이나 상대하고 있었다니."

스카이는 그야말로 미칠 지경이었다.

"야! 똑똑히 봐! 이게 정말 안 보여? 너 나 놀리려고 일부러 거짓말하는 거 아냐?"

"되다되다 안 되니까 신탁을 받았다는 둥 별소릴 다하네. 이제 슬슬 화나려고 하니까 그만 해. 이 몸은 이제 가서 주무

셔야겠어요."

"야아!"

스카이가 거의 괴성처럼 소리를 질러댔다.

"대체 이게 말이 되냐고! 이러면 나더러 대체 어쩌라는 거야! 이런 염병할, 길리언이 죽은 것도 모자라 성녀까지 가까면 대체 일이 어떻게 돌아가는 거야! 이 빌어먹을 신! 일을 왜 이따위로 만들어 놓는 거야!"

앞일이 막막해진 스카이는 땅바닥을 뒹굴며 몸부림이라도 치고 싶은 심정이었다.

그러나 베르나는 현명하게도 그런 스카이가 진정할 수 있는 조언을 해 주었다.

"근데 너 이렇게 큰 소리 내도 괜찮아?"

"……."

물론 아니었다.

당황한 스카이가 멈칫, 입을 다무는 순간이었다.

베르나가 갑자기 큰 소리로 이렇게 외쳤다.

"여깁니다! 여기 그 도둑이 있어요!"

"너 이게 무슨……!"

"여기라고욧!"

스카이는 황당해졌다.

"뭐 이딴 게 다 있어?"

"저는 '이딴 게' 가 아니라 케드론 백작가의 아리따운 소녀 베르나라고 합니다. 이 도둑놈아!"

으득.

스카이는 이를 갈았다.

베르나가 다시 소리를 질렀다.

"다들 이쪽으로 와요! 도둑을 잡았어요!"

베르나의 고함은 즉각 효과를 발휘했다.

멀리서 웅성대는 소리가 들리더니 흐릿하게 보이던 불빛들이 빠른 속도로 가까워지고 있었다.

"너 어디 두고 보자! 이 가짜 성녀! 감히 나 스카이를 속이다니!"

스카이가 이를 갈며 도망치려 했다.

"어딜 도망가! 이 도둑놈아."

베르나가 잽싸게 스카이의 발을 걸었다. 스카이는 미리 예측했다는 듯 훌쩍 베르나의 발을 뛰어넘었다.

베르나는 영리하게도 공중에 뜬 스카이의 후드를 잡아챘다. 스카이는 허공에서 허우적거리다 꽈당 소리와 함께 바닥에 떨어졌다. 길게 늘어진 불편한 수사복 때문이었다.

"커헉!"

"흥, 어딜 도망가. 원래 수사복은 좀 거추장스럽거든. 후후후."

"이런 제길!"

스카이가 땅으로 넘어지며 스크롤을 떨어트렸다. 베르나는 온 힘을 다해 스카이의 가슴을 짓밟았다.

"도둑놈 주제에 떠들지 마! 여기에요, 여기! 원장 수녀님! 베르나가 도둑을 잡았어요오!"

"이, 이거 치우지 못해?"

"여기라니까요! 빨리 오세요!"

"켁! 켁켁!"

베르나는 스카이의 처절한 저항을 간단히 묵살하며 그를 계속 밟고 있었다.

얼마 지나지 않아 원장 수녀를 비롯한 수색단이 도착했다.

베르나와는 달리 성실한 수도자인 그들은 당당하게 도둑을 짓밟고 서 있는 베르나를 보며 경악을 금치 못했다.

"베, 베르나 자매…… 그대가 정말 이 도둑을 잡았는가?"

원장 수녀가 떨떠름한 음성으로 묻자 베르나는 콧김을 흥, 뿜어냈다.

"아, 직접 보시면서도 그래요? 어쨌거나 이놈을 우선 묶어야죠. 누구 밧줄 갖고 계신 분 안 계세요?"

"아, 아니…… 그건 그렇지만 그래도 사람을 밟는 것은 성직자의 자세가……."

"도둑놈 주제에 뭘 그런 걸 신경 써요. 애초에 수도원에 들어와 간 크게 도둑질을 한 이놈이 잘못이죠. 안 그래요?"

아무도 묶을 것을 가진 자가 없자 베르나는 수녀복의 허리띠를 풀었다. 그 모습에 다들 기겁을 했지만 베르나는 태연했다.

"묶어야 되니까 다들 이놈 좀 붙잡아주세요."

스카이는 반항할 여지도 없이 꽁꽁 묶이게 되었다.

스카이가 이를 갈며 말했다.

"너 정말 이러기냐?"

"도둑놈 주제에 뭘 바라셔. 어차피 너도 각오한 거 아냐?"

베르나는 빙글빙글 웃어대며 옴짝달싹 못하게 단단히 묶은 스카이를 수사들에게 던져주었다.

"으아, 이제 그만 가서 자도 되겠다."

베르나가 길게 기지개를 켜며 혼잣말을 하자 원장 수녀가 물었다.

"그런데 베르나 자매, 신탁의 스크롤은 어디에 있는가?"

"에? 아마 여기 어딘가 떨어졌을 거예요. 그 정도는…… 에헤헤, 원장 수녀님께서 찾아주세요. 저는 도둑놈을 잡느라 너무 고생을 해서 이제 그만 자야겠거든요."

"그, 그래……, 그만 들어가서 쉬게나."

베르나는 실실 웃어대며 슬슬 뒷걸음질을 쳤다.

"그럼 저는 이만…… 에헤헤헤헤."

원장 수녀가 더 이상 말이 없자 베르나는 나는 듯이 숙소를 향해 갔다.

"후아아아암……."

눈꺼풀이 견딜 수 없게 무거웠다.

간신히 숙소로 돌아온 베르나는 묵직한 겉옷을 휙 벗어던지고는 냉큼 침대 위에 드러누웠다.

"휴우. 참으로 피곤한 하루구나. 그래도 재밌었어. 종종 이랬으면 좋겠네."

툭.

아마도 이런 작은 소리가 들리지 않았다면 그대로 잠이 들었을 것이다.

"응? 저게 뭐야?"

베르나가 힘겹게 눈꺼풀을 들어올려 소리가 들려온 쪽을 바라보았다.

순간 베르나의 얼굴이 확 구겨졌다.

"저게 왜 여기 있어?"

베르나가 벗어던진 겉옷에서 떨어진 게 확실한 그것은 낡아빠진 파피루스 두루마리, 신탁의 스크롤이라 부르는 바로 그것이었다.

"이상하다. 분명히 그때 땅바닥에 떨어진 것 같았는데."

베르나가 투덜대며 손을 뻗어 신탁의 스크롤을 집었다.

"어후. 이거 다시 갖다 줘야 되나. 내일 가져다 주면 안 될…… 응?"

베르나는 눈을 크게 떴다.

손에 쥔 스크롤이 따듯해지는 것을 느끼는 순간, 마치 마법처럼 그것이 허공에 붕 떠올랐기 때문이다.

스르륵 펼쳐진 스크롤 위로 작은 글자들이 떠올랐다.

"끙……."

스카이가 신음소리를 흘렸다.

베르나로부터 스카이를 넘겨받은 수사들은 그를 지하 납골당에 가두었다. 문제는 슈이잔 수도원의 지하 납골당의 구조가 괴상망측하다는 것이었다.

입구는 본당 예배실 바닥과 연결되어 있었다.

따라서 납골당의 문은 위에서 잡아당기는 식이었는데, 이는 안에서는 절대 열 수 없는 구조였다. 게다가 지하에서 위층으로 연결되는 통로는 계단식이 아니라 사다리식이었다.

사다리라는 것은 양발과 양손을 모두 사용하지 않으면 이용할 수 없는 구조물이다. 당연히 손과 발이 칭칭 묶여 있으니 탈출은 꿈도 못 꿀 수밖에 없었다.

그러나 그것은 물론 보통 사람들에게나 해당하는 얘기였다. 뒷골목에서 어지간한 일은 다 겪어본 스카이는 이 상황에서도 벗어날 방법을 찾고 있었다.

우선 뒤로 묶인 손을 발 아래로 돌려 앞으로 빼냈다. 여기까지면 기의 성공한 거나 다름없었다. 스카이는 부츠에 숨겨둔 단도를 꺼내 발에 끼운 후 밧줄을 긁어댔다.

"젠장…… 이게 무슨 꼴이야."

슥삭슥삭.

"왜 하필 그때 신탁이 내려진 거야? 베르나도 아니고 나한테. 거 진짜 어이가 없네."

신이 원망스럽기까지 했다. 아니, 신이 무슨 생각을 하는지, 혹시 신탁의 스크롤이라는 게 가짜는 아닌지 의심스러워졌다.

"응? 가만 있어봐. 그러고 보니 스크롤의 글자는 신탁이 내려진 자에게만 보인다고 했잖아?"

신탁의 스크롤을 스카이가 들고 있었으니 베르나가 보지 못한 것도 어쩌면 당연한 일이었다.

"하지만 성녀라면 볼 수 있어야 하는 거 아냐? 제아무리 성녀라도 신탁을 받지 않으면 못 보……. 근데 왜 난 글자를 볼 수…… 볼…… 수…… 이런 씨발!"

스카이는 경악했다.

"내가 성녀가 된 거야?"

말도 안 되는 소리였지만 지금 상황이 그랬다.

길리언이 죽었으니 엔젤릭 나이트의 리더가 다른 이로 대체될 가능성이 있는 만큼, 성녀도 바뀔 수 있다는 점을 진작에 생각해 봤어야 했다.

"아니, 그렇다고 해도 내가 신탁을 받아서 성녀가 되는 건 좀 이상하잖아! 안 그렇냐고!"

허공에 내뱉은 외침이 신에게 닿을 수 있다면 좋으련만, 신은 늘 그렇듯 대답이 없었다.

 "아오, 나 미치고 환장하겠네. 내가 성녀가 되어서 다른 엔젤릭 나이트들을 모아야 하는 건 아니겠지?"

 문득.

 여장을 하고 엔젤릭 나이트를 이끄는 이상한 상상이 떠올랐다.

 "무슨 변태도 아니고! 제기랄. 난 내가 주역이 되고 싶은 생각은 없어. 그냥 엔젤릭 나이트들을 이용해서 전쟁만 막아 버리면 된다고!"

 스카이는 고개를 마구 흔들었다. 끔찍하게도 여장을 하고 외치는 상상이 가시질 않았다.

 "으으…… 젠장. 그래도 남자니까 성녀가 아니라 성자라고 불리지 않을까?"

 베르나가 엔젤릭 나이트를 이끌 때보다 뭔가 많이 어색하고 그림도 나오지 않는다.

 스카이가 땅이 꺼질 듯 한숨을 내쉬었다.

 "그러나저러나 내가 신탁을 받았다고 해도 다른 사람들이 보지 못하니 증거가 되질 않잖아. 당장 내일이면 행정관에게 끌려갈 마당인데."

 툭.

 밧줄이 끊어졌다.

스카이는 단도를 챙기고 뻐근한 손목을 돌렸다. 몸은 자유로워졌지만 밖에서 잠겨 있는 문이 문제였다.

"흐음, 어떻게 달아난다?"

수사들이 그를 트뤼아킨 시의 행정관에게 넘기면 일사천리로 재판이 진행될 테고, 최소한 손목 두 쪽이 다 달아날 각오는 해야 한다.

그러나 어디까지나 그건 최소한이고 다른 곳도 아닌 수도원에서 죄를 저질렀으니 괘씸죄가 붙어 사형까지 처해질 수도 있었다.

절망감이 그를 엄습했다.

"이거 재수 없으면 피르다우스 놈들이 쳐들어오기도 전에 죽겠는데?"

쓴웃음이 절로 흘러나왔다.

"젠장. 기껏 살아남았다고 좋아했더니······."

신탁의 스크롤이 문제가 아니었다. 미래를 알고 있으니 어떻게든 해 볼 수 있을 테지만, 당장에 죽으면 그것도 못하게 되는 것이다.

지하 납골당의 축축하고 으스스한 분위기가 절망감을 한층 자라게 하는 듯했다.

곰팡내 나는 무거운 공기는 숨쉬기가 어려웠다. 차가운 돌바닥은 뼛속까지 냉기를 전해 주고 있었다.

너무 어두운 곳이라 시간이 어떻게 흐르고 있는지도 알 수 없었다.

"제기랄. 추우니까 잠도 안 오네."

스카이는 다시 한 번 신탁의 내용을 곱씹어보았다.

제일 마음에 걸리는 것은 역시 스카이가 신탁을 보았다는 것이다. 신탁의 문장에서도 '증거'라는 말로 스카이가 신을 믿고 따라야 한다고 설명했다.

두 번째는 고통과 역경이다. 고통과 역경은 지금까지 살아온 것만으로도 충분했다. 스카이가 지레짐작하는 것인지는 몰라도 앞으로 지금까지 겪어온 것 이상의 수난이 있을 거라는 걸 암시하는 듯했다.

그건 스카이가 제일 원하지 않는 전개였다.

그리고 마지막 부분이 가장 의미를 되새기기 어려운 말이었다.

"모든 것이 제자리를 찾으면 내가 원하는 것을 얻을 수 있다고 했지. 그렇다면 역시나 지금의 상황들이 어긋나 있다는 걸 의미하는 걸까."

신탁의 내용은 심오한 문장이나 비유로 되어 있지 않고 직설적인 편이었다. 때문에 쉽게 알아들을 수는 있었지만 자세한 설명은 없으니 모호하긴 매한가지였다.

스카이는 복잡한 심정을 감추지 못하고 끙끙거릴 수밖에 없었다.

얼마나 시간이 지났을까.

드득 하고 신경을 거스르는 소음이 들리더니 천장에서 빛줄기가 비쳐들었다.

텅.

곧이어 작은 소리와 함께 사다리가 닿아 있는 입구가 열렸다.

'이제 끌어내서 행정관에게 넘기려는 건가? 아직 아침은 되지 않은 것 같은데……. 아무튼 지금이 기회다.'

스카이는 끊어진 밧줄을 대충 손목과 발목에 걸쳐놓고 때를 기다렸다.

열린 문 너머로 작은 불빛이 어른거렸다. 그리고 옷자락이 끌리는 소리와 함께 누군가가 사다리를 타고 내려왔다.

"야."

갑자기 베르나의 목소리가 들려오자 스카이는 자기도 모르게 인상을 썼다.

"네가 여긴 웬일이야?"

베르나가 고깝다는 듯 스카이를 내려다보았다.

"내가 와서 불만이냐?"

"그럼 불만이 없겠냐? 내가 누구 때문에 이 꼴이 됐는데."

"솔직히 이건 댁이 자초한 거지. 내가 언제 수도원에 와서 사기치고 도둑질하라고 했어?"

"그런 말 하러 온 거면 됐으니까 가 버려."

"남자가 속 좁긴, 도망치게 해 주려고 왔더니만. 그럼 나 다시 간다?"

"도망치게 해 준다고? 웃기지 마. 이번엔 또 무슨 수작을 부리려고?"

"못 믿겠으면 관두든지."

베르나가 냉정하게 등을 돌렸다.

스카이는 돌아보지도 않고 벽을 보며 누워 버렸다.

베르나는 '끙' 하고 소리를 냈다. 그때 스카이의 돌아선 얼굴에 웃음이 어린 것도 당연히 보지 못했다.

"그럼 나도 몰라. 쳇, 구해 주려고 했더니."

베르나가 문을 닫고 나갔다. 그러나 스카이는 그녀가 다시 돌아올 것을 알고 있었다.

과연 그 생각대로 차 한 잔 마실 시간도 지나지 않아 문이 다시 열렸다.

"거 되게 귀찮게 하네. 그냥 나가자고 할 때 나가면 되잖아."

베르나가 투덜거리며 문 옆에 램프를 두고 사다리를 내려왔다.

그러나 그 순간 베르나는 크게 당황했다.

"어?"

스카이가 없었다.

당연히 팔다리가 묶여서 누워 있어야 할 사람이 그 자리에 없었던 것이다. 그리고 사삭 하고 옷 스치는 소리가 들리는가 싶더니 베르나가 돌아보았을 때 이미 스카이는 사다리를 다 올라가 문 밖에 서 있었다.

스카이는 램프를 쥐고 흔들어 보였다.

"하하. 이제 상황이 반대가 됐구나, 이 왈가닥 바보야."

"뭐라고?"

"난 이제 갈 테니까 그 추운 데서 아침까지 덜덜 떨고 있어 봐라."

끼이익.

스카이가 문을 닫으려 하자 베르나가 소리쳤다.

"잠깐만 기다려!"

스카이는 짐짓 문을 닫으려는 행동을 멈추고 물었다.

"왜?"

베르나가 애처롭게 우는 척하며 말했다.

"내가 온 건 널 풀어주려고 했던 거란 말야. 그런데 날 가두고 나가면 어떡해, 훌쩍."

"기껏 신탁의 스크롤을 쥐어줬더니 날 가둔 건 어쩌고?"

"그야…… 당시 상황에서는 어쩔 수 없는 일이었지. 에헷."

이번엔 베르나가 천진난만한 웃음작전으로 나왔다. 그때 스카이는 베르나가 슬쩍 몸을 굽혔다가 일으킨 것을 보았다.

냉정한 목소리로 스카이가 말했다.

"일단 손에 든 돌은 내려놓고."

"쳇."

베르나는 입을 삐죽이며 손에 쥔 돌멩이를 바닥에 떨궜다.

데구르르.

스카이가 의심어린 눈초리로 물었다.

"그건 그렇고, 왜 날 풀어주려고 했는지 그 이유나 얘기해 봐. 시간이 없으니 간단하게."

베르나는 어깨를 으쓱였다.

"당연히 같이 도망가자는 거였지."

"뭐, 도망?"

"네가 그랬잖아. 신탁의 스크롤에서 신탁이 내릴 거라고."

"뭐엇?"

기쁨 반, 의심 반으로 스카이가 다시 물었다.

"정말 신탁이 내렸단 말야?"

참으로 교묘한 타이밍이었다.

"그래. 내가 두 눈으로 똑똑히 거기에 떠오른 글자를 봤어. 그럼 믿을 수 있겠지?"

스카이는 의외로 일이 잘 풀린다고 생각했다.

"신탁이 뭐라고 내렸는데?"

갑자기 스카이의 입에서 욕이 튀어나왔다.

"이런 제기랄! 나더러 성녀가 되라는 그런 신탁은 아니겠지?"

아까 했던 불안한 상상이 현실이 될 것 같은 불길한 예감이 들었다.

베르나가 킥 하고 웃음을 터뜨렸다.

"남자가 어떻게 성녀가 돼? 성자겠지."

성녀 스카이나 성자 스카이나, 아무튼 스카이에게는 전혀 어울리지 않는 단어였다.

"신탁이 어떻게 내렸는지나 말해 봐."

"단어 하나하나까지는 잘 기억 안 나는데, 하여튼 이래."

베르나는 잠깐 머리를 긁적이다가 대답했다.

"태초부터 존재한 자. 내 뜻을 이은 다섯 명의 동료를 찾아 그들에 대항하라."

"그게 다야?"

"그게 다야."

"으음······."

스카이는 낮게 가라앉은 신음을 흘리고는 말했다.

"그런데 왜 날 찾아왔어?"

"그야······."

주저하던 베르나가 말했다.

"댁이 신탁이 내릴 거라고 했고····· 나도 꿈인지 생시인지 모를 신탁을 받긴 했지만 당장에 막막해서······."

그건 그렇다.

신탁을 받았지만 워낙 모호한지라 앞으로 어떻게 해야 할지 베르나는 갈피를 잡을 수 없었던 것이다.

"그럼 수도원장이나 그런 사람들에게 가서 얘기하면 되잖아."

"농담해? 그랬다가 내가 신탁의 스크롤을 훔쳐갔다는 누명이라도 쓰게 되면 어쩌라고? 아마 수천 년 동안 잔소리를 들어야 할걸? 아니면 파문당할지도 몰라. 더구나……."

베르나는 한숨을 쉬었다.

"신탁을 받은 건 받은 사람만이 알 수 있는 거라 얘기해도 아무도 믿어주지 않아. 혹시나 해서 친한 수녀에게 보여줘 봤는데 아무것도 없다고 하더라고."

"뭐? 다른 사람에게 보여줬어?"

"걱정 마. 잠결이라 일어나도 기억 못할 테니까."

"흐음……."

미래에서도 수도원에서 일어난 일은 어떻게 진행되었는지 자세히 알 수 없었다.

'아마 신탁을 받고 베르나가 길리언을 찾아갔던 것 같은데, 길리언이 죽어서 바뀐 건가? 아니면 내가 찾아와서?'

어쨌든 나름대로 스카이에게는 나쁘지 않은 일이었다.

"좋아. 그럼 나가자. 올라와."

베르나는 '휴우' 하고 한숨을 쉬며 사다리로 왔다.

스카이가 말했다.

"이젠 서로 싸우지 말자고. 우린 한편이니까."

"그래."

"손에 있는 짱돌은 내려두고."

"헤헤, 혹시 몰라서……."
데구르르.

그들은 조용한 동작으로 지하 납골당을 빠져 나와 슈이잔 수도원을 탈출했다.

베르나가 평소 시내 술집에 가기 위한, 최적화된 비밀 루트를 알고 있었기에 무사히 수도원을 빠져 나올 수 있었다.

지금으로만 따지자면 성녀 베르나가 음주벽이 있다는 사실이 꼭 나쁜 것만도 아니었다.

스카이와 베르나는 수도원이 조그만 상자처럼 보일 정도의 거리까지 이동하고 나서야 걸음을 멈추었다.

저 멀리서 어슴푸레한 새벽 동이 작은 수도원 뒤에서 떠오르고 있었다. 스카이는 찬란한 태양을 보며 앞으로 어떻게 할지 잠시 고민했다.

'난 영웅도 아니고 기사도 아냐. 그냥 평범한 삼류 건달이지. 하지만, 내 손으로 미래를 바꿀 테다. 두고 봐.'

길리언도 일개 무두장이였다. 그런 그가 신탁을 받고 성물을 얻어 엔젤릭 나이트가 되었다.

'길리언이 했다면 나도 할 수 있다.'

이상하게 마음이 들떠 쉽게 진정되지 않았다.

엔젤릭 나이트는 피르다우스 제국에 맞서 승승장구한 것으로 알려져 있었지만, 중간 과정은 결코 편안하지 않았다.

전쟁이 나자 제일 먼저 도망가 버린 귀족들과는 달리 피난길에서 여러 번 그들을 마주친 스카이는 그들의 일을 잘 알고 있었다.

피난길에서는 여러 지방에서 온 사람들을 만나기 마련이고 작은 정보라도 서로에게 도움이 되기 때문에 귀를 기울이기 마련이다.

덕분에 엔젤릭 나이트의 얘기라면 아주 사소한 것 빼고는- 사실인지 확신할 수 없는 부분도 있지만- 대부분은 외울 정도로 알고 있다.

스카이의 기억에 따르면 엔젤릭 나이트 역시 함정에 걸리기도 하고 절체절명의 상황이 닥치기도 했다.

그들 역시 몇 번이나 위험에 빠지고 몇 번이나 죽을 위기를 벗어나 전쟁의 판도를 겨우 바꾸어놓을 수 있었던 것이다.

선택을 받고 엔젤릭 나이트가 되었다고 해서 신의 은총을 받아 죽지도 않는 불사신이 되는 건 아니었다.

'후우…….'

무엇보다도 인간 같지 않은 두려운 존재, 바로 메피스토의 각료들과 직접 맞서야 한다는 생각을 하니 벌써부터 오금이 저려왔다.

스카이가 가장 원하는 건 엔젤릭 나이트가 빨리 결성되도록 돕고 그들로 하여금 메피스토가 제국을 세우지 못하게 막는 것이었다.

멍청한 신처럼 대륙 인구의 절반이 죽어 버린 후에 평화가 찾아오게 일을 만들진 않을 것이다.
 스카이는 새삼 마음을 다졌다. 앞으로의 여정은 그로서도 결코 쉬운 일이 아닐 테니까.
 또한 그것이 아무것도 하지 못하고 도망만 다니던, 힘없던 그때보다도 더 심적으로 힘들진 않을 테니까.
 '빌어먹을 마법 스크롤이 아니었으면 어차피 난 죽을 운명이었어. 그럴 바엔 차라리 싸우다가 죽겠다 이거야.'
 생각에 따라 인상이 수시로 바뀌는 스카이를 보고 있던 베르나가 조심스럽게 물었다.
 "그런데 넌 이런 일들을 어떻게 알게 된 거야?"
 이럴 때를 대비한 대답도 미리 생각해 두었다.
 "길리언이 얘기해 줬어."
 "아아, 죽었다는 그 사람?"
 "그래."
 "그 사람 예언가였나 봐."
 "뭐…… 그런 셈이지."
 "앞으로 무슨 일이 닥치는데?"
 "처참한 일, 끔찍한…… 아주 진저리나고 두려운 일이 닥칠 거야."
 "난 그런 거 하기 싫은데……."
 스카이는 빙긋 웃으면서 엄지손가락으로 자신을 가리켰다.

"걱정 말아. 그걸 막기 위해서 내가 온 거니까. 우린 그걸 막아내고 세상을 구할 거야."

"세상을 구해?"

베르나의 눈이 반짝거렸다.

"멋지다! 역시 그것이 성녀가 할 일이지!"

신탁이 내려지던 순간을 생각하며 베르나는 다시금 황홀감을 느꼈다.

그런 경험은 처음이었다.

베르나 역시 스카이처럼 말로 표현할 수 없는 경건한 사명감을 느꼈다.

단지 스카이와 다른 점이 있다면, 스카이는 엔젤릭 나이트의 사명이 결코 쉽지만은 않다는 것을 뼈저리게 알고 있는 반면 베르나는 아무것도 모르고 있다는 것이다.

신이 선택한 성녀, 베르나.

카고니아 대륙의 운명이 오로지 그녀의 손에 맡겨진 것이다.

'이 얼마나 근사한 일이야.'

지금 베르나는 반쯤은 모험가가 된 심정이었다.

스카이는 스카이 나름대로 각오를 다졌다. 역사대로 성녀 베르나와 합류한 것만으로도 벌써 반은 성공한 셈이었다.

"피르다우스 제국 놈들아, 기다려라. 이 스카이 님이 절대로 너희들을 가만두지 않을 테니까."

스카이는 베르나에게 앞으로 일어날 일들을 대충 얘기해 주었다. 그러나 그것은 어디까지나 스카이가 알고 있는 것의 10분의 1도 채 되지 않는 이야기였다.

덜그럭 덜그럭.

마차는 그리 빠르지도 느리지도 않은 속도로 움직이고 있었다. 네 필의 말이 이끄는 마차의 지붕과 짐칸에 대여섯 명의 사람들이 옹기종기 모여 앉았다.

스카이와 베르나는 마차의 객실칸에 탑승했는데, 안에는 둘을 제외하고 남녀 여섯 명이 자리하고 있었다.

"날씨 좋다."

베르나는 마차의 창 밖으로 고개를 내밀고 푸른 초원이 지나치는 모습을 보고 있었다. 마차 안의 사람들은 그 모습을 넋을 잃고 바라보았다.

Episode1 - 마차에서의 담소

창을 스치는 바람결에 베르나의 금발이 따사한 햇살을 머금고 반짝이며 날리는 모습은 한 폭의 그림 같았다.
 승객 중 한 여성이 자기도 모르게 탄식 반 감탄 반의 말을 내뱉었다.
 "어쩜, 저렇게 인형처럼 예쁘실까."
 베르나가 고개를 돌리고 살짝 미소를 지어 대답을 대신했다. 그 모습에 오히려 말을 한 여성은 발그레해진 볼을 두 손으로 감싸고 어쩔 줄 몰라 했다.
 남자 승객 한 명이 헛기침을 하며 말을 건넸다.
 "이렇게 함께 동승한 것도 인연인데, 서로 인사나 하고 지내지요. 전 동쪽 그란에서 무역업을 하는 데란이라고 합니다."
 데란의 말을 시작으로 다른 이들도 가볍게 통성명을 했다. 마차 안에는 세 쌍의 남녀가 있었는데 마침 모두가 커플여행을 하던 중이었다.
 데란 커플 옆자리에 앉은 남자가 베르나를 보며 물었다.
 "보아하니 수녀님이신 것 같은데 자리가 불편하진 않으십니까?"
 베르나가 대답했다.
 "수행을 하는 수도자가 어떻게 제 몸의 안락을 따질 수 있겠습니까. 수도원에서는 이보다도 더 차갑고 딱딱한 돌바닥에 짚을 깔고 생활한답니다."
 질문을 한 남자가 자신의 옆에 앉은 여자를 안쓰러운 얼굴로 보며 말을 이었다.

"이 사람은 좌석이 불편해서 아까부터 고생을 하는군요. 요즘 여행철이라 좋은 마차를 구하기가 쉽지 않았거든요."

옆에 앉은 여자는 곱게 차려입어 넉넉한 집안의 사람처럼 보였는데 얼굴이 핼쑥한 게 금방이라도 쓰러질 것 같은 표정이었다. 몸이 좌우로 마구 흔들리는 싼 마차에 타 고역이 심한 모양이었다.

베르나도 사실 화려하고 편안한 마차를 타야 한다고 주장했지만, 마차를 구하기도 어려워 하마터면 짐칸에 타야 할 판이었다. 이 정도의 마차라도 구해 자리에 앉은 것만도 다행으로 생각해야 했다.

그러나 그런 내색은 전혀 하지 않는 베르나였다. 베르나는 부드럽고 화사한 미소를 지으며 차분한 말투로 말했다.

"마음으로 힘들다고 생각하면 자꾸만 힘들어진답니다. 힘든 고생도 아무렇지 않다고 스스로 다짐하다 보면 오히려 편해지기 마련이에요."

마차 안의 사람들이 모두 감탄을 했다.

"역시 수녀님이시군요."

반대로 스카이는 혀를 끌끌 차며 베르나를 보았다. 이미 베르나의 성격을 알고 있는 스카이로서는 가증스럽기 그지없는 모습이었다.

'하긴 이럴 때도 있어야지. 맨날 야수같이 날뛰면 그걸 어

떻게 감당해.'

사실 지금의 행동거지야말로 스카이가 생각하던 성녀로서의 베르나다. 가까운 지인들이야 베르나의 본모습을 알고 있으니 킥킥대겠지만, 미래에 살아남은 대부분의 사람들은 이런 모습으로 기억하게 될 것이다.

때문에 스카이는 베르나가 다른 사람들하고 얘기를 나누면 왠지 모를 불안감에 시달렸다. 지금도 고상한 척하고 있긴 하지만 언제 발작(?)을 해서 분위기를 엉망으로 만들지 알 수 없는 노릇이니까.

아무리 좋게 봐준다 해도 이들이 베르나의 본모습을 알아서 후에 득이 될 일은 하나도 없다.

'뭐 냉정하게 말하자면, 우리가 실패한다면 3년 뒤에 여기 있는 여섯 명 중에 살아남을 사람이 몇이나 될까, 생각되지만 말이지.'

나중의 모습에 대해서 신경 쓸 필요는 없었다. 그때까지 베르나가 발광해서 일을 그르치지 않도록 주의하면 되는 것이다.

간단한 인사말과 날씨 같은 가벼운 화제의 이야기가 오간 후 데란이 베르나를 보며 조심스럽게 물었다.

"그런데…… 한 가지 궁금한 게 있습니다."

베르나는 대답 없이 데란을 쳐다보았다. 데란의 얼굴이 잠깐 멍해졌다가 다시 돌아왔다. 엄청난 미인이 그윽한 눈길로 봐주시니 정신이 살짝 나갔던 것 같았다.

동승한 여자는 질투할 생각도 못하고 그냥 가만히 있을 따름이었다. 질투라는 것도 어지간해야 가능한 일이다.

데란은 자신이 실수했다는 걸 알고 급히 말을 이었다.

"저, 사실은 신에 관해 여쭤보고 싶어서 말입니다. 가만 보면 대륙에 신전이 꽤 많지 않습니까? 모시는 신도 제각기 다르고."

"네. 그런 걸로 알고 있어요."

"이런 말을 하면 신성모독이 될까 모르겠는데, 아무튼 신전에서 모시는 신들은 다 이름이 있고 부르기도 쉽죠. 예를 들어서 생명의 여신인 시리하나라던가 지혜와 축복의 신인 유고라던가……. 심지어는 파괴의 마신 기라메라를 섬기는 신전도 있더군요."

이상한 일이지만 사람들에게 이로운 신만 모시는 게 아니라, 악신을 섬기는 이들도 있었다. 상식적으로 이해하기 어렵지만 현실은 그랬다.

다른 사람들도 데란의 말에 귀를 기울이기 시작했다. 무슨 말을 하려는지 그들도 대강 짐작을 한 모양이었다.

"한데 수도원에서 모시는 신은 단 한 분이라고 알고 있거든요. 그런데 어떤 신인지 알려져 있질 않습니다. 여기 계신 분들 중에 아는 사람 계십니까?"

다들 고개를 저었다.

"그러니까 어떤 신을 섬기는지 묻고 싶으셨던 거군요?"

"예, 바로 그겁니다. 예전부터 궁금했었는데 저희 같은 사람들이야 워낙 수도자 분들을 만나 뵙기가 어려우니까 여쭙기도 힘들구요."

마차 안의 승객들이 모두 베르나에게 집중했다.

스카이도 수도원에서는 신의 이름을 부르지 않는다는 정도만 알고 있었다. 어떤 신을 섬기는지 그 신이 무슨 역할을 하는지는 알지 못했다.

하지만 겉모습만 수녀인 베르나가 알고 있을까?

그런 스카이의 불안이 기우였다는 듯 베르나는 자신 있게 대답했다.

"저희가 섬기는 신은 유일무이한 태초의 신이며 만물의 창조신이랍니다. 그분께는 이름 같은 건 아무런 의미도 없어요."

맞은편에 있던 안색이 좋지 않은 여자가 물었다.

"하지만 이름이 없다면 부르기가 어렵지 않나요?"

"이름이라는 건 인간의 편의에 의해 만들어진 거예요. 인간의 얕은 이성으로는 이름이라는 호칭을 통해서만 존재를 의식할 수 있으니까요."

여자의 옆에 앉은 남자가 고개를 끄덕였다.

"하긴 이름이 없다면 사람들 사이에선 누가 누군지 구별조차 하기 힘들 것 같군요."

"존재와 존재 간의 구별을 이름을 통해서 할 수밖에 없는 게 인간이에요. 하지만 그분께서는 유일한 존재이기 때문에 다른 신과 구별할 필요가 없어요. 그분께 인간세상의 이름을 붙여 부른다는 것 자체가 무례이며, 신을 의심하는 행동이 되는 거죠."

"과연……."

"듣고 보니 정말 그렇군요."

마차 안의 승객들은 베르나의 미모만큼이나 명쾌한 대답에 감탄을 거듭했다.

데란은 머리를 긁적였다.

"이렇게 아름다운 분이 왜 그렇게 고생스러운 길을 택하셨나 했는데, 다 이유가 있었군요."

베르나는 말을 하지 않고 살짝 웃는 것으로 대화를 마무리했다. 어딘가 모르게 함부로 대할 수 없는 성스러움이 풍겨져 다른 승객들은 더 이상 베르나에게 말을 걸 수 없었다.

스카이도 솔직히 놀랐다.

'깡패 같은 사기꾼 수녀인 줄만 알았더니?'

스카이조차 베르나에게 말을 걸기 어려운 느낌이었다.

스카이는 묘한 기분이 들었다.

만약 베르나가 막무가내 왈가닥이 아니라 계속 이런 모습이었다면 아마 스카이는 답답함을 견디지 못했을 것 같았다. 베르나를 대하고 행동하는 것만 해도 잔뜩 신경이 쓰일 텐데 함께 여행을 하고 쉽지 않은 신탁수행까지 한다는 건 아무리 생각해도 무리다.

'어쩌면 이것도 신의 배려라는 걸지도 모르겠네. 그게 날 위한 배려라고는 생각하기 어렵지만.'

스카이는 복잡한 감정으로 베르나를 보았다. 말을 마친 베르나는 다시 창 밖으로 시선을 옮기고 있었다.

어쩐지 베르나의 눈빛이 쓸쓸해 보인 것은 스카이만의 착각이었을까?

'그러고 보니 왜 백작가의 영애가 수녀가 되었는지도 모르는군. 무슨 사연이 있었던 것 같은데.'

함께 다니다 보면 차차 알게 될 일일 테니 스카이는 베르나의 사연을 당장 묻지는 않기로 했다.

'앞으로는 좀 더 성녀를 대하듯 해야 할까? 그래도 백작가의 출신인데다 수녀인데 너무 막 대해서 미안하다는 생각도 들고……, 쩝.'

물론 그런 마음은 그리 오래가지 못했다.

제 성격 남 못 준다고 당장 마차 여행이 끝나자마자 스카이와 베르나는 티격태격 싸우기 시작했던 것이다.

그러나 마차에서의 일은 베르나를 마냥 우습게만 보았던 스카이에게 그녀의 성녀다운 면모를 볼 수 있었던 대사건이었던 건 틀림없는 사실이었다.

제5화 인연의 끈 혹은 올가미

엔젤릭 나이트의 구성원은 성녀 베르나를 제외한 5명으로 이루어져 있다.

리더 길라언을 중심으로 1대 1에서는 절대 지지 않는 파이터(Fighter), 다수의 적을 상대하는 매지션(Magician), 일행의 보호와 안전을 책임지는 가더(Guarder), 그리고 마지막으로 보조와 참모격의 서포터(Supporter)까지, 각기 맡은 역할이 다르고 그에 따른 능력 또한 다르다.

그중 서포터인 메이준 카넬은 잡학에 능하고 전략가로서의 실력 또한 뛰어나다. 준남작인 그가 베르나의 어떤 면에 감복하여 험한 길로 따라나섰는지에 대해서는 여러모로 논란이 많다.

남의 일 말하기 좋아하는 호사가들은 메이준이 베르나의 미모에 반했다고도 하지만, 현재는 호기심 많은 그의 성격이 신탁행의 동참 이유가 되었다는 것이 정설이다.

이유야 어찌되었든 그가 참여함으로써 뭇 여인들의 눈이 더욱 호사를 누리게 되었음은 두말할 필요가 없는 일이다.

트뤼아킨을 갓 벗어난 작은 마을에 도착한 스카이는 다음 행로를 생각하고 있었다. 일단은 트뤼아킨을 빠져 나오느라 무턱대고 나온 것이다.

'가만 있자. 그 다음엔 어떻게 해야 하더라?'

역사대로라면 대부분은 베르나가 계속해서 신탁을 받음으로써 일을 행해야 했다. 물론 신탁이라는 게 때론 아주 정확하고 상세할 때도 있지만 대부분은 포괄적이고 상징적인 것이다.

그런 점을 감안한다면 신탁을 기다리고 해석에 고민하느니 차라리 스카이가 아는 대로 가는 게 나았다.

그러나 그때 베르나가 '어?' 하는 탄성을 냈다.

"왜 그래?"

스카이의 물음에도 대답이 없는 베르나였다. 베르나는 신탁의 스크롤을 펼친 채 무언가를 보고 있었다.

'설마 신탁이 내린 건가?'

베르나가 말했다.

"이 앞에 혹시 운하도시 같은 게 있어?"

"응. 파르티가 있지."

"거기에서 누가 기다리고 있을 거라는데?"

베르나가 신탁의 스크롤에서 본 내용을 말했다.

"이렇게 되어 있어. 물길이 흐르는 도시, 누군가 기다릴 지어니."

"어라?"

스카이는 자기도 모르게 당황했다. 베르나가 궁금한 얼굴로 되물었다.

"왜?"

"이상한데?"

"그러니까 왜?"

스카이는 코를 긁적거렸다.

원래 길리언을 만난 이후엔 길리언이 성물을 얻는 것이 다음 차례였다.

길리언뿐 아니라 다른 동료들도 마찬가지였다.

신탁이 내렸다고 해서 무조건 믿을 사람은 없다. 때문에 성물을 얻고 엔젤릭 나이트로서의 사명을 깨닫게 되어 진심으로 신탁을 수행하게 되었던 것이다.

그런데 파르티에서 다음 동료를 찾으라니?

'뭐야. 왜 이렇게 꼬였어? 그럼 성물은 언제 찾고?'

이상하긴 했지만 신탁은 신탁이었다. 성물은 다음 기회에 얻으면 될 것이다. 어차피 피르다우스 제국이 발호하려면 1년이라는 시간이 있으니.

"좋아, 그럼 파르티로 가자. 아마 그곳에서 두 번째 동료를 만날 수 있을 거야."

"와아, 파르티에선 누가 기다리고 있을까? 잘생긴 사람이었으면 좋겠다."

"음. 아마도 그럴 거야."

'엔젤릭 나이트는 모두가 미남이니까. 지금 길리언의 자리를 꿰차려는 나만 빼고.'

"누군지 알아?"

스카이는 또다시 코를 긁었다.

"메이준 카넬 준남작이야."

모를 수가 없었다. 파르티는 예전에 스카이가 머물었던 도시다. 더구나 곧 만나야 할 동료는 스카이가 너무나도 잘 알고 이는 인물이었다.

'제기랄, 그러고 보니 깜박 잊었네. 엔젤릭 나이트 중의 하

나가 카넬 준남작이라는걸.'

 스카이와 베르나가 만나야 할 다음 동료.

 메이준 카넬 준남작이 바로 그였다.

 스카이는 지끈거리는 머리를 붙잡았다.

 베르나가 어깨를 으쓱하며 말했다.

 "뭐 어쨌든 네가 아는 사람이라니까 가는 길은 좀 쉽겠다. 신께서 우리가 고생하지 말라고 편한 길로 인도해 주시는 게 틀림없어."

 스카이의 생각은 전혀 달랐다.

 '편한 길 좋아하시네!'

 편한 길이 아니라 생각 외로 꼬인 길이었다.

 '아아, 카넬 준남작을 그냥 빼 버릴까? 하지만 그러면 또 누구를 찾아야 할지 모를 텐데……'

 어쩔 수 없는 일이었다.

 스카이와 메이준은 아주 작은 인연이 있었다.

 스카이가 과거로 돌아오기 위해 찢었던 마법 스크롤, 그것이 바로 메이준 가문에 내려오는 가보였던 것이다.

 물론 메이준이 평범하게 스카이에게 그것을 양도했다면 전혀 문제가 없는 일이다. 다만 평범한 방법이 아니라 몰래 훔쳐 냈다는 게 커다란 문제였다.

 스카이는 가만히 생각해 보았다. 시기를 따져볼 때 과거의 스카이가 메이준에게 사기를 친 것이 대략 지금쯤이다.

"이러고 있을 때가 아냐. 빨리 가야 돼."

"갑자기 왜 그러는 거야."

"확인해 볼 게 있어."

"뭔데에!"

스카이는 대답도 않고 서둘러 걸었다. 베르나는 투덜거리면서도 스카이를 따를 수밖에 없었다.

스카이는 갑자기 떠오른 생각에 마음이 심란했다.

바로 자기 자신 때문이었다.

스카이는 현재 3년 전의 과거로 돌아온 상태다. 그렇다면 3년 전에 살고 있던 스카이는 어떻게 되어 있을까?

과거의 자신도 없어졌을까, 아니면 그대로 존재해서 두 명의 스카이가 있게 될 것인가.

만약 자신과 만나게 된다면? 3년의 시간을 거슬러 온 자기 자신과 만나게 된다면 과연 무슨 일이 벌어지게 될 것인가.

아니. 다른 건 다 좋다 치자.

다른 건 몰라도 한 가지만은 절대 있어서는 안 된다.

바로 과거의 스카이가 메이준에게 사기를 쳐서 가보를 훔친 것. 그것만은 막아야 한다. 그 전에 어떻게든 막지 못하면 메이준을 영입하기는커녕 더욱 일이 꼬여 버리는 최악의 상황이 벌어질 터였다.

'어째서 카넬 준남작을 생각 못했지?'

어차피 이렇게 된 마당에 최악의 상황만은 면해야 한다는 게 스카이의 생각이었다.

그렇게 고민하는 스카이를 두고 베르나는 별것 아니라는 듯 어깨를 으쓱했다.

"좋아. 그럼 가까운 펍에 가서 목이라도 축이면서 천천히 준비를 해 볼까?"

"어이어이!"

"왜에! 오랜만에 자유를 얻었으니 자유를 만끽해 주는 게 도리잖아?"

"자유가 아니고 술을 만끽하겠다는 거 아냐, 지금!"

"뭐, 그게 그거지."

스카이는 얼이 다 빠질 지경이었다.

'뭐 이런 게 다 있어? 이게 어디가 성녀야? 주정뱅이지!'

앞날이 심히 걱정될 수밖에 없었다.

'대륙을 뒤흔들었던 고귀하고 아름다운 성녀는 어디 가고 이런 괄괄하고 무책임한 술꾼이……'

과거로 돌아오기 전 스카이가 보았던 성녀 베르나와 똑같은 거라고는 이름과 외모뿐이었다.

'어떻게 나보다 더 심하냐. 이런 성녀를 데리고 어떻게 메피스토와 싸워?'

스카이는 답답함을 꾸역꾸역 참았다.

"하아아……."

저절로 한숨이 나왔다.

이제 막 행보를 시작했는데 앞으로 헤쳐 나가야 할 일들을 생각하니 벌써부터 골치가 아파오고 있었다.

스카이와 베르나가 파르티에 도착한 것은 그로부터 며칠 뒤였다.

파르티는 수로가 발달해 많은 교역이 이루어지는 상업도시였다. 스카이와 베르나도 운하를 통해 배를 타고 파르티에 들어오게 되었다.

운하의 양옆으로는 물길을 따라 색색의 집들이 가득 늘어서 있었다. 장난감처럼 아기자기한 집들 사이로 한 떼의 비둘기들이 날갯짓을 하며 지나가는 모습은 그림처럼 아름다웠다.

"예쁘네. 나도 이런 곳에서 살았으면 좋겠다."

베르나는 양손을 잡고 감탄했다. 그녀의 모습은 함께 배를 탄 이들의 이목을 끌기에 충분했다. 남자들은 얼굴을 붉히며 그녀를 힐끗힐끗 쳐다보고 있었다.

베르나는 남자들의 눈길을 즐기는 듯 헤실거리고 웃다가 옆의 스카이를 보았다. 스카이는 난간에 팔을 괴고 있었는데 안절부절못하는 모습이 역력했다.

"왜 그래? 멀미해?"

"……."

"야! 사람이 말을 하면 들은 척이라도 해야 될 거 아냐!"

"……."

"어쭈. 그렇게 나온다 이거지."

베르나가 막 본색을 드러내기 직전 스카이가 빤히 베르나를 보다가 고개를 돌렸다.

그리곤 길게 한숨을 내쉬었다.

"에휴……."

"뭐, 뭐야. 인생을 달관한 듯한 그 공허하고 허탈한 눈동자는?"

"그건 됐고, 선착장에 도착하면 난 잠시 다녀올 데가 있으니까 근처에서 좀 기다려."

"도대체 무슨 일인데 그래? 같이 가면 안 돼? 너 아까부터 뭔가 좀 이상하다."

스카이의 안색이 불편한 건 메이준이라는 이름이 나온 후부터였다.

"할 일이 있어서 그래."

베르나는 잠시 스카이를 살피다가 고개를 끄덕였다.

"흐음. 마음대로 해. 그럼 어디에 있을까?"

"선착장 근처에 '운하의 사나이들'이란 펍이 있어. 거기서 기다려."

"이름 되게 촌스럽네. 알았어. 그러지 뭐."

베르나의 성격을 볼 때 궁금하면 끝까지 캐물을 거라 생각했던 스카이는 의외로 허를 찔린 기분이었다.

'궁금한 것보다 술이 먼저일지도.'

인연의 끈 혹은 올가미 211

스카이는 생각을 멈추고 운하의 풍경을 바라보았다.

아름답지만 눈에 익은 곳이다.

미래엔 온통 잿더미가 되어 있을 곳이라 생각하니 기분이 싱숭생숭하다.

어쩐지 지금의 풍경이 생소할 따름이었다.

스카이는 배에서 내리자마자 황급히 어디론가로 뛰어갔다. 베르나는 배의 난간을 잡고 그의 뒷모습을 보고 있다가 쿡쿡거리며 웃었다.

"날 두고 혼자 어딜 가려구. 불굴의 추적자 베르나 님을 너무 우습게보셨군. 후훗."

짙은 음모의 냄새가 풍기는 웃음이었다.

스카이는 파르티의 시내를 가로질렀다.

'제발 일이 다 끝나서 떠난 후면 안 되는데.'

급한 마음에 땀까지 흘리면서 뛰고 있었다.

예전에 메이준에게 마법 스크롤을 훔친 이후 스카이는 이 도시를 떠났던 것이다.

'비싼 물건일 줄 알았는데 팔리질 않아서 고생만 했지. 감정인이 마법 스크롤을 보고 이동 마법인 것 같은데 좀 이상하다고 했었어. 그때 그 말을 믿었어야 했는데……'

알고 보니 이동 정도가 아니라 과거로 돌아가게 하는 마법 스크롤이었질 않은가.

어쨌든 제대로 된 마법이 아니라며 팔리지 않아 괜히 쫓기는 신세만 되었던 스카이였다. 하지만 그렇게 파르티를 떠나 방랑한 덕분에 피르다우스 제국군이 쳐들어왔을 때 무사할 수 있었던 것이기도 했다.

스카이는 기억을 되새기며 눈에 익은 거리를 지나쳐갔다. 장사하는 사람들과 오가는 사람들로 거리가 북적거렸다. 수도 네이스만큼은 아니지만 활기가 넘치는 거리였다.

'내 기억이 맞다면 이쯤의 여관에서 머물었던 것 같은데. 좀 더 안쪽이었나?'

3년 전의 기억이라 그런지 약간 가물거렸다. 스카이는 번화한 거리 안쪽의 후미진 골목길로 들어섰다. 인적이 조금 뜸해졌다.

"그래. 이쯤이로군."

골목을 몇 번 지나 허름한 여관 앞에 당도한 스카이는 한번 숨을 크게 들이쉬었다. 여관 앞에는 '대륙에서 가장 오래되고 유서 깊은 그리헬의 숙소'라는 간판이 걸려 있었다.

간판 밑에는 팻말이 걸려 있는데 '하루 숙박비 30센, 식사 없음'이라고 적혀 있었다. 끼니는 밖에서 해결해야 하고 단순히 숙박만 제공하는 곳이었다.

"여기다."

스카이는 다시 한 번 심호흡을 하고 스윙도어를 열어젖혔다.

끼이익.

낡은 스윙도어가 깔깔한 소리를 내며 열렸다. 안쪽의 카운터에서 한 노인이 쉰 목소리로 인사를 건넸다.

"어서 오시…… 응?"

노인은 주름살이 잔뜩 진 얼굴을 더욱 찡그리며 스카이를 아래위로 훑어보았다.

"난 또 누구라고. 아이쿠야, 내일은 비가 오려나?"

노인이 허리를 쭉 펴며 뒷목을 두드렸다.

"그런데 자네, 방에 있지 않았나? 밤새 어디 나가서 술 처먹고 아침에 들어온 것 같더니. 난 또 지금 자고 있는 줄 알았지."

스카이는 노인의 말에서 과거의 자신이 이곳에 묵고 있다는 걸 확신할 수 있었다.

안타깝게도, 나이는 다르지만 같은 시대에 두 명의 스카이가 존재하고 있는 것이다. 스카이는 속으로 '빌어먹을!'이라고 외치면서 입으로는 웃었다.

"하하. 나이가 드니까 노인장 기억이 왔다 갔다 하는 거잖아요. 열쇠나 줘요."

"그런가? 허, 이거 원 요즘에 하도 깜박깜박해서…… 나도 이제 갈 때가 됐군. 어디 보자."

노인이 카운터 아래 선반에 걸려 있는 열쇠를 찾으려 허리를 숙였다.

"응? 예비열쇠밖에 없는걸? 하나가 어디 갔지? 나가면서 반납하지 않은 거 아녀?"

"아, 무슨 말이에요. 아까 나가면서 잃어버렸다고 돈 준다고 했잖아요. 열쇠나 줘요."

"이런 망할 놈 같으니. 돈부터 내놔!"

"이따가 드린다니까요."

"꼭 줘. 노인을 속이면 지옥 간다."

노인은 욕설을 씨부렁거리며 예비열쇠를 주곤 의자에 깊숙이 몸을 파묻었다. 일상적인 일이라 그리 신경 쓰이지도 않는 모양이었다.

스카이는 2층으로 올라갔다. 좁은 복도를 사이에 두고 여러 개의 방이 있었다. 스카이의 기억으로는 201호였다. 이곳에 오랫동안 머물었으니 분명할 것이다.

201호 앞에 선 스카이는 묘한 감흥에 두근거렸다. 스카이는 오래된 나무문을 쓰다듬었다.

'과거의 나 자신과 만난다……'

세상의 어떤 사람이 그런 경험을 할 수 있을까. 지금 같은 상황만 아니라면 유쾌하고 즐거웠을지도 모른다.

스카이는 품에서 검은 천을 꺼냈다. 잠시 고민하는 듯하더니 천을 복면처럼 머리에 둘러썼다. 눈만 드러나서 누구인지 알아볼 수 없었다.

스카이는 쓴웃음을 지으며 조심스레 열쇠를 꽂았다.

인연의 끈 혹은 올가미

열쇠를 꽂고 문고리를 돌리자 찰칵 하고 작은 쇳소리가 났다. 방 안에 들릴 정도는 아니다.

스카이는 소리가 나지 않도록 문을 살짝 밀었다. 문이 반쯤 열리자 섣불리 들어가지 않고 문 위로 손을 뻗었다. 하얀 밀가루가 든 꽃병이 있었다.

"역시."

스카이는 자기 전에 꼭 문과 창문에 가벼운 장치를 설치해 두는 습관이 있었다. 사람이 죽을 정도는 아니지만 충분히 깨어나 달아날 수 있는 시간을 벌어주는 용도다.

꽃병을 옆에 내려두고 문을 닫고 들어섰다.

"음냐음냐……."

과거의 스카이는 침대에서 자고 있었다. 겨우 3년 전인데 지금보다 훨씬 앳되어 보이는 얼굴이었다.

'어쩐지 폭삭 늙어 버린 기분이군. 예전 모습을 보니 확실히 어려 보여.'

그때.

울렁거리는 느낌에 멀미가 났다. 몸이 길게 늘어나 쭉 찢겨지는 듯한 느낌도 있었다. 꽝 하고 폭죽 터지는 소리가 아득하게 들려왔다.

'왜 이러지?'

망망한 바다 한가운데에 서 있는 것 같은 느낌과 그 속에 빠져 몸이 나른한, 그런 느낌까지도 들었다. 마구 토할 것 같은 기분에 스카이는 침대 옆의 의자에 주저앉았다.

조금의 시간이 지나자 현기증은 서서히 사라져갔다. 대신 머리가 미칠 것처럼 지끈거렸다.

"끄응……."

스카이가 신음소리를 냈다.

그러자 자고 있던 과거의 스카이가 인기척을 느끼고 깨어났다. 화들짝 놀란 그가 몸을 일으켜 세웠다.

"누, 누구얏!"

놀랍게도 그 순간 두통이 사라졌다.

'신기한 일이군.'

미래의 스카이가 이마를 손가락으로 꾹꾹 누르는 걸 보면서 과거의 스카이는 긴장한 기색이 역력했다.

과거의 스카이는 섣불리 움직이지 않고 목소리를 한껏 낮추어 물었다.

"넌 뭐냐."

"네 눈엔 뭘로 보이냐."

스윽.

과거의 스카이의 손이 몰래 베개 밑을 파고들었다.

그 모습을 지켜보던 미래의 스카이가 단도 하나를 꺼내들었다.

"이걸 찾나?"

과거의 스카이의 눈동자가 휘둥그레졌다.

"이런 젠장, 내가 베개 밑에 두고 있었는데 어, 언제 그걸……."

"후후. 그러니까 섣부른 짓 할 생각하지 마. 알겠어? 보다시피 난 네 머리 위에 있어."

"으으음……."

과거의 스카이는 낮게 신음을 흘리며 미래의 스카이를 노려보았다.

"어쩐지 눈빛이 낯익은 놈이군."

"그럴 거야. 나도 그렇게 생각하니까."

스카이가 생각하기에도 이상한 말이었다. 하지만 과거의 스카이는 그게 그리 신경 쓰이진 않은 모양이었다.

"내게 무슨 볼일이냐. 그렇게 얼굴을 가리고서까지."

"중요한 일이라서. 너무 긴장은 하지 마. 그냥 몇 가지만 물어보고 갈 테니까. 하지만 거짓말을 했다가 들통나면 손이나 눈 하나 정도는 내놔야 할 거야."

"……알았다."

과거의 스카이가 고개를 끄덕이자 미래의 스카이가 물었다.

"카넬 준남작 알지?"

"카, 카넬 준남작은 왜?"

"역시 아는군."

이제 정말 중요한 얘기를 할 때였다. 미래의 스카이는 목소리를 낮추고 물었다.

"그 일 했어, 안 했어?"

"무, 무슨 소리야?"

과거의 스카이가 발뺌을 했다.

미래의 스카이가 다시 물었다.

"카넬 준남작의 가보에 손댔어, 안 댔어? 똑바로 얘기해. 이건 정말 중요한 일이야."

과거의 스카이는 '어떻게 내가 노리고 있는 걸 알았지?' 하고 중얼거리더니 말했다.

"그게 너와 무슨 상관인데? 설마 네 녀석도 그걸 노리고 있는 거냐?"

"아니. 그 반대지. 그건 세상에 나와서는 안 되는 물건이라 네가 그걸 훔쳐내면 안 되거든."

"세상에 나와선 안 되는 물건이라고?"

미래의 스카이는 어떻게 설명을 해야 할까 고민했다. 그러나 그게 이동 마법이 아니라 과거 이동 마법이라는 사실을 알게 되면 어떤 용도로 마법 스크롤을 사용하게 될지 알 수 없는 노릇이다. 그게 비록 과거의 자기 자신이라 하더라도.

미래의 스카이는 간단히 에둘러 말했다.

"그 마법 스크롤이 비싸다고 생각하겠지만 전혀 가치가 없는 거야. 어디에 내놔도 팔리지 않아. 그러니 훔쳤다면 다시 내놔."

아마 미래의 스카이 자신도 이런 얘기를 듣는다면 믿었을지 의심스러워웠다. 더구나 전쟁을 겪기 전의 스카이는 꽤 약삭빠르고 의심이 많았다. 뒷골목에서 살아남으려면 어쩔 수 없는 일이었다.

그러다가 전쟁을 겪으면서 한층 성숙해졌고 더 이상 거짓말이나 사기, 협박 등이 필요 없는 세상이 되면서 그나마 나아진 것이다.

그러나 과거의 스카이는 미래의 스카이가 우려하는 바와 달리 순순히 고개를 끄덕였다.

"무슨 말을 하는지 알겠어. 충분히 알아들었다고."

"알아들은 게 중요한 게 아니라 그 집 가보를 훔쳤는지 안 훔쳤는지만 말해."

미래의 스카이가 다그치자 과거의 스카이가 항변하는 듯한 어조로 말했다.

"이봐. 네가 날 지켜보고 있었다면 잘 알 거 아냐. 절대 훔치지 않았어."

"똑바로 얘기해. 중요한 일이야."

그 말에 과거의 스카이가 웃음을 터뜨렸다.

"푸하하. 이거 참, 재수도 없지. 원래 오늘밤 시도하려 했었는데 네가 찾아온 거야. 난 아직 카넬 준남작을 만나보지도 못했다고."

과거의 스카이는 양손을 들어 보이며 결백하다는 듯한 제스처를 취했다.

"정말이지?"

"그렇다니까."

미래의 스카이는 일단 안도했다. 예전에 자신은 카넬 준남작의 가보를 입수하기 위해 두세 번가량 만나 작업을 해 두었기 때문이다.

만약 과거의 스카이가 벌써 카넬 준남작과 안면을 튼 상태라면 일이 더 귀찮아졌을 텐데, 아예 만나지도 않았다니 생각보다 훨씬 쉽게 일이 풀릴 것 같았다.

"만약 거짓말이면 큰일 난다. 알겠어? 단순히 훔친 걸로는 끝나지 않아."

"정말이라니까."

미래의 스카이는 과거의 자신을 믿어도 될지 의심스러웠다. 하지만 과거의 자신에게 해를 끼친다거나 물리적인 폭력까지 동원하는 것은 꺼려졌다.

그랬다가 실수하면 누구 하나가 해를 입는 것으로 끝나진 않을 것 같았다. 지금으로선 이 정도가 최선이었다.

미래의 스카이는 과거의 스카이에게 몇 번이나 확답을 받은 뒤 자리에서 일어섰다.

"혹시 주인장에게 의심을 살지 모르니 창문으로 나가야겠군."

그러나 창문을 열고 밖으로 나가려던 미래의 스카이는 내내 찜찜했다.

"으음, 일을 보고 밑을 안 닦은 기분인걸."
어쩐지 이대로 가면 안 될 것 같았다.
미래의 스카이는 밖으로 나가려다 말고 다시 몸을 돌렸다.
"뭐, 뭐야! 아니라고 했잖아!"
과거의 스카이가 화들짝 놀랐다.
미래의 스카이는 길게 한숨을 내쉬었다. 원인을 알아챈 것이다.
"그래 맞아. 저 녀석…… 때문이군."
"뭐?"
미래의 스카이는 천천히 과거의 스카이에게 다가갔다.
"미안하다."
"미, 미안하다니?"
"너한테도 미안하고 나한테도 미안하고, 말하자면 밑도 끝도 없이 미안하다는 뜻이야."
"엥?"
미래의 스카이는 입술을 질끈 깨물고 주먹을 날렸다. 과거의 스카이가 부웅 소리를 코끝으로 흘리며 몸을 뒤로 눕혀 겨우 주먹을 피해냈다.
그러나 피해 봤자 침대였다.
미래의 스카이는 침대보를 걷어 확 덮어 버렸다. 그물에 걸린 것처럼 과거의 스카이가 허우적거렸다.
"아무래도 전쟁터에서 죽도록 고생을 한 내가 한 수 위로구나."

쓸쓸하고도 자조 섞인 한숨이었다.

과거의 스카이가 얼굴만 겨우 내밀어서 소리쳤다.

"이봐! 내게 무슨 원한이 있어서 이래!"

퍽!

미래의 스카이는 대답보다 먼저 구타를 시작했다. 자신은 자신이 가장 잘 알고 있었다. 아주 조금의 시간만 있으면 기회를 노리는 것이 자신의 성격이었다.

몇 번이나 죽을 뻔한 위기에서도 살아남지 않았는가.

초반에 확실히 제압해 놓지 않으면 뒷감당을 하기 어려울 것이다.

"일단 맞자."

미래의 스카이는 얼굴만 집중적으로 노리고 주먹을 뻗었다.

퍽 퍽퍽퍽.

"크윽!"

과거의 스카이가 고통스러운 소리를 낼 때마다 미래의 스카이 가슴도 찢어지는 듯했다. 다른 사람도 아닌 자기 자신을 때리는데 기분이 좋을 리 없었다.

'아마 난 과거의 자신을 두들겨 팬 최초의 사람이겠군.'

퍽퍽퍽퍽.

과거의 스카이의 얼굴이 부어오르기 시작했다. 몸이 침대보에 덮여 엉켜 있으니 반항도 하지 못하고 그대로 얻어맞을 수밖에 없었다.

눈이 삽시간에 붓고 입술이 탱탱 부어올랐다.

얼굴 전체가 푸르댕댕하고 벌겋게 부어올라서 스스로 생각하기에 나름 멀쑥한 편인 얼굴은 원래 모습을 알아볼 수가 없을 정도였다. 아마 누군가 둘을 대놓고 보아도 동일 인물이라는 걸 알 수가 없을 터였다.

"휴우……."

과거의 스카이의 얼굴이 완벽한 개조를 이루자 미래의 스카이는 그제야 주먹질을 멈췄다. 죽일 마음은 없었다. 어차피 죽일 수도, 죽여서도 안 되고 말이다.

다만 당분간만이라도 다른 사람들이 알아보지 못하도록 조치가 필요했던 것이다. 만약 베르나 메이준 카넬 준남작이 이상하게 생각하기라도 한다면 큰일이니까 말이다.

"으으…… 으…….''

과거의 스카이는 거의 인사불성이 되어 있었다. 그러나 못 움직일 정도는 아니다.

하나 아직 찜찜함이 덜 풀린 미래의 스카이였다.

"이대로는 조금 모자라고……."

미래의 스카이는 단도를 들어 아예 과거의 스카이의 머리를 베어냈다.

싹둑 싹둑.

가위로 자르는 것처럼 깨끗하게는 되지 않았다. 마치 쥐가 파먹은 듯이 머리카락이 들쑥날쑥했다.

그 모습을 보니 미래의 스카이는 가슴이 아파왔다.

'아아, 미안하다. 내 자신아. 하지만 이게 다 너와 날 위해서다. 내가 전쟁을 막으면 넌 그 지옥을 경험할 필요도 없으니 이것이 대가라면 얼마나 싼 거냐.'

스스로 자위하고 나니 마음이 조금 풀렸다.

아마 적어도 일주일 이상은 얼굴이 회복되지 않을 테고 그 시간이면 미래의 스카이가 이곳에서 볼일을 모두 마치고 떠날 수 있는 충분한 시간이었다. 그리고 다신 이곳으로 올 일이 없으니 더 이상 마주칠 일도 없을 것이다.

"나 간다. 정신이 들어도 날 찾을 생각은 마라. 금방 떠날 테니까."

과거의 스카이의 개조작업을 완전히 끝낸 미래의 스카이는 곧 창문을 열고 밖으로 나갔다.

창틀과 튀어나온 판자를 디디고 가뿐하게 내려설 수 있었다. 예전에 자주 하던 짓이라 그리 어렵지 않았다.

"흐…… 흐흐흐."

과거의 스카이는 미래의 스카이가 나가자마자 웃었다.

하도 얻어맞아서 정신을 차릴 수가 없었고 눈까지 부어 앞도 보이지 않지만, 그래도 한 가지만은 지켜냈다.

과거의 스카이는 '끙' 소리를 내며 침대보를 걷어낸 후 베게 밑으로 손을 넣었다.

"엇?"

과거의 스카이는 황당한 표정으로 단도를 꺼내들었다. 자기 전 베개 밑에 놓아둔 그 단도가 그대로 있다.

"머야. 봉며늘 한 댜식도 내꺼와 또가튼 거연는데. 그러믄 아까 그기 내께 아니엉나?"

과거의 스카이는 영문을 알 수가 없었다.

그러나 어쨌든 그것은 중요한 게 아니었다. 다시 베개 밑을 뒤지자 스크롤 하나가 그의 손에 잡혔다.

"새키, 이건 모라쓸걸. 이게 바로 카네르 쥬나쟉의 가보지."

입이 얼얼해서 말도 제대로 나오지 않았지만 그가 하는 말은 명확했다.

메이준 카넬 준남작의 가보인 마법 스크롤!

그것이 과거의 스카이의 손에 들려 있었던 것이다. 그것은 이미 과거의 스카이가 일을 끝냈음을 의미하는 것이었다.

과거의 스카이는 잠시 고민했다.

이대로 달아날 것인가, 아니면 얻어맞은 복수를 할 것인가.

고민은 길지 않았다.

스카이는 원래 당하고도 멀쩡하게 있을 성격이 아니었다. 오죽하면 자신을 민 기사를 과거에서 찾아내 두들겨 패서 복수를 하고, 미래에 피르다우스 제국에 그렇게 당했다고 그놈들과 싸우겠다고 난리를 치겠는가.

"개대키. 드그 보자. 듀겨 버리 테다."

스스로가 스스로를 다 안다고 생각하지만 가끔은 놓칠 때도 있는 법.

그때가 바로 지금 같은 때였다.

과거의 스카이는 끙끙대며 침대에서 일어나려다 다시 엎어졌다.

"데기랄!"

현기증이 오는 걸 보니 아직 조금은 더 쉬어야 할 듯했다. 하지만 잠시 쉰다고 복수심이 줄어드는 것은 아니었다.

오히려 처참하게 두들겨 맞았던 때를 곱씹으며 복수를 되새기는 과거의 스카이였다.

'그놈, 카넬 준남작이 보낸 놈은 아닐 거야. 그랬다면 여길 다 뒤져서라도 스크롤을 찾아갔겠지. 아마 그 스크롤을 노리는 다른 사기꾼 새끼겠지.'

과거의 스카이는 울분이 북받쳐서 '개대키!' 하고 발음도 되지 않는 소리를 내뱉었다.

'그런 주제에 가치가 없다는 둥 지껄여? 나도 사기꾼이지만 나보다 더 사기꾼 같은 새끼네. 어쨌든 감히 이 몸을 건드렸으니 네 녀석은 곧 죽은 목숨이다. 똥오줌을 갈길 때까지 두들겨 팬 후 꽁꽁 묶어서 운하 밑바닥에 가라앉혀 버릴 테니까.'

으드득.

과거의 스카이는 이가 부러져라 갈았다.

"으응?"

스카이가 창문을 넘어 몰래 여관을 빠져 나간 것을 주인은 보지 못했지만 다른 이가 그것을 지켜보았다. 그것도 아주 수상한 눈초리로.

"왜 스카이가 저런 데서 나오지? 그것도 정문이 아니라 창문으로. 분명 들어갈 땐 문으로 들어갔는데……. 게다가 얼굴엔 복면까지 했네?"

스카이의 뒤를 몰래 미행했던 베르나는 아리송한 얼굴이었다.

"뭐가 그리 급한지 미친 듯이 뛰어가더니만 금세 범죄자처럼 창문으로 몰래 나오고, 그 다음엔 저렇게 느긋한 표정이라……."

베르나는 옷을 툭툭 털고 아무 일 없었던 것처럼 걸어가는 스카이와 여관 2층을 번갈아 보았다.

"뭔가 냄새가 난다!"

베르나의 눈이 호기심으로 반짝반짝 빛났다.

그때 옆쪽에서 웬 30대로 보이는 남자가 베르나를 보며 말을 건넸다.

"여어, 아가씨 못 보던 얼굴인데? 한가하면 이 오빠랑……."

남자의 말이 끝나기도 전에 베르나는 남자의 정강이를 걷어 찼다.

빡!

"아이쿠야! 이년이!"

남자가 비명을 지르며 정강이를 잡고 허리를 숙였다. 베르나는 양손을 깍지를 끼워 머리 위로 들어올리더니 그대로 내려쳤다.

빠—악!

뒷목을 정통으로 맞은 남자는 뻗은 개구리처럼 철푸덕 땅에 엎어졌다.

입에서 거품이 부글거리며 흘러나오고 있었다.

한창 힘들었던 시절에 미칠 듯이 파고들었던 운동이 이럴 땐 크게 도움이 되었다.

"별게 다 귀찮게 하네."

베르나는 손을 탁탁 털고 '대륙에서 가장 오래되고 유서 깊은 그리헬의 숙소'로 들어갔다.

끼익.

"어서옵쇼."

스윙도어가 초인종처럼 손님의 등장을 알리자 주인장인 노인이 인사를 건넸다.

"응? 웬 예쁜 처자가 이런 곳엘 다 왔누?"

"저, 혹시 좀 전에 들어왔던 사람에 대해 알 수 있을까요?"

"좀 전? 그건 왜 물어?"

"알려주시면 안 돼요?"

노인이 주름살을 구기며 손을 저었다.

"에잉, 안 돼, 안 돼. 그건 알려줄 수 없지. 우리 같은 장사는 신용이 제일인데. 괜히 어디서 외상값이라도 받으러 왔다면……."

"외상값 때문이 아니에요. 제가 거짓말하는 것 같으세요?"

베르나가 생글거리며 웃었다.

"헛험."

노인이 헛기침을 했다.

"뭔 일이길래 다 쭈그러진 노인네한테 그런 여우 같은 웃음을 짓는겨."

"지나가다가 우연히 봤는데 아는 얼굴인 것 같아서 그래요. 제겐 어렸을 때 헤어진 오빠가 있는데……."

베르나가 눈물을 그렁거리자 노인은 '허, 참' 하고 탄식처럼 내뱉더니 마지못한 말투로 대답했다.

"아마 스카이라는 젊은 청년일걸? 좀 전에 들어온 건 갸밖에 없으니께. 찾는 사람이 아니면 돌아가고, 맞으면 올라가봐. 지금 있을 테니."

베르나의 호기심이 뭉클 피어났다.

"혹시 오늘 들어오면서 체크인 했나요?"

"아녀. 한 몇 달 됐어."

"호오……."

이때까지만 해도 베르나는 그저 과거의 일을 가르쳐주지 않는 스카이의 행적이 막연하게 궁금할 뿐이었다. 한데 노인의 다음 말에 베르나는 기겁할 듯이 놀라고 말았다.

노인이 혼잣말을 하듯이 주절거린 이야기 때문이었다.

"그놈이 나도 모르게 왔다 갔다 하더니만 뭔 사고를 쳤나? 어제도 밤을 꼴딱 새고 들어오더니만 그새 또 나갔다 오고."

"네에? 밤을 새고 들어왔다구요? 그럼 아침에도요?"

그럴 리가 없었다. 며칠 동안 스카이는 자신과 함께 있었으니까.

"그려. 요즘 들어 내내 계속 밤새고 오더니 지쳐가지고 무슨 비루먹은 말모냥 들어오더라고."

노인이 말을 끊고 조심스레 되물었다.

"그런데…… 정말 그놈이 무슨 사고를 친 건 아니지?"

"아, 아니에요."

베르나는 잠시 생각을 정리할 시간이 필요했다.

'이게 무슨 해괴한 소리야? 나랑 며칠 동안 같이 있던 스카이는 뭐고 이 스카이는 뭐람?'

잠깐의 생각 끝에 베르나는 직접 올라가 보기로 했다.

"어어? 막 올라가면 안 돼!"

노인이 말렸지만 들을 베르나가 아니었다. 베르나는 2층으로 올라가 끝 쪽 방문을 마구 두드렸다.

똑똑똑.

"안에 사람 있어요?"

"……."

쾅쾅쾅!

"야! 없으면 부수고 들어간다!"

베르나가 치마를 치켜들고 발로 냅다 방문을 걷어차려는 순간 문이 열렸다.

"어떤 미팅녕이……."

"꺄아악!"

베르나는 그를 보자마자 비명을 질렀다. 그녀의 눈앞에 있는 건 인간이라고 볼 수 없었다.

얼굴이 보통 사람보다 두 배는 퉁퉁 부어 있고 안색도 푸르딩딩 불그스름해서 괴물 같았다. 여기저기 피가 맺히고 터져 끔찍하기 그지없었다.

과거의 스카이는 자신의 얼굴을 매만졌다. 여자가 자신의 얼굴을 보고 놀랄 정도니 얼마나 된통 맞은 것인가 하는 생각이 들었다. 그러자 복면인에 대한 분노가 새삼 들끓었다.

베르나는 당연히 그를 알아볼 수 없었다. 안됐다는 말투로 베르나가 말했다.

"어쩌다가 그렇게 맞으셨어요."

"네가 알 바 아니댜나!"

발음이 시원찮았지만 알아들을 수는 있었.

과거의 스카이는 귀찮아졌다. 예전 같았으면 예쁜 아가씨니 수작이라도 걸어보려 했을 텐데 지금의 얼굴로는 그럴 수도 없었다.

"무즌 일 때뮨인디 몰라도 됴은 말로 할 때 떡 꺼뎌!"

입술을 이죽거리는 게 영락없는 뒷골목의 불량배였다.

베르나는 겁을 먹기보다 그를 보며 대체 스카이가 무슨 짓을 한 건가 하는 생각이 들었다.

"저, 여기 혹시 남자 한 명이 왔다 가지 않았나요?"

"응?"

빨리 여자를 보내고 누우려던 과거의 스카이의 눈에 한줄기 빛이 반짝였다.

'이년이 아까 그놈을 아는 건가?'

과거의 스카이는 입이 아파 최대한 짧게 물었다.

"아는 사이?"

"일행이에요. 그런데 그 남자가 이쪽으로 온 것 같던데 혹시…… 무슨 일이 있었던 건가요?"

"오호라."

잘 됐다. 이 여자를 잘 이용하면 아까 그놈을 찾을 수 있을 것이다.

그러나 과거의 스카이는 순간 아차 싶었다.

'이런! 같은 일행이라면 스크롤을 노리는 놈들이니 무슨 목적이 있을 거 아냐.'

과거의 스카이는 최대한 눈에 힘을 주고-그러지 않으면 앞이 잘 보이지 않는다- 잽싸게 베르나의 위아래를 훑었다.

'내가 놈이 온 것을 발설하는지 안 하는지 시험해 보려는 것일 수도 있어. 아니면 깨끗하게 날 죽이려고 온 것일 수도 있고.'

뒷세계에서는 미인을 조심하라는 말이 있을 정도로 예쁜 여자가 더 무서운 법이었다. 그런 여자들이 어느 날 밤에 잠자리에서 단도로 심장을 쑤실지 알 수 없는 노릇이다.

과거의 스카이는 더 이상 뭔가를 캐낼 필요는 없다고 생각했다. 눈앞의 여자는 상당한 미인이다.

다행스럽게도 이만한 미인이면 어딜 가도 눈에 띄게 마련이다. 복면인이 누군지는 알지 못해도 일행을 찾는 것은 그리 어려운 일이 아닐 터였다.

'큭큭, 병신 같은 놈들. 스크롤은 벌써 내 손에 들어와 있으니 너희는 헛수고만 하는 거야. 그리고 절대로 이 몸께서는 이대로 물러날 사람도 아니란 말이지. 어디 두고 보자.'

과거의 스카이는 최대한 비굴한 자세로 말했다.

"어제 차쟈온 샤라믄 이찌만 오느른 아무됴 안 와씀니다."

"에? 그럴 리가 없을 텐데······."

"딘따입니다."

"흐으응."

베르나가 수상하다는 눈길로 바라보자 과거의 스카이는 자신의 생각이 옳았음을 직감했다.

'역시 날 시험해 보는 거였어.'

베르나가 물었다.

"정말?"

"네네."

"진짜?"

"네, 그럼여."

"진심으로?"

"……네네."

"명확히?"

끄덕끄덕.

"맞아서 모르는 척하는 거 아니고?"

그 순간 과거의 스카이가 폭발했다. 비굴한 것도 정도가 있기 마련이었다.

"이 미팅년이 딘따 보쟈보쟈 하니까! 그냥 칵 꺼꾸러 매다라서 무르고기 뱝을 만드러 듀까 보다! 너 가튼 거 그러케 하는 거쯤 아무거또 아냐! 아라쓰명 썩 꺼뎌!"

과거의 스카이는 알아듣기 힘든 갖은 욕을 다 하며 문을 닫으려 했다.

그러자 베르나가 발을 턱 하고 문간에 걸쳤다.

과거의 스카이가 눈을 부라렸다.

"디금 뭐하쟈는 거야?"

베르나가 생글생글 웃었다.
"전 말이죠……."
과거의 스카이는 불현듯 공포심을 느꼈다.
'아차! 조금 더 참았어야 했는데!'
베르나가 갑자기 발로 스카이를 걷어찼다.
퍽! 소리와 함께 스카이가 뒤로 나뒹굴었다.
"억!"
베르나가 인상을 쓰며 말했다.
"나한테 두 번이나 미쳤다고 욕한 놈을 가만히 두는 성격이 아니시거든?"
베르나가 안으로 들어서며 문을 닫았다.
끼이이익—
쿵.
잠시 정적이 흘렀다.
그러더니 곧 방 안에서 묘한 신음소리가 흘러나왔다.
'아아' 내지는 '으음' 하는 야릇한(?) 신음소리였다.
베르나를 끌어내리려고 2층까지 지팡이를 짚고 올라온 노인이 복도에서 그 소리를 듣더니 혀를 찼다.
"끌끌, 하여간 요즘 젊은 것들이란. 오빠는 뭔 놈의 오빠여. 처음부터 애인이라고 하면 될 것을."
노인은 허리를 두드리면서 다시 계단을 내려갔다.

한편, 미래의 스카이는 약속장소인 '운하의 사나이들'이란 펍에서 베르나를 기다리고 있었다.

"뭐야, 여기서 기다리라고 했더니 도대체 어디로 사라진 거야?"

펍은 낮이라 한산했다. 상업도시인만큼 낮에 일하는 사람들이 많아 밤에 더 북적거린다. 몸 여기저기에 문신을 한 거친 이들도 종종 보이지만 치안이 확실해 먼저 시비를 걸진 않는다.

도시 출입은 자유롭지만 범죄행위에 대한 처벌은 매우 강력하다. 스카이가 카넬 준남작의 가보를 훔치고 한참이나 다른 도시를 전전하며 도피생활을 한 이유이기도 하다.

스카이는 옛일을 회상하며 맥주를 들이켰다. 톡 쏘는 맛과 배가 싸해지는 느낌이 일품이다.

"그러고 보니 몇 년이나 맥주를 마시지 못했지."

평화로운 시대에는 이렇게 편하게 맥주를 마신다는 게 행복한 일이라고는 생각지도 못했다. 평소엔 잘 먹지 않는 딱딱한 빵조차도 전쟁통에는 귀한 식료품이었다.

그런 생각을 하니 오한처럼 몸이 떨렸다.

"그래. 이런 걸 먹으면서 싸울 수 있다는 것도 어디냐."

막상 피르다우스 제국군과 맞부딪쳤을 때에 잘 싸워서 이겨낼 수 있을지는 걱정이었지만, 그때 일을 지금 고민하느라 끙끙댈 필요는 없을 것 같았다.

인연의 끈 혹은 올가미

"그냥 하는 거야. 그냥 해 버리면 되지!"

스카이는 복잡한 생각을 한 마디 자위와 맥주 한 모금으로 날려 버렸다.

'가만?'

그런데 문득 이상한 의문이 떠올랐다.

'피르다우스와의 전쟁이 끝나고 나면 과거의 나는 어떻게 되는 거지?'

동시대에 두 명의 스카이가 계속해서 머물게 되는 그런 일이 일어날 수도 있을까?

"에라 모르겠다! 그건 그때 가보면 알겠지. 캬아!"

스카이는 남은 맥주를 모두 들이키고 테이블에 내려놓았다. 나무틀에 주석으로 안을 덧댄 맥주잔이 덜거덕 소리를 냈다.

"두고 보자고. 그때까진 어떻게든 해서 보란 듯이 살아남을 테니까."

"뭘 두고 보자는 거야?"

익숙한 목소리와 함께 베르나가 스카이의 앞자리에 앉았. 스카이가 눈을 부릅뜨고 베르나를 노려보았다.

"어디 갔다가 이제 오는 거야? 맥주 한 잔을 다 마셨잖아."

"하아, 덥다. 그냥 모처럼 수녀원 밖을 나온 김에 사람 구경 좀 했지."

"술을 놔두고?"

스카이가 수상한 눈빛으로 베르나를 쳐다보자 베르나는

'아! 맞다. 술' 하고 그제야 생각난 것처럼 술을 주문하려 했다.

스카이는 코웃음을 치며 일어섰다.

"안 돼. 이만 가자. 신탁을 받았으니 메이준 카넬 준남작을 찾아가야 할 거 아냐."

"아아, 너무한다. 너무해."

그런데 베르나는 일어나지 않고 웃으면서 스카이를 보았다.

"뭐해? 안 일어나?"

"훗, 훗훗, 훗훗훗."

"워워, 그만 둬. 그 이상한 웃음은 뭐야."

"잠깐 앉아봐. 작전회의라도 해야지 않겠어?"

"작전회의?"

"그래. 메이준을 만나면 어떻게 할 건지 대책을 세워야 할 거 아냐. 무작정 얘길 해 봐야 전혀 믿지 않을 거야."

"흐음."

스카이가 다시 자리에 앉았다.

"하긴 작전은 필요하겠지."

베르나가 말했다.

"이건 내 생각인데 메이준에게 스크롤을 쥐어주면 어떻게 되지 않을까?"

베르나가 생각보다 예리한 것에 스카이는 조금 감탄했다.

베르나의 말처럼 신탁의 스크롤을 맡기면 그 순간 신탁이 내리도록 되어 있었다.

뭐랄까, 신성한 사명감을 일으키도록 그렇게 한 모양이다.

스카이는 일부러 한번 베르나를 떠보았다.

"그랬다가 아무 일도 일어나지 않으면? 그건 너무 무책임한 행동이라고."

베르나는 조금도 걱정 없이 대답했다.

"그럼 관두는 거지. 신탁이 내리는 것 말고는 방법이 없어. 우리가 아무리 설득해도 믿지 않을걸."

물론 그건 그렇다.

신탁이 내려와서 적과 싸워야 한다. 그 적이 누구냐? 아직은 없는데 곧 나타날 거다. 아직 나타나지도 않은 적과 싸운다고? 그렇다. 그러니 우리와 동료가 되어 같이 여행을 하자. 너희들 미쳤구나?

일반적으로는 이런 대화가 이루어질 게 뻔하다.

"내가 스카이한테 신탁 얘기를 처음 들었을 때 기억 안 나? 나도 믿지 않았잖아. 당연히 메이준도 마찬가지야. 방법은 그의 눈앞에서 신탁이 내리는 수밖에 없어. 만약 신탁이 내리지 않아 그가 우릴 따르지 않겠다고 하더라도 그건 우리 잘못은 아냐."

베르나가 천장을 슬쩍 바라보며 조그맣게 말했다.

"그건 우리한테 모든 일을 다 맡기려는 게으른 누군가의 탓이겠지."

"베르나의 말이 맞아. 신탁의 스크롤이 있으면 어쨌든 우릴 따라오게 될 거야. 그러니까 다른 방법이 없다고 다른 사람을 찾자거나 그런 말은 하지 말자고."

'그랬다가는 미래가 바뀌어 버려서 내가 아무 힘도 쓰지 못할 테니까' 라는 말을 쏙 뺀 스카이였다.

스카이는 베르나의 이상한 웃음소리를 떠올리며 물었다.

"뭔가 할 말이 있는 것 같은데?"

"응? 아아."

베르나가 수녀복 안을 뒤지더니 스크롤 하나를 꺼내 테이블 위에 탁 소리가 나도록 올려두었다.

"이거야."

"얼레? 이건 뭐…… 헉!"

그건 낡긴 했지만 신탁의 스크롤이 아니었다.

자기의 생명을 구해 주었지만 두 번 다시 보고 싶지 않은 그것, 과거에 스카이가 메이준에게 훔친 마법 스크롤.

그게 바로 눈앞에 있었다. 그것도 베르나의 손에.

"너, 너…… 그, 그걸 어떻게!"

스카이가 놀란 눈으로 베르나를 보았다. 베르나는 이미 다 알고 있다는 것처럼 여유 있는 표정이었다.

"자, 이제 털어놔봐."

"자, 잠깐만. 이게 어디서 났어? 설마 그 사이에 메이준을 만나고 온 거야?"

"아니. 난 메이준이 누군지도 모르는걸."
"그럼 이게 어디서 났어!"

베르나가 돌돌 말린 마법 스크롤로 테이블을 톡톡 치며 말했다.

"누군가 메이준 카넬 준남작에게 사기를 치고 도둑질해 갔다더라고. 그래서 그걸 찾아왔지."

베르나는 자랑스러운 듯 팔짱을 끼고 말했다.

"네가 아까 갔던 여관. 거기에 이거 찾으러 갔던 거 아냐? 쯧쯧, 그런데 사람을 기껏 묵사발로 만들어 놓고 이걸 안 가져오면 어떡해?"

스카이는 기겁을 했다.

"으엑?"

분명 과거의 스카이는 메이준을 만나지도 않았다고 했다.

피가 확 거꾸로 솟는 것 같았다.

'속았구나!'

미래의 스카이가 과거의 스카이를 찾아갔을 땐 이미 그가 일을 끝내고 난 후였던 것이다. 아무리 자신이 했던 일이라지만 이렇게까지 날짜를 기억 못하다니. 하긴 사기치고 다녔던 일이 한두 개였던가.

바로 떠나지 않은 이유도 기억이 났다. 메이준이 그걸 찾을 때까지 시간이 걸리리라는 걸 알았기에 느긋하게 며칠을 더 머물다 떠났던 것이다.

기분이 꿀꿀한 정도를 벗어나서 더러웠다.

다른 사람도 아니고 과거의 자신에게 속다니.

물론 자신은 과거의 자신에게 얼굴을 알아볼 수 없을 정도의 폭력을 행사했지만 말이다.

'아무리 과거의 나라지만 진짜 너무한다! 제기랄.'

과거의 스카이가 자신에게 거짓말을 한 것은 이해는 가지만 용납할 순 없는 행동이었다.

스카이가 할 수 있는 거라곤 속으로 욕을 퍼붓는 것뿐이었다. 그것도 결국 자기 자신에게 하는 거라 생각하니 그리 개운하진 않았다.

'빌어먹을 새끼!'

과거의 자신에게 무슨 일이 생기면 지금의 자신에게 어떤 영향을 끼칠지는 알 수 없었다. 그러나 스카이는 전쟁통에도 어쨌든 살아남았고 과거의 스카이 역시 그럴 거라고 믿을 수밖에 없었다.

스카이는 한참을 욕을 퍼붓다가 말고 한숨을 쉬었다.

그나마 지금이라도 알게 된 게 다행이었다.

'만약 이 사실을 모른 채 메이준을 찾아갔다면?'

그랬다면 엔젤릭 나이트고 뭐고 일이 완전히 꼬여서 그걸 해결하기에도 벅찼을 터였다.

베르나가 다시 마법 스크롤로 테이블을 두드렸다.

"이걸 어떻게 알았는지는 몰라도 아무튼 카넬 준남작에게 접근할 명분이 생겼으니 다행이잖아. 역시 신이 도운 거라니까. 후훗."

스카이는 똥 씹은 표정이었다.

'신이 도운 거 좋아하시네!'

일이 더 어렵게 되었음을 차마 자신의 입으로 말할 수가 없었다.

지금 카넬 준남작에게 간다면 그는 분명 자신을 가보를 훔쳐간 과거의 스카이와 동일 인물이라고 생각할 것이 분명하다. 그렇게 되면 일은 꼬이고 꼬여서 다시 풀 수 없을 만큼 헝클어질 터였다.

이리저리 생각하던 스카이는 베르나가 자신을 미행해서 따라왔음을 알았다.

'그 녀석 얼굴을 엉망으로 만들길 잘했지. 안 그랬으면 베르나도 날 이상하게 생각했을 거야.'

그것이 그나마 다행이었다.

혹시 몰라 스카이가 다시 물었다.

"그 녀석이 별다른 말은 안 했고?"

"응. 그냥 다짜고짜 복면인이 쳐들어와서 자기를 이렇게 만들었대."

말투를 보니 베르나는 그 엉망이 된 남자를 스카이와 연관시키지 못하는 듯하다. 과거의 스카이도 이름을 밝히지 않았고.

"그런데 그나저나……."

"응?"

이상했다.

메이준 카넬 준남작에 대해 아무것도 모르는 베르나가 어떻게 마법 스크롤을 되찾아 왔을까?

"너, 설마……! 아니아니!"

스카이는 고개를 좌우로 마구 흔들었다.

"그 스크롤을 어떻게 받았어? 내가 갔을 땐 전혀 내색도 없었단 말야!"

"가니까 내 아리따운 미모에 반해서 그런지 그냥 주던데? 난 그냥 뭐……."

스카이가 딴청을 피우는 베르나를 자세히 보니 한쪽 뺨이 약간 불그스름하다.

"그 뺨은 뭐야. 맞았냐?"

"난 그냥 무슨 일인지 궁금했을 뿐인데, 헤헤…… 반항이 심하더라고."

스카이는 자기도 모르게 '헉!' 하고 신음을 삼켰다.

베르나가 허리에 양손을 척 올렸다. 그리곤 샐쭉한 표정으로 말했다.

"그 자식이 먼저 나더러 미쳤다고 했단 말야. 너 같으면 참을 수 있겠어?"

"그래서?"

"그래서 뭐 그냥 좀 예뻐해 줬더니 그냥 스크롤을 주더라, 뭐 그런 얘기지."

"하아아아아……."

그러고 보니 자신이 가서 위협했을 때도 사실대로 털어놓지 않던 과거의 스카이였다. 그런데 베르나는 떡하니 마법 스크롤을 빼앗아온 것이다.

그 과정에서 무슨 일이 생겼는지는 뻔한 일이었다.

자기가 먼저 찾아간 후 베르나가 가서 다짜고짜 시비를 거니-안 봐도 뻔하다- 먼저 찾아갔던 자신과 연관해 당연히 스크롤 때문이라 여기고 건네줬을 것이다.

그러나 아무리 생각해 봐도 과거의 자신은 지금보다도 더 독종이었다.

'어지간해서는 들켰다고 하더라도 내놓지 않았을 텐데.'

베르나가 조금도 미안하지 않은 투로 말했다.

"네가 갔을 때 내놓지 않았으니 그 녀석 잘못이지 뭐. 댁도 말야, 남자가 딱 부러지는 게 있어야지. 그렇게 어설프게 하니까 안 주는 거 아냐."

그 말을 들으니 오죽하면 스크롤을 내놓을 정도로 심하게 굴었을지 짐작이 갔다.

어흑!

혼자 있다면 소리라도 내어 울며 눈물을 훔치고 싶은 심정이었다. 다른 사람도 아니고 과거의 자신인지라 자꾸만 가슴이 아파왔다.

'미안하다, 내 자신아.'

그렇게 생각하면서도 스카이는 겉으로는 태연하게 말했다.

"잘했어. 내가 조금 사람이 여리고(?) 순수하다(?) 보니까 일 처리가 미숙하긴 하지. 그 녀석이 스크롤을 주면서 다른 말은 없었고?"

"메이준에게서 이 스크롤을 훔쳐온 얘기만 들었어."

'여리고 순수하다'는 부분에서 베르나의 눈초리가 심상치 않아졌지만 일단 대답해 줬다.

"어쨌든 잘 해결됐으니 된 거 아냐?"

"나도 그랬으면 좋겠다만."

베르나는 메이준 집안의 가보인 마법 스크롤을 품에 넣었다.

"왜 하필이면 메이준의 물건을 훔쳤을까. 하마터면 큰일 날 뻔 했잖아. 그런데 넌 그 녀석이 어떻게 메이준과 관계있는지 알았어?"

과거에 자신이 그랬었다, 고 말할 수도 없는 노릇이다.

스카이는 잠시 생각하다가 대답을 미뤘다.

"나중에 얘기해 줄게."

"야! 너 자꾸 그런 식으로……."

베르나가 벌컥 성질을 부리려 하자 스카이가 뒷말을 이었다.

"아마 금방 알게 될 거야."

아마 대난리가 나겠지.

생각만 해도 머리가 지끈거리는 스카이였다.

베르나가 '쳇' 하고 혀를 차더니 말했다.

"아무튼 신의 가호로 이걸 손에 넣었으니까 다행이네. 그럼 이걸로 메이준을 고기 낚듯이 확 낚아보실까?"

"동료라는 게 믿음과 신뢰가 있어야지, 무슨 고기 낚듯이 낚냐?"

"말하자면 그렇다는 거지. 그러는 댁은 나한테 무슨 믿음과 신뢰를 줄 만한 행동을 하기나 했어? 오늘만 해도 몰래 갔다 온 주제에."

"그거야 괜한 걱정시킬까봐 걱정스러워서 그랬지."

베르나의 표정이 잠깐 변했다.

스카이는 멀뚱한 눈으로 베르나를 보았다.

"왜?"

"아, 아냐. 어쨌든 다 먹었으니 일어나자. 2차는 메이준을 영입한 후에."

"2차는 무슨…… 돈이나 내놔."

"니가 무슨 강도야?"

"술을 마셨으니 돈을 내야 할 거 아냐."

"에에? 살다살다 수녀에게 술값을 내놓으라는 날강도는 처음 보네."

"나 참, 살다살다 술을 마시는 수녀도 처음 본다."

베르나가 황당하다 못해 당황해하며 말했다.

"수녀가 돈이 어디 있어? 그나마 수녀원에서 나올 때 훔쳐온 건 뱃삯이며 경비로 다 썼잖아."

저절로 인상이 써진 스카이였다. 생각해 보니 베르나를 처음 만났을 때에도 돈이 없어 술집 주인에게 외상으로 마시려고 했었다. 그나마 수녀원에서 훔쳐온-천벌을 받을지도 모르는- 돈이 있어서 배를 타고 온 것이 사실이다.

"젠장. 앞으로 여행하려면 돈이 꽤 들 텐데."

"넌 없어? 설마 무일푼이야?"

"몰라. 좀 찾아보고."

전쟁통에 돈이 무슨 필요가 있겠는가. 스카이에게는 거의 돈이 없었다. 뒤적거리던 스카이가 주머니에서 구리로 만든 작은 동전 하나를 꺼냈다.

"딱 5센짜리로군. 이럴 줄 알았으면 돈을 잔뜩 주워가지고 다니는 건데."

"푸핫. 돈이 막 길가에 떨어져 있어? 주워가지고 다니게. 그런 데가 어디야?"

"그런 데가 있었어. 막 널려 있어도 그걸 가지고 다닐 생각도 못하는 곳."

스카이는 한숨을 쉬며 동전을 탁자에 올려두고 펍에서 나왔다. 베르나가 활기찬 걸음으로 뒤따라가 스카이의 어깨를 두드렸다.

"괜찮아. 앞으론 신께서 우릴 인도하실 거라니까?"

"참도 자알 그러시겠다."

"하다못해 지금 찾아가는 메이준을 끌어들이면 당장의 돈 문제는 해결되잖아."

잠깐 생각하던 스카이가 고개를 끄덕였다.

"그건 그렇군."

자꾸만 하고 싶은 말이 입에서 돌아다닌다.

'카넬 준남작이 나를 보고 나면 어떻게 반응할지가 걱정이지만.'

둘이 떠난 후 탁자를 치우며 돈을 집던 여종업원이 고개를 갸웃거렸다.

"이건 처음 보는 통합주화인데…… 이상하네?"

스카이가 내놓은 것은 제국 황제 크라이스 3세의 즉위 6년 차 생일을 기념하며 만든 대륙통합 기념주화였다.

과거의 스카이는 불편한 몸을 이끌고 나와 주점의 한켠에서 술을 마시고 있었다. '대륙에서 가장 오래되고 유서 깊은 그리헬의 숙소'의 주인 노인이 놀라서 붙들었지만 뿌리치고 나왔다.

"제기랄. 그 두 미친 연놈 때문에 다 된 밥에 코를 빠뜨렸잖아."

갑자기 복면을 쓴 놈이 나타나질 않나, 눈이 휘둥그레지게 예쁜 여자가 수도사 복장으로 나타나서 다짜고짜 두들겨 패질 않나.

그 두 연놈은 확실히 한편인 게 틀림없었다.

여자는 힘들게 빼내온 메이준 카넬 준남작의 가보까지 빼앗아갔다. 고대 유산인 마법 스크롤이니 한평생 떵떵거리며 살 수 있을 정도의 금액으로 팔 수 있을 줄 알았는데.

아니, 그 여자는 먼저 건네주지 않았으면 분명히 자신을 죽였을 것이다.

완전히 엉망진창이었다.

"빌어먹을!"

남자에게 맞았을 때에도 제대로 걷기 힘들었는데 여자에게는 더 심하게 맞아서 아예 기어다녀야 할 정도였다. 운 좋게도 평소에 같이 어울리던 놈이 와서 부목을 대주고 부축해 주지 않았다면 여기까지 올 수도 없었을 것이다.

스카이는 씨근덕거리며 분노를 곱씹었다.

"두고 보자. 그것들이 감히 내 물건을 훔쳐가?"

그때 여러 명의 사람들이 주점으로 들어오더니 앉아 있는 스카이의 앞으로 걸어왔다.

"여어, 스카이. 오래 기다렸나?"

스카이가 신경질을 부리며 말했다.

"왜 이리 늦었어! 그 연놈들이 달아나기 전에 잡아야 하는데!"

"걱정할 거 없어. 그것들이 카넬 준남작의 저택 쪽으로 가는 걸 확인했거든. 한 놈이 망을 보고 있으니까 달아나도 소용없다 이 말이지."

한 남자가 스카이를 보며 인상을 썼다.

"엄청 당했군. 스카이가 당할 정도면 상대가 보통내기가 아니라는 건데."

스카이가 자리에서 일어서며 바닥에 피를 뱉었다.

"퉤! 이건 내가 방심해서 그런 거야, 젠장."

험상궂은 인상의 남자가 물었다.

"그런데 귀족의 저택에 가서 난동을 부리는 건 좀 그렇지 않아? 걸리면 난리가 날 텐데."

"물건만 찾으면 여길 떠야지. 한몫씩 두둑이 챙겨줄 테니 그건 염려하지 마."

"대체 어떤 물건인데 그래?"

"여기 있는 모두가 평생 놀고먹을 정도로 가치 있는 거야. 그러니까 이번 일만 잘 하면 더 이상 뒷골목에서 건달짓하지 않아도 된다구."

"알았어. 이번 건수는 너만 믿을 테니 빨리 해치우고 뜨자."

"연장은 챙겼겠지?"
"당연하지."
"그럼 가자."
스카이가 살기어린 눈을 빛내며 일어섰다. 한 남자가 스카이를 부축하며 앞장섰고, 다른 남자들이 뒤를 따르기 시작했다.

메이준 카넬 준남작의 저택은 스카이가 알고 있었다. 둘은 별 무리 없이 저택 앞까지 당도했다.
보통 시내에 있는 저택은 오밀조밀 붙어 있는 경우가 많은데 메이준 카넬 준남작의 3층짜리 저택은 한가한 곳에 외떨어져 있었다. 정원은 딸려 있지 않았고 저택도 허름해서 시내의 화려한 저택들과는 차이가 있었다.
저녁 시간인데 불빛이 보이는 창문도 거의 없었다.
베르나가 저택의 문 앞에 서서 위를 올려보며 말했다.
"흐응, 생각보다 궁색하네. 몰락한 귀족인가?"
"물려받은 땅이 꽤 돼서 굶을 정도는 아니야."
"그래? 사정을 잘 아는 모양이네. 알고 있는 게 있으면 다 털어놔봐. 그래야 만나서 말을 꺼내기가 수월하지."
"메이준은 무엇보다도 취미가 특이해."
"취미가 특이해?"
베르나는 무슨 생각을 하는지 얼굴이 빨개졌다.

인연의 끈 혹은 올가미

"너 무슨 생각을 하는 거야."

"이상한 옷을 좋아한다거나 채찍 같은 거로 막 때리는 그런 거? 아님 보들보들한 어린 남자애들을 좋아하는……."

스카이는 순간 울컥했다. '야!' 소리가 목까지 차올랐다.

"좀 조신하게 말할 수 없냐? 생각하는 게 왜 그래?"

"쳇, 이미 다 아는 사이에 이제 와서 조신한 척하면 뭐해."

"제발 부탁이니까, 다른 사람들 앞에서는 그러지 마라. 특히나 곧 만날 메이준 카넬 준. 남. 작. 의 앞에선 더더욱."

"알았으니까 하던 얘기나 계속해 봐. 그 특이한 취미가 뭔데?"

스카이는 믿지 못하겠다는 얼굴로 베르나를 봤지만 일단 대답해 주었다.

"이를테면 알려지지 않은 고대의 유산들. 고대 마법 시대에 관한 얘기나 물건 같은 것들. 그게 유일한 관심사야. 그래서 그런 방면에 아는 것도 많고."

베르나는 '마침 잘됐군' 하고 중얼거리더니 물었다.

"그럼 신탁의 스크롤에 대해서 알지도 모르겠네?"

"카넬 준남작 정도라면 알 것도 같지만…… 일단은 부딪쳐 봐야 알겠지."

"다른 것도 얘기해 봐."

"나이는 20대 초반인데 몇 해 전에 아버지가 돌아가시면서 그가 카넬 준남작이 되었지. 그래서 가족이라곤 본인뿐이고,

식솔도 문지기, 집사, 하녀까지 셋밖에 없어."

"그럼 짐 싸서 떠나기도 어렵지 않겠네. 잘됐다."

"하지만 쉽게 우리 말을 들어 줄진 모르지."

베르나가 스카이의 등을 토닥토닥 두드렸다.

"걱정하지 마. 다 신께서 안배를 해 두셨을 거야. 자아, 그럼 어디 신의 뜻을 이행하러 가보실까?"

스카이는 '신의 안배'라는 말에 전혀 믿음이 가지 않았다. 어느 순간부터 스카이는 '신'의 존재가 방해꾼으로 느껴지기 시작했다.

"난 그게 더 걱정스럽다."

"어허. 신의 뜻을 의심하면 못 써."

베르나가 문고리를 잡고 누드렸다.

얼마 지나지 않아 문이 열리고 문지기가 모습을 드러냈다. 생각보다 깔끔한 복장을 한 나이 든 문지기가 공손히 허리를 숙였다.

"어서 오십시오."

베르나가 막 자신을 소개하려 하는데 문지기가 베르나의 뒤에 선 스카이를 보더니 갑자기 달려들었다.

"이 사기꾼 도둑놈 자식!"

문지기가 스카이의 멱살을 잡고 흔들어댔다. 스카이가 당황해서 소리쳤다.

"뭐, 뭐야! 이거 놔요!"

"이놈이 얼굴에 철판을 깔았나. 겁도 없이 어딜 또 와?"
문지기가 소리 높여 외쳤다.
"주인님! 다들 나와봐요!"
"켁켁, 이거 놓고 얘기 좀…… 사기를 친 건 내가 아니고……
베, 베르나! 무슨 얘기라도 좀 해 봐!"
베르나 역시 당황하고 있다.
"갑자기 이게 무슨 일이야?"
그때 퍼뜩 스카이의 머리에 떠오르는 게 있었다. 이 사태를 해결할 방법이!

메이준은 습관처럼 서재의 벽난로 옆에 놓여 있는 흔들의자에 앉아 책을 읽고 있었다. 한 뼘은 될 정도로 두텁고, 낡아서 책장이 너덜거리는 오래된 책이었다.
"흐음. 흥미로운 얘기로군."
그때 똑똑 하고 문을 두드리며 집사가 들어왔다. 집사가 급하게 말했다.
"주인님, 큰일 났습니다."
메이준은 얼굴을 찡그리며 집사를 보았다. 그는 뭔가에 몰두하고 있을 때 방해받는 걸 싫어했다.
"무슨 일인가?"
"지난번에 무슨 학자이네 뭐네 하고 사칭을 했던 녀석이 다시 왔습니다."

메이준은 별 관심 없다는 투로 말했다.

"그래? 무슨 일로. 남의 집 가보를 훔쳐간 것으로도 모자라서 또 훔쳐갈 게 있다던가?"

"그게 아니라 물건을 다시 돌려주러 왔답니다."

누가 생각해도 이상하거나 혹은 의아한 일일 테지만 메이준은 그리 신경 쓰지 않는 듯했다.

"그래? 그럼 물건 받고 돌려보내. 아, 치안대의 쉐리프(Sheriff)에게 사람을 보내 신고를 취하하는 것도 잊지 말고."

집사가 어색하게 물었다.

"정말 이대로 보내도 괜찮겠습니까?"

메이준이 반문했다.

"그럼, 잡아서 왜 그랬냐고 족치기라도 할까?"

"아니요. 그게 아니라 그자들이 꼭 주인님을 뵈어야겠다고 난리를 치기에 말입니다."

"그자들?"

"예. 지난번에 왔던 녀석 말고 수녀 복장을 한 예쁜 아가씨가 함께 있었습니다."

잠시 생각하던 메이준이 투덜거리며 탁 소리가 나게 책을 덮었다.

"정말 귀찮군."

메이준은 의자에서 일어섰다.

문지기는 아직 스카이의 멱살을 놓지 않고 있었다.

눈만 말똥거리며 무슨 일인가, 하고 있을 뿐이었다.

베르나가 이 집의 가보인-과거의 스카이가 훔쳤던- 마법 스크롤을 들고 있었기 때문이다.

"이거 돌려주러 왔다니까요?"

"그, 그러니까 그건 주인님께서 나오셔야……."

베르나의 황홀한 미모에 문지기는 마른침을 삼켰다. 눈이 팽팽 돌아가는 것 같았다.

한낱 문지기의 신분으로 상대하기엔 너무도 아름다운 여자였다. 게다가 알 수 없는 귀족가의 위엄까지 느껴져서 스카이를 대할 때와는 다를 수밖에 없었다.

베르나가 언성을 높였다.

"일단 이거부터 받고! 우린 천천히 기다릴 테니까 카넬 준남작에게 나오라고나 하세요!"

"하, 하지만……."

문지기는 땀을 뻘뻘 흘려댔다. 도둑을 잡고 있어야 한다는 의무감과 아름다운 레이디의 부탁을 들어줘야 한다는 알 수 없는 의무감이 서로 엇갈리며 그를 괴롭히고 있었다.

그런 그를 구원하기라도 하는 것처럼 메이준이 나타났다.

"무슨 일이냐."

메이준은 2층에서 막 1층 현관 쪽으로 내려오고 있었다.

스카이는 메이준을 올려다보았다. 메이준은 착 달라붙는 바지에 단정한 조끼를 입고 있었다.

키가 크고 마른 편인데 차갑고 이지적인 인상을 가지고 있었다. 머리가 유난히 검은색이라 더 그렇게 느껴지는 듯했다.

그래도 전체적으로 멀쑥하고 잘생긴 얼굴이라 차가운 인상만 아니라면 여자들이 호감을 가질 만한 그런 미남자였다.

베르나가 앞으로 나섰다.

"당신이 카넬 준남작?"

메이준은 대답도 않고 베르나를 쳐다보았다. 상당히 모욕적인 행동이었다.

베르나의 눈이 살짝 가늘어졌다.

메이준이 귀찮다는 투로 물었다.

"훔쳐간 물건을 가지고 왔으면 조용히 돌려주고 갈 일이지 내겐 또 무슨 볼일인가?"

베르나는 미소를 지으며 치맛자락을 잡고 인사했다. 그러나 누가 봐도 억지 미소라는 게 눈에 보였다.

도둑맞은 메이준의 가보를 돌려주러 온 건 베르나도 알지만 왜 스카이가 도둑으로 의심을 받는지는 모르고 있었기 때문이다.

"안녕하세요. 전 슈이잔 수도원에서 온 수녀 베르나라고 해요. 오해가 있는 것 같은데 일단 오해를 풀고……."

메이준이 관심 없다는 듯 되물었다.

"오해? 오해라고 치지. 그래서?"

베르나는 그 물음에 말이 탁 막혔다.

메이준이 조용한 어조로 말했다.

"돌아가라. 난 사기꾼의 말을 들어주고 있을 정도로 한가하지 않아."

"그게 아니라……."

말을 마친 메이준은 베르나의 말을 듣지도 않고 다시 돌아가려 했다.

베르나가 소리를 질렀다.

"야!"

큰 소리가 터져 나오자 메이준이 인상을 쓰며 고개를 돌렸다.

"뭐?"

"내가 어딜 봐서 사기꾼으로 보여! 이 몸은 케드론 백작가의 영애시란 말이다. 겨우 준남작 주제에 감히 이 몸을 모욕해?"

메이준은 인상을 쓴 채 잠시 베르나를 바라보았다. 그러더니 웃지도 않고 말했다.

"아아, 그러십니까? 준비가 미흡해서 지금은 모시기 어려우니 다음에 다시 찾아주시지요."

뿌득!

베르나의 이가 갈리는 소리가 들림과 동시에 스카이는 문지기의 발을 꽉 밟았다. 가만히 있다간 사단이 날 것 같았다.

"아이고!"

본의 아니게 문지기가 멱살을 놓자 스카이는 그를 밀쳐 버렸다. 그리고는 베르나의 손에서 마법 스크롤을 빼앗듯이 채 갔다.

"카넬 준남작! 일단 얘기부터 들어주십시오."

메이준이 차갑게 물었다.

"고고학자라고 사칭한 것도 너고, 내게 접근해서 우리 집안의 가보를 훔쳐간 것도 너다. 그런데 또 무슨 할 얘기가 있지?"

"만약 내가 훔칠 생각으로 가져갔다면 왜 다시 가지고 왔겠습니까."

"그래서? 그게 어쨌다는 거냐. 그래봤자 네가 사기꾼이라는 것과 도둑질했다는 사실은 변하지 않아."

스카이는 마른침을 삼켰다.

이때야말로 미래의 일에 대해 알고 있다는 점을 십분 활용할 때다.

갑작스레 스카이가 태도를 달리했다.

"뭐…… 듣고 싶지 않으면 말고."

그런 그의 태도 변화에 메이준도 잠시 의구심을 가진 듯했다.

스카이가 말했다.

"이 마법 스크롤이 내가 원하던 스크롤이 아니라서 돌려주러 온 건데 말이지. 그것도 평범한 이동 마법 스크롤이 아닌, 더 희귀하고 귀중한 것 같으니까."

"뭐라고?"

메이준의 눈빛이 달라졌다.

스카이는 아예 자신이 훔친 것으로 인정해 버렸다. 이리저리 핑계를 대 봐야 통하지 않을 거라는 걸 깨닫고 정면으로 부딪쳐 본 것이다.

물론 대부분은 거짓말이었지만 메이준이 호기심을 가졌다는 것만으로도 효과는 있었다.

"네가 그 마법 스크롤이 무엇인지 알고 있다는 거냐?"

"물론."

"말해 봐라."

"이것은 같은 시간대에서가 아닌 다른 곳으로 이동할 수 있는 마법 스크롤이라는 걸 말이지요. 이를테면……."

스카이는 잠시 뜸을 들이다 말했다.

"시간을 거스른다거나."

그 말에 메이준은 완전히 넘어가 버렸다.

"분명히 알고 있군. 대단해. 어지간한 마법연구학자나 연금술사들도 알아내지 못하는 사실을 어떻게 알았지?"

"물론 그 이상의 자세한 건 모릅니다."

"당연하지. 그건 우리 집안의 가보니까. 대대로 그 내력이 구전으로나 전해져 오고 있으니 다른 사람들은 알 수 없어."

어쩐지 자랑스러워하는 듯한 표정이었다.

'잘났군.'

어쨌든 스카이는 속으로 한숨을 내쉬었다. 이제야 변명을 할 기회가 주어진 것이고, 아마도 메이준은 그 말을 믿게 될 것이었다.

"사실 내가 원한 것은 그게 아니라 이것이었습니다."

스카이가 베르나에게 신탁의 스크롤을 받아 보여주었다.

과연 고대 유산 수집광답게 메이준은 대번에 그것을, 그것의 가치를 알아보았다.

"호오, 그건!"

"역시 한 번에 알아보시는군요. 이것은……."

"잠깐 볼 수 있겠나?"

메이준의 호기심이 다시 발동한 모양이었다. 스카이는 고개를 끄덕이고 그에게 스크롤을 던졌다.

탁.

메이준이 어렵지 않게 신탁의 스크롤을 낚아챘다.

"역시!"

스카이와 베르나는 신탁이 내려질까 하고 기대했지만 그런 일은 일어나지 않았다.

'엥?'

대신 메이준은 소중한 보물을 다루듯 스크롤을 이리저리 훑어보고 있을 뿐이었다.

'어째서 신탁이 내리지 않지? 메이준이 다음 신탁을 받아야 할 대상이 아니었나?'

스카이는 의아했지만 신탁이 내리지 않았으니 일단 계속 오해를 풀어야 했다.

메이준은 고대의 유산이나 유물에 박식했다.

메이준의 눈이 반짝거렸다. 그러더니 감탄사를 내뱉었다.

"자연적으로 풍화가 되어 외곽이 삭은 걸 보니 이 스크롤은 분명 수백 년은 된 진품이야. 하지만 마법 스크롤인 것 같진 않군. 재질도 신들의 시대에 만들었다는 파피루스라니."

스카이는 속으로 생각했다.

'만약 그게 그저 단순한 마법 스크롤이었다면 베르나가 당장에 맡겨서 술과 바꿔먹었을걸?'

단순한 마법 스크롤이라도 엄청난 가치가 있으니 말이다.

메이준이 스크롤을 펼치진 않고 이리저리 보더니 베르나에게 물었다.

"슈이잔 수도원에서 왔다고 했나?"

"응."

베르나의 말투가 바뀌어 있었지만 메이준은 신경도 쓰지 않는 듯했다.

"그렇다면 아마도 이건 신탁의 스크롤이 틀림없겠군. 고귀하신 레이디가 사기를 치는 게 아니라면."

베르나가 '흥!' 하고 입술을 내밀며 대답했다. 메이준의 태도가 고까웠는지 예의도 없이 반말이 툭 튀어나왔다.

"바늘로 찔러도 피 한 방울 안 나오게 생겼으면서 아는 건

많네. 맞아. 그게 신탁의 스크롤이야."

"신탁의 스크롤은 슈이잔 수도원의 보물인데 이걸 어떻게 가지고 나왔지?"

"질문이 잘못된 거 아냐?"

"다시 묻지."

메이준이 잠시 생각하더니 신탁의 스크롤을 들고서 흔들어 보였다.

"왜 이걸 내게 보여준 거지? 이게 훔쳐갔던 마법 스크롤과 무슨 관련이 있다고?"

"진작에 그렇게 물었어야지."

스카이가 회심의 미소를 지었다. 그리고 베르나 대신 대답했다.

"우선 신탁의 스크롤에 대해서 말하자면, 신탁은 이미 내려졌습니다."

듣고 있던 메이준이 '풉' 하고 웃었다. 처음으로 보이는 웃음이었지만 어쩐지 기분 나쁜 웃음이었다.

"신탁의 스크롤은 생겨난 이래 단 한 번도 신탁이 내려진 적이 없었다. 그런데 무슨 증거로 그걸 내게 믿으라는 건지 모르겠군."

"믿든 말든 그건 댁의 자유지만, 우린 신탁을 받고 찾아온 거란 말입니다!"

"그 신탁이 우리 집안의 가보를 도둑질하라고 시키던가?"

위험한 질문이었다. 자칫 잘못 대답을 하면 죽도 밥도 안 될 것이다.

스카이가 태연하게 대답했다.

"나는 신탁의 스크롤에서 신탁이 내릴 거라는 걸 알고 있었습니다. 그렇지만 그것이 어디에 있는지 어떤 스크롤인지는 잘 몰랐지요. 신탁의 스크롤이 여기 있는 수녀님에게 전해져야 하니까 어쩔 수 없이 손을 댄 것뿐입니다."

"신탁을 받기 위해 신탁의 스크롤이 필요했다? 내가 가진 것이 신탁의 스크롤인 줄 알았는데 진품을 찾고 나자 아니라는 걸 안 거군."

"말하자면, 그렇습니다."

"한 번도 내리지 않은 신탁이 내렸다는 것도 믿기는 힘들지만, 우리 집안의 가보인 마법 스크롤을 돌려주러 온 걸 보니 믿지 않을 수도 없는 노릇이군. 더군다나 이렇게 진품인 신탁의 스크롤을 가져온 걸 보면……."

메이준은 뭔가를 생각하다 물었다.

"그런데 왜 내게 이 귀중한 신탁의 스크롤까지 보여주는 거지? 마법 스크롤만 돌려주면 될 것을, 굳이 이렇게까지 할 필요는 없는 것 같은데."

"그건 카넬 준남작님이 신탁을 받아야 할 대상이기 때문입니다."

"내가?"

"그렇습니다. 하지만……."

스카이는 사실대로 얘기했다. 조금은 실망한 말투였다.

"신탁의 스크롤의 내용은 수행해야 할 사람에게만 보이는데 준남작님의 손에서 아무 변화가 없으니……."

"흐음……."

잠시 생각하던 메이준이 되물었다.

"이미 신탁이 내려졌다고 하니 되묻겠는데, 신탁이 무슨 내용인지 말해 줄 수 있겠나?"

그것은 베르나가 대답했다.

"신의 뜻을 받들어 곧 다가올 전쟁을 막아야 해. 당신은 그 다섯 명 중에 선택되었고. ……아마도."

"아마도라……."

"신탁은 당신을 확실히 지정하지 않았어. 이곳 파르티에서 누군가 기다리고 있을 거라고만 했지."

"그렇다면 그게 나라는 건 어떻게 알지?"

스카이가 대답했다.

"원래 신탁을 받아야 할 이 중에 길리언이라는 사람이 있었습니다. 그가 예언을 받았는데, 신탁의 스크롤을 받아 이 수녀에게 건네줄 역할을 하는 사람이었죠. 한데 그가 불의의 사고로 죽고 말았고, 그래서 내가 대신 그의 뒤를 이은 겁니다. 그에게서 당신의 이름을 들었기 때문이지요. 확인해 보면 알겠지만, 수도 네이스에서 길리언을 찾아보면 알 겁니다."

인연의 끈 혹은 올가미

물론 확인해 보면 거짓말인 것이 다 드러날 터였다. 따져보면 길리언이 죽은 것과 스카이가 베르나를 찾아간 것은 메이준이 마법 스크롤을 도둑맞은 것과 시간적으로 어긋나니까.

'내가 거짓말을 해 봤자 지가 어떻게 알겠어. 진짜 확인할 거야?'

스카이는 그런 마음이었다. 베르나에게는 동료가 믿음과 신뢰가 어쩌고 운운했지만 스카이는 그런 걸 지킬 생각 따윈 없었다. 그럴 의무도 없다고 여겼다.

어차피 자신은 사기꾼이고 껄렁껄렁한 건달이라는 걸 스스로도 잘 알고 있으니 말이다.

이제 해결해야 할 과제는 황당한 신탁의 내용을 메이준이 잘 믿어줄까 하는 것이다. 마법 스크롤을 왜 사기까지 쳐가며 훔쳐갔는지는 이해하는 것 같지만 신탁의 내용에 대해서는 의구심을 가지고 있을 게 분명했다.

'이쯤에서 신탁이 팍 터져줘야 되는 건데, 쌍. 진짜 도움 안 주네.'

한데 메이준은 입으로는 '별로 믿겨지지 않는 얘기로군' 이라고 중얼거리면서도 아주 장난스럽게 받아들이고 있는 건 아니었다.

어딘가 신중하고 진지하게 고려하는 것 같았다.

"신에게서 전쟁을 막아야 한다는 신탁이 내렸다면 그 대상이 누굴까."

메이준의 혼잣말에 갑자기 베르나가 말을 툭 던졌다.
"누구긴 누구겠어. 신의 적이면 당연히 악마지."
스카이는 화들짝 놀라서 눈이 확 튀어나올 것 같았다.
'야!'
하는 외침이 입 밖으로 나오는 걸 겨우 참아냈다.

베르나가 그렇게 말하는 것도 무리가 아니었다. 스카이가 피르다우스 제국군과 그들을 이끄는 수장 메피스토, 그의 각료들을 이야기할 때 악마라고 했기 때문이다.

스카이가 보기에 그들은 악마가 분명했다. 악마가 아니고서야 인간이 발을 디딜 때마다 땅이 푹푹 패이는 몇백 킬로그램이나 되는 갑옷을 입고 날아다닌다거나, 이상한 괴물들을 불러낸다거나 할 수는 없는 게 아닌가!

그런데 문제는 왜 하필 지금처럼 긴가민가 고민하고 있는 사람에게 그런 믿기지 않는 말을 던진단 말인가.

'그걸 메이준이 믿겠냐!'
스카이가 눈치를 주자 베르나가 입모양으로 대답했다.
'그게 사실이잖아!'
하지만 메이준이 그런 걸 믿으리라고는 생각할 수 없었다. 오히려 미친년 취급이나 받으며 쫓겨나지 않으면 그게 다행이었다.

스카이는 답답한 얼굴로 메이준의 눈치를 살폈다.
그런데 뜻밖에도 메이준은 믿는 표정이다.

인연의 끈 혹은 올가미

"악마라……. 그래, 분명 고대 유적의 문헌들을 보면 신과 악마가 공존하던 시절이 있다고 했어. 뿐만 아니라 악마가 아니라 고대의 마법사들이 자신의 모습을 닮은 도플갱어와 싸웠다는 이야기도 있었지."

스카이는 입을 벌렸다.

'그 말을 믿는 건 또 뭐야!'

흥미를 가진 정도가 아니라 심각한 표정이다. 메이준이 은근히 엉뚱한 구석이 있는 건 알았지만 이 정도일 줄은 몰랐던 스카이였다.

베르나는 득의양양한 얼굴로 스카이를 보고 웃었다.

마치 '어때? 내 말이 제대로 먹혔지?' 하고 말하는 듯했다. 스카이는 얼빠진 표정을 지어보이며 '어이가 없다'고 표정으로 대답했다.

베르나가 어깨를 으쓱거렸다.

그때까지도 메이준은 팔짱을 끼고 혼자서 계속 중얼중얼거렸다. 그러더니 베르나에게 물었다.

"그건 그렇다치고 내게 신탁이 내려야 한다면서 왜 내리지 않는 거지?"

"그거야 모르지. 궁금하면 직접 스크롤을 펼쳐봐."

메이준은 신탁의 스크롤을 손에 들고 신중하게 보았다.

그러나 선뜻 펼쳐보지는 못하고 있었다.

"이 스크롤에 이상한 수법을 쓰지 않았다고 어떻게 장담하지? 이를테면, 스크롤을 펼치면 수면가루가 터진다거나."

베르나가 간단히 대꾸했다.

"뭐하러?"

"음……."

메이준은 아직도 결정을 내리지 못한 것 같았다.

"이게 정말 신탁의 스크롤이라면 말야. 다른 방법으로도 알아낼 수 있긴 하지. 펼쳐보는 건 그 후에라도 상관없을 테니까."

"다른 방법?"

메이준은 신탁의 스크롤을 들고 1층으로 내려왔다. 그러더니 구석에 붙어 있는 협탁으로 다가갔다.

"전설에 따르면 신탁의 스크롤은 신이 직접 만들어 인간에게 건네주었다고 한다. 그렇다면 자연적인 풍화는 어쩔 수 없지만 인간의 힘으로는 절대 이 스크롤을 찢거나 망가뜨릴 수 없다는 얘기지."

드르륵.

메이준은 협탁의 서랍을 열고 편지봉투를 뜯거나 종이를 자르는 작은 나이프를 꺼내들었다. 한 손에 신탁의 스크롤을 들고 다른 손으로 나이프를 집은 채였다. 스카이는 그가 뭘 하려 하는지 눈치챘다. 자기도 모르게 반말이 튀어나왔다.

"그만 둬!"

정말 메이준의 말처럼 신이 직접 만들어 줘서 칼 따위에 상하지 않을지도 모른다.

 하지만 만약에 구멍이 뚫리고 잘려 버린다면?

 그땐 정말 엔젤릭 나이트고 뭐고 끝장나는 것이었다. 만에 하나 그런 일이 생긴다면 무슨 일이 벌어지게 될지 상상도 할 수 없었다.

 제아무리 미래의 일을 알고 있어도 신탁의 스크롤이 없으면 다른 동료들을 영입하는데 큰 문제가 발생하게 될 것이다.

 메이준은 남의 속도 모르고 태연하게 대답했다.

 "그만 두다니. 만약 이게 나이프에도 상하지 않는다면 신의 존재가 증명된다. 그리고 그 반증으로 너희가 말한 악마의 존재도 입증되는 거지."

 "그만 두라니까!"

 스카이가 소리를 지르며 달려들어 빼앗으려 했는데 그보다 베르나가 더 빨랐다. 베르나도 적잖이 놀란 모양이었다.

 "이게 지금 뭐하는 짓이야!"

 베르나가 흡사 야수처럼 메이준에게 달려들었다.

 메이준이 스크롤을 든 손을 앞으로 내밀었다. 메이준의 손이 베르나의 팔을 타고 넘어 어깨를 걸치는가 싶더니 원을 그리며 돌았다.

 휘익— 쿵!

 베르나는 공중에서 한 바퀴를 돌았다. 정신을 차리고 보니 어느샌가 땅에 엉덩방아를 찧고 주저앉아 있는 상태였다. 어떻게 당했는지도 알지 못했다.

덕분에 손에 들고 있던 마법 스크롤이 떨어졌지만 주울 생각도 못하고 있었다.

"어, 얼레?"

메이준이 실수했다는 표정으로 말했다.

"아, 실례. 나도 모르게 그만. 난 방해받는데 익숙지 않아서."

메이준은 베르나가 얼떨떨한 얼굴로 일어서는 동안 옆으로 걸어가며 나이프를 스크롤에 댔다.

스카이가 소리를 질렀다.

"이 자식아! 그러다가 너 신에게 벌 받는다!"

메이준이 묘하게 기분 나쁜 웃음을 지었다.

"정말로 신이 존재한다면. 그래서 지금 확인하려는 거 아닌가?"

정신을 차린 베르나도 경악하며 소리쳤다.

"야!"

메이준이 베르나를 보며 말했다.

"이게 신탁의 스크롤이 맞다면 아무 문제도 없을 거다. 이렇게 난리칠 이유가 없어. 안 그래?"

"그건 신탁의 스크롤이 맞아! 하지만 신탁의 스크롤이 찢어지면 그 다음엔 어쩌라고!"

"그 다음이라니?"

메이준은 베르나보다는 스크롤에 더 관심이 있어서 그녀를 상대하고 싶지 않았다. 메이준은 스크롤로 시선을 돌렸다.

"아무튼 해 보면 알 테지."

"그만 두지 못해?"

베르나가 다시 달려들려고 했다.

그때 갑자기 밖에서 시끄러운 소리가 들려왔다. 아주 절묘한 순간이었다. 메이준이 눈썹을 찡그렸다. 방해받는 게 질색인 그가 오늘만 벌써 몇 번이나 방해를 받았다.

"치안대인가? 신고를 취하하지 않았더니 조사하러 온 모양이군. 그런데 왜 이렇게 요란……."

그 순간 베르나가 냉큼 메이준의 손에서 신탁의 스크롤을 빼앗았다.

"이봐."

메이준이 얼굴을 찡그리며 베르나를 쳐다보았다.

"지금 스스로 사기꾼이라고 인정하려는 셈……."

그때 메이준의 말을 끊고 누군가가 소리쳤다.

"여기냐!"

걸걸한 목소리와 함께 험악한 인상의 남자들이 스카이가 들어온 후 채 닫히지 않았던 문으로 우르르 들어왔다. 하나같이 무기를 들고 기세등등했다.

남자들이 말했다.

"오호라, 여기들 다 몰려 있었군. 일이 쉽게 되겠어."

치안대가 아니라 뒷골목의 건달들이었다. 그것도 한둘이 아니라 열 명 가까이나 되었다. 험상궂은 건달들이 여럿 들이닥치니 놀랄 만도 하건만 메이준은 크게 당황하진 않았다.

대신 특유의 차가운 얼굴로 낮게 소리쳤다.

"웬 놈들이냐! 무슨 일로 허락도 받지 않고 남의 집에 침입한 것이냐!"

건달들이 킬킬댔다.

"웬 놈들이고 자시고 간에……."

그런데 건달들의 태도가 갑자기 바뀌었다. 금방이라도 무기를 휘두르려던 건달들은 뜻밖에도 누군가를 보고 딱 굳었다.

그들이 얼빠진 얼굴로 중얼거렸다.

"어라?"

"이, 이게 어떻게 된 거야?"

그들의 시선은 모두 스카이를 향해 있었다.

스카이는 그들을 알아볼 수 있었다. 예전 파르티에 있을 때 알고 지내던 녀석들이다. 술집의 뒤를 봐준다는 명목으로 돈을 갈취하거나 하는 질이 좋지 않은 자들이다.

건달들은 어리둥절한 표정으로 한동안 서 있었다.

"뭐가 어떻게 된 거야?"

그때 건달들의 뒤쪽에서 얼굴이 퉁퉁 부은 남자가 모습을 드러냈다. 하도 얼굴이 망가져서 한 번에 알아보긴 힘들었지만 스카이는 그가 누구인지 알 수 있었다.

건달들이 퉁퉁 부은 남자와 스카이를 번갈아 보며 황당해하고 있었던 것이다. 얼굴이 부은 남자가 건달들을 제치고 들어섰다. 팔다리에 부목을 댄데다가 목발까지 짚어 절뚝거렸다.
"뭔데 그래? 비켜봐."
그 순간 과거와 미래의 스카이는 동시에 눈이 마주쳤다.
미래의 스카이는 입술로 '씨발' 하고 작은 소리로 중얼거렸다. 그렇게 두들겨 맞고 복수하러 오지 않으면 스카이가 아니다. 그걸 염두에 뒀어야 했다.
"하필 이럴 때에……"
찰나지간 서재에는 적막만이 감돌았다.
과거의 스카이가 더듬거리면서 손가락으로 미래의 스카이를 가리켰다.
"저, 저건 뭐야! 내가 헛것이 보이나?"
과거의 스카이는 눈을 마구 비비려다가 '으악!' 하고 비명을 지르고는 눈을 감싸쥐었다. 퉁퉁 부은 눈을 비볐으니 고통이 오죽할까.
미래의 스카이는 한숨이 나왔다.
'내가 예전에 저렇게 멍청했었나?'
그러나 그건 그만큼 과거의 스카이가 놀랐다는 증거이기도 했다. 과거의 스카이는 눈물을 줄줄 흘리면서 미래의 스카이를 뚫어져라 쳐다보았다. 황당하기도 하고 어딘가 두렵기도 한 표정이었다.
"너 뭐야?"

"네 눈엔 뭘로 보이냐."

메이준은 아직 상황을 이해하지 못했다.

"무슨 일이지?"

만약 과거의 스카이의 얼굴이 멀쩡했다면 그 역시 놀랐을 것이다. 그리고 아마도 정말 도플갱어나 악마가 나타난 거라고 생각했을지도 모른다.

그래서 스카이는 그나마 다행이라고 생각했다. 얼굴을 저렇게 만든 건 미안한 일이지만 그렇게 하지 않았다면 지금 더 큰 파장이 생겼을 테니까.

어쨌든 미래의 스카이야 사실을 알고 있으니까 그렇다 치더라도 과거의 스카이로서는 환장할 노릇이었다.

'왜 나랑 똑같은 놈이 있어?'

건달들이 술렁댔다.

"이거 뭐, 어떻게 해야 돼?"

"우리가 지금 꿈을 꾸는 건가?"

과거의 스카이도 섣불리 말을 할 수 없었다. 그 역시 혼란스러운 상태였다.

어렸을 적 부모를 모두 잃고 혼자가 된 스카이였다. 그런데 그게 너무 어렸을 때 일이니 형이 없었다고 확실히 장담할 수도 없다. 가난한 집안에서는 입을 하나라도 줄이기 위해 간혹 애를 팔기도 하는 일이 있으니 말이다.

"젠장……."

눈앞에 자신과 똑같이 생긴 사람이 있다면 보통은 모르는 형제나 자매가 있을 거라고 생각하기 마련이다. 과거의 스카이 역시 자신이 경험하고 겪은 모든 상식적인 일들의 테두리 안에서 그렇게 생각할 수밖에 없었다.

자세히 보니 자신보다 조금 나이가 더 들어 보이긴 한다. 분명히 자신인데 어딘가 조금 다른 것이다.

"제기랄, 이게 어떻게 된 거야. 혀……."

그 뒷말은 '형이 있다는 얘기는 못 들었는데'라고 이어지는 게 수순이었다. 그러나 과거의 스카이가 채 말을 내뱉기도 전에 미래의 스카이가 먼저 움직였다.

'미안하다!'

눈치 하나는 빠른 스카이였다.

미래의 스카이가 과거의 스카이에게 득달같이 달려들었다. 미래의 스카이는 자신이 해야 할 일이 뭔지 알고 있었다.

과거의 스카이는 분위기가 심상치 않아 피하려 했지만 불편한 몸으로 성한 스카이를 당할 순 없었다. 피하려고 엉거주춤 물러나려는 사이 턱에 주먹이 꽂혀들었다.

뻐억!

쿠당탕탕!

과거의 스카이가 뒤로 나뒹굴었다. 건달들은 눈으로 뻔히 보고 있었지만 말릴 생각도 하지 못했다.

"으아아악!"

가뜩이나 부은 얼굴을 맞은 과거의 스카이가 처절한 비명을 지르며 데굴데굴 굴렀다. 피눈물을 흘리며 과거의 자신을 냅다 후려친 미래의 스카이가 건달들을 돌아보며 소리쳤다.

"뭐하는 놈들이야!"

이 한마디로 지금의 상황은 대충 해결된 것처럼 보였다. 미래의 스카이는 흘깃 과거의 자신을 보았다.

과거의 스카이는 피눈물을 찔끔 흘리고 있었다.

'젠장. 괜히 내가 다 아픈 것 같네.'

과거의 스카이로서는 이해할 수 없는 상황임에 분명했다.

정황상 그는 미래의 스카이가 자신의 형일 거라는 생각밖에 할 수 없었다. 그런데 그런 형이 반가워하지는 못할망정 자신을 공격하다니!

얼굴을 다쳐서 못 알아보는 건가 싶기도 하지만, 그렇다면 그 곁에 있는 구면의 미인이 뜻하는 바는 뭐란 말인가.

그 여자는 자신을 이렇게 만든 잔인한 여자이고, 원흉인 복면인과 같은 패거리다.

앞뒤를 더 생각해 볼 필요도 없이 명쾌한 결론이 나왔다.

저 형이라는 작자는 자신이 동생이라는 걸 알면서도 다른 이들이 얼굴을 알아보지 못하게 이 지경으로 만들고 메이준 카넬 준남작과 무슨 꿍꿍인가를 벌이고 있는 거다!

그 꿍꿍이가 어떤 내용인지는 궁금하지 않았다. 카넬 준남작에게 의뢰를 받아 고용됐다거나, 혹은 자신에게서 빼앗은 스크롤로 카넬 준남작과 협상을 하고 있거나 둘 중 하나일 게 뻔하다.

아니, 지금의 그에게 그따위 것이 뭐가 중요한가.

으득!

과거의 스카이는 소름끼치는 소리가 나도록 이를 갈았다. 끝이 깨져서 이빨 사이에서 까끌거리는 것이 씹혔다.

일단 생각이 정리되자 과거의 스카이는 더 이상 고민하지 않았다. 과거라고는 해도 역시 스카이는 스카이였다. 잠시 당황했지만 재빨리 상황을 파악하고 대처법을 생각하고 있었다.

'형인지 아닌지 밝히는 건 우선 이 상황을 제압한 후라도 충분한 일이지!'

과거의 스카이가 건달들에게 소리쳤다.

"뭐해! 싸워!"

건달들은 정신을 차렸다. 자기들이 이곳에 온 건 어디까지나 돈을 위해서였다. 남의 가족사 따위 알 바 아니었다.

"에라이!"

"다 죽여 버려!"

건달들이 마구 달려들었다.

가장 가까이에 있던 미래의 스카이에게 건달들 서넛이 한꺼번에 덤벼들었다. 손에는 나이프며 가시가 박힌 몽둥이가 들려 있었다.

"이야앗!"

한 건달이 호기롭게 나이프로 찔러왔다.

미래의 스카이도 처음엔 긴장했지만 곧 긴장이 풀렸다.

'뭐야, 별거 아니잖아.'

이미 생사의 고비가 걸린 문턱에서 몇 번이나 위기를 넘겨 온 스카이였기에 이전과는 많이 달랐다. 건달들은 메피스토의 각료들에 비하면 느릿느릿한 굼벵이나 다름없었다.

눈을 뒤집고 달려드는 건달의 동작이 생각했던 것보다 굼뜨게 보였다. 스카이는 몸을 아래로 숙이며 부츠에서 숨겨둔 단도를 꺼냈다. 동시에 건달의 무릎을 베었다. 정확히 관절부분이었다.

"아악!"

건달이 무릎을 감싸쥐고 나뒹굴었다. 깊숙이 벤 게 아니니 몇 달 정도 지나면 낫겠지만 당장은 몸을 가누기도 힘들 것이다.

뒷골목에서 살아온 스카이의 싸움 방식은 아주 단순했다.

뭐든지 이용해서 무조건 이긴다.

특히나 지금처럼 여럿을 상대해야 하는 경우라면 최소한의 움직임으로 최대한의 효과를 얻어야 했다. 그리고 한 명씩이라도 확실히 처리하지 않으면 점점 더 골치 아프다는 것도 잘 알았다.

죽이진 않는다. 반드시 죽여야 할 땐 스카이 자신이 죽음의 위기에 처했을 뿐이다.

"이놈이 무기를 들었다!"

다른 건달이 들고 있던 몽둥이로 내리쳤다. 몸을 숙이고 있던 스카이는 그대로 앞으로 구르면서 건달의 발등을 단도로 찍었다.

"으아악!"

발등은 큰 효과가 없을 것 같지만 통증도 심하고 몸 전체의 움직임을 봉쇄하는 효과가 있다. 지금 같은 경우 발등을 찍힌 건달은 다시 일어서기 힘들다.

10명이던 건달이 벌써 8명으로 줄었다.

하지만 스카이가 잠시 다른 놈을 상대하는 사이 또 다른 건달이 뒤에서 스카이를 붙들었다.

"이놈!"

스카이는 머리를 앞으로 숙였다가 힘껏 뒤로 제꼈다.

스카이의 뒤통수와 건달의 코가 부딪치며 '퍽' 소리가 났다.

"억!"

스카이는 때를 놓치지 않고 건달의 복부를 팔꿈치로 친 후 몸을 돌리며 건달의 머리를 잡았다. 그리고는 피가 줄줄 흐르고 있는 건달의 코에 다시 한 번 머리를 박았다.

"으아아!"

처절한 비명소리와 함께 건달이 얼굴을 부여잡고 뒤로 쓰러졌다. 일단 간단하게나마 주변을 정리한 스카이가 다른 이들의 상황을 보기 위해 고개를 돌렸다.

메이준 저택의 집사와 문지기는 겨우 자기 몸만 간수할 정도고 하녀는 멀리 떨어진 구석에 숨어서 떨고 있었다.

'베르나는!'

스카이는 베르나를 걱정하며 찾았다.

한데 베르나는 그다지 걱정할 필요가 없어 보였다.

베르나는 건달들과 어울려서도 주눅이 들거나 겁먹지 않고 잘 싸우고 있었다. 머리를 난발한 채 비듬을 허옇게 날리는 건달이 혀를 내밀어 입술을 핥으며 베르나를 향해 다가들었다.

"고년, 이쁘기도 하지. 내 그렇게 많은 여자를 겪어봤어도 너 같은 미인은 처음 본다."

입심에서 밀릴 베르나가 아니다. 베르나는 '으으으' 하고 진저리를 치며 대꾸했다.

"나도 너같이 못생긴 건 처음 봐."

베르나는 말을 마치기가 무섭게 건달의 정강이를 발로 찼다.

빡!

"악! 이년이!"

건달이 정강이를 잡고 깡충거리는 동안 베르나가 건달의 복부와 턱을 연속으로 후려쳤다.

퍽퍽— 소리가 묵직하게 울렸다.

건달이 거품을 물고 앞으로 고꾸라졌다. 베르나는 손을 탁탁 털며 건달의 머리를 발로 찼다.

"아우, 더러운 놈. 머리나 좀 감고 다녀라."

건달들은 베르나가 쉬운 상대가 아니라는 걸 깨달았다.

"저년이? 만만히 볼 계집이 아니구나. 모두 조심해!"

"흥. 이래봬도 유명한 체술선생에게서 배운 실력이시거든?"

건달들이 아까보다 신중해졌다. 한 명이 아니라 여럿이 베르나를 향해 걸어갔다. 몇 명이 사방에서 조여오자 베르나는 얼른 치맛자락을 양손으로 잡아올렸다.

"어쭈? 안 될 거 같다 싶으니까 먼저 벗어보겠다는 거냐?"

건달들은 음탕한 소리를 지껄이며 베르나에게 다가섰다. 그들 대부분이 음흉한 마음에 두 눈이 충혈되어 있었다.

"저런 년을 한 번만 품으면 10년 동안은 여자구경을 못해도 좋아."

여자를 끼고 살던 건달들이라도 차원이 다른 베르나의 미모에 홀릴 수밖에.

베르나는 얼굴을 살짝 찡그리더니 혀를 낼름 내밀었다.

건달들은 그 모습에 완전히 머리가 돌 지경이었다.

그러나 베르나는 몸을 홱 돌리더니 달아나기 시작했다. 건달들이 베르나를 뒤쫓았다.

"거기 서!"

"잡아라!"

베르나는 의자를 밟고 뛰어오르는가 하면 홀에 놓인 긴 테이블의 아래로 기어서 달아나기도 했다. 사람이 아니라 한 마리의 날랜 들고양이를 보는 것 같은 움직임이었다.

와당탕탕!

건달들이 베르나를 뒤쫓느라 난리가 벌어졌다.

스카이는 잠시나마 베르나가 자기 몸 하나는 건사할 정도라는 걸 알고 메이준을 찾았다.

"메이준은?"

한데 메이준은 엉뚱한 짓을 하고 있었다. 자신의 집을 침입한 건달들과 싸우는 게 아니라 오히려 그들의 뒤를 따라다니고 있었다.

"엥?"

스카이는 황당해서 메이준이 하는 꼴을 지켜보았다.

건달들이 마구잡이로 집 안을 어지르고 다니는데 메이준은 그것을 정리하고 있었던 것이다.

"저게 무슨 병신 같은……!"

그런데 자세히 보니 결벽증이 있어서 그런 게 아니다. 건달들이 떨어뜨리고 집어던지고 하는 것들 중에서도 골동품에 가까운 것들만 챙기고 있었다. 유난히 값비싸 보이는 장식품 같은 건 신경도 쓰지 않고 오로지 골동품만이다.

떨구고 던지는 것들을 안전하게 잡아채니 그에 따른 몸놀림은 가히 일품이라 할 정도로 빠르고 정확하다.

그러나 그 몸놀림으로 하는 짓이 고작…….

스카이의 눈이 퀭해졌다.

인연의 끈 혹은 올가미

'메이준 카넬은 쿨하고 조용한 성격으로 알고 있었는데 이건 뭐 광적으로 유물에 집착하잖아!'

어느 정도 중요한 물건들을 치워놓은 메이준은 한쪽 벽에 가서 기대섰다. 팔짱까지 끼는 걸 보니 눈앞에서 일어나는 일이 이젠 자기와는 별 상관없다는 태도였다.

'쿨한 것 같기도 하고…… 아닌 것 같기도 하고.'

베르나는 도망 다니다가 메이준을 발견하고 그쪽으로 달려갔다. 메이준은 벽에 기대서서 자기와는 별 상관도 없다는 듯 팔짱을 끼고는 방관하던 중이었다.

그러다가 바로 곁 협탁 위에 놓여 있던 물방울무늬 도자기가 흔들거리며 떨어지려 하자 재빨리 다가가 도자기를 잡았다.

"휴. 큰일 날 뻔했군."

베르나가 도망 다니는 건 아무렇지 않게 생각하면서 도자기가 떨어져 깨질 뻔하자 정말로 놀란 얼굴이었다.

베르나가 그런 메이준을 발견하고 달려왔다.

"야!"

"왜?"

"좀 도와주지 않고 왜 가만히 구경만 하고 있는 거야? 그까짓 도자기가 그렇게 중요해?"

메이준이 태연히 대답했다.

"이건 5백 년도 더 된 유물이야. 천 년짜리도 있지만 그건 이런 데 내놓을 수는 없지."

"이거 진짜 수집광이네. 저 건달 놈들은 어떡하고!"

메이준은 도자기에 묻은 먼지를 옷으로 닦으며 조심스레 탁자 위에 올려놓았다.

"어차피 곧 치안대에서 올 테니까."

"치안대?"

"가보를 도둑맞았으니 신고하는 게 당연하지 않나. 점심때 사람을 보내 신고를 해 두었으니 곧 올 테고, 그러면 다 정리되는 거지."

"오홍, 그래?"

베르나는 마음에 들지 않는다는 눈빛으로 메이준을 보았다.

"당장 저것들은 어쩔 건데?"

베르나가 등 뒤를 엄지손가락으로 가리켰다. 건달들이 헉헉대며 베르나를 쫓아오고 있었다.

"그야……."

메이준의 말이 끝나기도 전에 베르나가 갑자기 탁자 위에 놓인 도자기를 집었다.

메이준이 놀라서 소리쳤다.

"뭐야!"

"뭐긴 뭐야. 아까의 앙갚음이지."

베르나는 도자기를 건달들이 달려오는 방향으로 던지는 척했다. 메이준이 깜짝 놀라 그쪽으로 몸을 날리려 하자, 베르나는 메이준의 엉덩이를 발로 뻥 하고 차 버렸다.

베르나는 의기양양하게 도자기를 옆구리에 끼었다. 그리고 다른 손을 입가에 올리며 일부러 간드러지게 웃었다.

"어머? 꼭 도와주지 않아도 되는데, 고마워. 호호호!"

"큭!"

메이준은 넘어질 것처럼 앞으로 밀려나갔다. 건달들 셋이 마구 달려오고 있어서 꼭 부딪칠 것 같았다.

"에에잇, 이건 뭔데 귀찮게 앞을 막아!"

건달들이 무기를 휘둘렀다. 메이준은 비틀거리던 그대로 앞으로 걸어가며 양손을 휘저었다.

"우아앗!"

"어엇?"

건달 둘이 허공으로 붕 하고 뜨더니 바닥을 굴렀다. 뒤쪽에 달려오던 건달이 놀라서 멈추려 했지만 이미 메이준이 바로 앞에 있었다.

메이준은 미끄러지듯 나아가 한쪽 무릎을 꿇으면서 양손으로 건달의 다리를 잡고 반대 방향으로 돌렸다. 양팔로 두 개의 원을 그리는 듯했다.

"어? 어어어?"

건달의 몸이 다른 건달들처럼 붕 떠올랐다. 다리가 머리보다 높이 올라가 자연스럽게 머리부터 바닥에 떨어졌다.

쿵!

건달의 눈이 흰자위를 보였다. 뒤통수를 바닥에 처박은 건달은 해롱거리며 일어나지 못했다.

베르나가 감탄했다.

"호옹, 실력 좋은데?"

메이준은 천천히 일어서더니 옷자락을 툭툭 털었다.

"고대 유물을 찾아다니다 보면 험한 일들이 많아서."

상황은 쉽게 정리되는 듯했다. 남은 건달은 집사와 문지기를 괴롭히던 둘뿐이었다.

"아이고, 아이고!"

바닥에 쓰러진 건달들이 신음을 지르며 뒹굴고 있었다.

"뭐, 뭐가 이래?"

남은 두 건달은 당황하며 눈동자를 이리저리 굴렸다. 슬금슬금 문 쪽으로 뒷걸음질을 치는 것도 잊지 않았다.

그러나 그들의 의도는 성공하지 못했다.

문 쪽에서 치안대가 들이닥쳤기 때문이었다.

기사 하나와 정복을 입은 병사 셋이 현관으로 들어서고 있었다. 그들은 아수라장이 된 홀을 보며 놀란 얼굴이었다. 병사들이 창을 바짝 앞으로 세우고 기사도 곧 검을 뽑았다.

기사가 메이준을 보며 물었다.

"무슨 일입니까!"

메이준은 무덤덤한 얼굴로 가볍게 대답했다.

"도둑들을 찾을 수고를 덜은 것 같습니다."

"예?"

두 건달은 달아날 희망도 포기하고 무릎을 꿇었다. 병사들은 몰라도 기사가 현관을 지키고 있는 이상 달아난다는 건 꿈꿀 수도 없는 일이었다.

"제, 제발 목숨만은……."

"우린 그저 부탁을 받고……."

병사들이 도둑들을 알아보았다.

"이놈들, 운하 근처의 술집에서 노는 녀석들인데요?"

기사가 소리쳤다.

"뭐하느냐! 어서 체포해!"

"예!"

병사들은 먼저 멀쩡한 건달들을 포박한 후 쓰러져 있는 건달들을 짐 치우듯 한 명씩 추스르기 시작했다.

스카이도 숨을 돌리며 베르나와 메이준 쪽으로 걸어왔다.

"다들 무사해서 다행……."

그때 스카이의 머릿속에 떠오른 이가 있었다.

"그 녀석은?"

정작 제일 중요한 녀석, 과거의 스카이.

그를 잊고 있었다.

스카이는 다급해졌다. 스카이의 입장에서는 차라리 도망을 쳤거나 사라지는 게 나았다. 이대로 기사들에게 잡혀가도 문제가 발생할 수 있는 것이다.

하지만 불행히도 과거의 스카이는 아직 저택의 홀에 남아 있었다. 과거의 스카이는 한쪽 구석에서 벽을 기대고 서 있었다. 이미 달아날 곳도 없었다.

"젠장, 멍청한 것들."

10명이서 겨우 셋을 당해내지 못한 건 어쩔 수 없는 일이라 쳐도 지금 자신의 몸이 불편한 게 문제였다.

걸음도 제대로 못 걸으니 달아난다 해도 금세 잡혀 버리고 말 터였다.

병사들이 과거의 스카이를 발견하고 잡기 위해 다가갔다.

병사 하나는 창을 겨누고 다른 병사는 밧줄을 들고 다가오고 있었다.

과거의 스카이는 입술을 질끈 깨물었다. 터진 입술에서 피가 흘렀다. 그때 그의 눈에 뜨인 것은 발아래에 굴러다니는 스크롤이었다.

과거의 스카이는 스크롤을 주웠다.

"그래…… 이게 있었지."

과거의 스카이는 스크롤을 집어 앞으로 내밀었다.

"다가오지 마!"

"그러지 마라. 반항하면 너만 손해야."

"이게 뭔지 알아?"

과거의 스카이가 엉망이 된 얼굴로 큭큭거리며 웃었다.

"이건 마법 스크롤이라는 건데 말이지. 이걸 찢으면 어떻게 될까?"

다가오던 병사들이 잠시 걸음을 멈췄다.

"마, 마법 스크롤!"

병사들도 마법 스크롤이 무엇인지는 알고 있었다. 고대 유산이라 워낙 희귀하다 하더라도 가끔 그것으로 인한 사고가 생기기 때문이다. 더구나 메이준 카넬 준남작이 가보인 마법 스크롤을 도둑맞았다고 연락을 해 와서 찾아온 게 아닌가.

기사가 직접 나섰다. 기사는 열 걸음 정도 떨어진 거리까지 과거의 스카이에게 다가갔다. 그리곤 검을 앞으로 곧게 내민 자세로 멈춰 섰다.

"가까이 오지 말라니까!"

과거의 스카이가 악을 썼다. 기사의 능력에 따라 차이는 있지만 대략 다섯에서 여섯 걸음 이내면 기사의 공격권에 들게 된다. 몸이 성치 않은 과거의 스카이로서는 기사의 공격을 피할 수 없다.

기사가 조용히 말했다.

"그 마법 스크롤을 내려놔라."

"흥, 그럴 수야 없지."

"일을 크게 만들 셈이냐?"

"어차피 잡히면 성한 몸으로는 살아갈 수 없을 텐데. 고스란히 잡혀줄까 보냐?"

아무리 막막한 상황이더라도 어떻게든 살아보려는 스카이의 의지가 고스란히 보여지고 있었다. 기사는 '음' 하고 낮은

침음성을 흘렸다. 열 걸음이면 검으로 공격을 하는 것보다 마법 스크롤을 찢는 게 더 빠를 것이다.

더 이상 다가서지 못하면 기사조차도 어찌할 수 없는 상황이었다. 그러나 그런 대치를 순식간에 종결시킨 것은 메이준의 한마디였다.

"찢어봐."

기사와 병사가 화들짝 놀라 메이준을 보았다.

메이준이 비웃듯 말했다.

"찢어보라니까."

과거의 스카이는 당황했다. 물론 미래의 스카이도 당황한 건 마찬가지였다.

"찢으면 안 돼!"

미래의 스카이는 그 마법 스크롤로 인해 3년 전으로 되돌아온 것이다. 만약 과거의 스카이가 다시 3년 전으로 되돌아가게 된다면 무슨 일이 벌어질지 알 수 없었다.

자세히는 모르지만 시간이 얽히고 얽혀서 무언가 큰일이 나 버릴 것만 같다. 그런 스카이의 걱정을 아는지 모르는지 메이준이 다시 말했다.

"시간이 아깝다. 귀찮게 시간 끌지 말고 찢어."

미래의 스카이가 소리쳤다.

"찢지 마!"

메이준이 말했다.

"찢을 용기가 있다면 얼마든지 찢어보라니까."
"욱!"
스크롤을 쥔 과거의 스카이가 손을 부들거리며 떨었다.
미래의 스카이는 걱정이 불어났다. 자기의 성격상 저렇게 부추기면 '욱' 하고 찢어 버릴 가능성이 높았다.
미래의 스카이는 팩 소리가 나게 고개를 돌려 메이준을 째려보았다.
'저 자식은 왜 자꾸 도발하고 난리야?'
메이준은 스카이의 눈길을 무시하며 계속해서 말했다.
"그게 무슨 스크롤인지 모르니 찢을 수도 없겠지? 너 같은 녀석들은 늘 그렇게 말만 많고 실제로는 아무것도 못하는 법이지."
이번의 말은 미래의 스카이까지도 화가 치밀게 만드는 소리였다.
"이…… 이 자식이!"
미래의 스카이가 참다못해 소리쳤다.
"그만 둬!"
거의 애걸하는 수준이었지만, 이미 과거의 스카이는 스크롤을 펼치고 양옆으로 뜯고 있었다.
미래의 스카이는 머리를 쥐어뜯고 싶은 심정이었다.
'여기서 더 복잡해지면 어쩌라고!'
과거의 스카이가 악에 받혀 소리를 질렀다.

"후회하지 마라."

이를 바득바득 갈던 그가 마침내 스크롤을 힘껏 찢었다.

병사와 기사가 흠칫 놀라 뒤로 물러섰다.

"모두 피해라!"

무슨 마법이 사용될지 모르니 일단 피하는 게 우선이었다. 흔히 알려진 불이나 밝히는 마법 스크롤이면 몰라도 불덩어리나 얼음을 쏘아대면 막을 재간이 없다.

미래의 스카이도 '안 돼!' 하고 소리치고 있었다.

그러나……

스크롤은 찢어지지 않았다.

"익! 익!"

과거의 스카이는 얼굴이 벌게지도록 힘을 주어 스크롤을 잡아 뜯고 있었다.

보통 마법 스크롤은 그리 힘들이지 않고 찢을 수 있다. 마법의 인장이 찍혀 봉인된 스크롤도 있는데 밀랍으로 봉인된 부분을 떼어내면 스크롤이 자동으로 찢어지기도 한다.

그런데 밀랍으로 봉인되지도 않은 스크롤이 이렇게나 찢어지지 않다니.

무안하기까지 한 일이었다.

입으로 물어뜯고 발로 눌러서 찢으려 해도 스크롤은 살짝 늘어지는 정도였지 결코 찢어지지 않았다. 마치 고래 심줄을 이어 만든 것 같았.

온갖 발악을 해도 스크롤은 멀쩡했다.

과거의 스카이는 팅팅 부은 눈을 꿈벅였다. 급한 마음에 주웠는데 이제 보니 자기가 훔쳤던 스크롤과는 조금 다르게 생겼다.

"제, 제기랄! 이게 뭐야!"

과거의 스카이는 스크롤을 찢는 걸 포기했다.

다들 무슨 영문인지 어리둥절했다.

메이준이 갑자기 웃음을 터뜨렸다. 그답게 짧고 간결한 웃음이었다.

"훗!"

다들 메이준을 쳐다보았다.

"혹시나 했는데 정말 신탁의 스크롤은 진품이었군."

베르나가 '얼레?' 하고 중얼거리며 자신의 몸을 뒤졌다. 메이준에게 빼앗아 챙겨뒀던 신탁의 스크롤이 없었다. 이리 뛰고 저리 뛰는 와중에 떨어뜨렸던 모양이었다. 그걸 메이준만이 알아보았던 것이다.

미래의 스카이가 한대 맞은 듯한 얼굴로 외치려 했다.

'지금 신탁의 스크롤로 장난을 친 거냐! 이런 나쁜 놈!'

그러나 그런 욕을 할 순 없었다. 평민인 스카이가 반말을 내뱉는 것도 위험수위인데 기사와 병사들 앞에서 그랬다가는 당장 귀족 모독죄로 잡혀가게 될 것이다.

메이준이 팔짱을 끼고 미소를 띠운 채 말했다.

"어쨌든 이로써 신탁의 스크롤이 진짜라는 사실은 판명되었 잖아?"

상황은 일견 정리된 듯 보였다. 적어도 미래와 과거의 스카이만을 제외하고는.

으드득!

오늘 몇 번이나 이를 가는지 모르겠다.

과거의 스카이는 자신이 놀림감이 된 것에 대해 분노를 금치 못하고 있었다. 오늘 하루 동안 일어난 일만도 열이 뻗치는데 마지막 순간까지 놀림을 받으며 잡히게 되다니.

"으…… 으아아아!"

과거의 스카이는 비명을 지르며 신탁의 스크롤을 집어던졌다.

"죽여 버릴 거야! 다 죽여 버릴 거야! 날 우습게보다니!"

그 모습을 보는 미래의 스카이의 마음도 안쓰럽기는 마찬가지였다.

'젠장할. 저놈이 당하는 건 내가 당하는 거나 마찬가지잖아. 어쩌다가 이런 별 거지 같은 일이 다 일어나냐. 보통 과거로 돌아가면 잘 먹고 잘 살아야 하는 거 아냐? 이건 내가 과거로 가서 날 두들겨 패야 하질 않나, 여자한테 맞아서 목발신세가 되질 않나. 이게 뭐얏!'

어쨌든 문제는 그게 아니었다.

'저 녀석이 잡혀가게 되어도 문제인데. 이를 어쩐다?'

문제는 과거의 스카이가 잡혀가는 것이다. 귀족의 집을 습격했으니 엄중한 처벌을 받을 게 틀림없었다.

만약 과거의 스카이의 팔다리가 잘리기라도 한다면?

사형을 당해서 목이 달아난다면?

그럼 지금의 스카이는 어떻게 될까.

갑자기 팔이 없어질까, 아니면 존재도 없이 사라져 버릴까.

'아, 진짜 미치겠네.'

미래의 스카이는 머리를 감싸쥐고 괴로워했다. 이럴 수도 저럴 수도 없는 상황이었다. 그때 예기치 않은 사건이 일어남으로써 한순간 스카이의 고민을 해결해 주는 듯했다.

누워 있던 건달 하나가 또 다른 스크롤을 발견한 것이다. 머리가 깨져 피를 철철 흘리던 건달은 몰래 스크롤을 들고 일어섰다.

'무슨 말인지 몰라도 저게 가짜라면 이게 진짜겠구나.'

그러나 무슨 마법인지도 모르는 스크롤을 찢을 자신이 없었다. 그는 결국 위험을 스카이에게 떠넘기는 방법을 택했다. 어쨌든 마법이 시전되면 혼란이 생길 테고 그 틈에 달아날 생각이었던 것이다.

"이걸 받아! 이게 진짜다!"

병사들이 외침에 놀라 그를 제지하려 했다. 건달이 스크롤을 힘껏 과거의 스카이에게 던졌다.

그 모습을 보던 베르나가 다시 품을 뒤졌다.

"얼레? 저것도 흘렸네? 나도 참 칠칠맞지."

미래의 스카이가 베르나를 향해 고함을 질렀다.

"그러니까 조신하게 굴라고 했잖아!"

"미안. 정신이 없는 걸 어떡해. ……아니지. 내가 왜 미안해?"

베르나가 되려 도끼눈을 했다.

"그럼, 날 잡아먹겠다고 달려드는데 '호호호' 하면서 종종걸음으로 달아날까?"

"젠장! 이런 것까지 내가 챙겨야 하나."

다행인지 불행인지 건달이 던진 마법 스크롤은 중간에 있던 병사가 가로챘다. 병사가 '휴' 하고 한숨을 내쉬며 조심스럽게 마법 스크롤을 두 손으로 받아들었다.

그런데 비틀거리고 서 있던 과거의 스카이가 온 힘을 다해 병사에게 달려들었다. 스크롤을 잡느라 창을 땅에 놓아둔 병사였다.

과거의 스카이는 바닥을 구르며 창을 집고 병사의 허벅지를 찔렀다.

"으악!"

허벅지에 창이 박힌 병사가 뒤로 엉덩방아를 찧으며 비명을 질렀다. 과거의 스카이는 다시 한 번 스크롤을 입수했다. 물론 이번엔 정말 마법 스크롤이다.

기사가 제지하기 위해 검을 들고 덮치려 했다. 과거의 스카이는 뒤로 엉금엉금 기어가며 스크롤의 양 끝을 잡았다. 기사는 걸음을 멈출 수밖에 없었다.

메이준이 말했다.

"걱정 말고 놈을 베시지요."

기사가 메이준을 돌아보았다.

메이준이 과거의 스카이를 보며 설명했다.

"저건 이동 마법 스크롤입니다. 사람을 해할 수 있는 게 아니니 걱정하지 마십시오."

"그렇다면야."

기사가 검끝으로 과거의 스카이를 겨눈 채 다가섰다. 과거의 스카이는 '헹' 하고 비웃음을 날렸다.

"이게 이동 마법 스크롤이라고? 잘 됐군. 이곳을 벗어날 수 있다는 걸 알려줘서 고맙다."

메이준이 무덤덤한 얼굴로 대꾸했다.

"고마워할 필요 없다. 그걸 찢는 순간 넌 죽을 테니까."

"뭐? 이, 이번엔 무슨 말로 날 희롱하려는 거냐!"

"그건 불완전한 마법 스크롤이다."

"부, 불완전하다고?"

과거의 스카이는 불안한 얼굴로 손에 쥔 스크롤을 보았다.

"그래. 아주 예전에 선조께서 제작하셨는데 뭐가 잘못되었는지 시전자가 어디로 이동할지 모르는 이상한 스크롤이 되어버렸지. 단순히 그것만이면 좋겠지만."

이번엔 미래의 스카이가 물었다.

"그럼 또 뭔가 다른 게 있다는 거야?"

그도 마법 스크롤에 관해 궁금했다. 이제 보니 무조건 3년 전으로 돌려보내는 마법은 아닌 모양이다.

메이준이 대답했다.

"이동에 실패하면 그 즉시 몸이 찢겨 분해된다. 살 수 있는 확률은 1퍼센트 미만. 즉……"

"즉?"

"그건 불량 스크롤이란 말이지."

미래의 스카이는 '헉!' 하고 헛숨을 들이켰다.

'부, 불량…… 불량…… 불량 스크롤……'

머릿속에서 그 말만이 맴돌았다.

울컥하고 분이 솟구쳤다.

'이런 씨발! 내가 불량 스크롤 때문에 이런 꼴이 된 거란 말야?'

당장이라도 메이준의 선조를 찾아가 멱살을 쥐고 두들겨 패고 싶었다. 왜 불량 스크롤 따위를 만들어서 폐기하지 않고 가보로 간직하게 했는지 따지고 싶었다.

메이준이 과거의 스카이에게 말했다.

"몸이 찢겨져 죽고 싶다면 얼마든지 찢어봐라."

끔찍한 얘기를 아무렇지도 않게 하는 메이준의 말에 미래의 스카이는 몸서리를 쳤다. 불량이건 아니건 그건 둘째치고서라도 아차하면 그 역시 그 자리에서 죽을 수도 있었던 것이다.

과거로 돌아온 것 자체도 그야말로 운이 따랐기에 가능한 일이었다. 그러나 메이준이 아주 진지하게 '불량 스크롤'이라고 말한 것이 머릿속을 계속해서 맴돌고 있었다.

미래의 스카이가 과거의 스카이를 보며 외쳤다.

"야! 그 스크롤 내려놔. 못 들었어? 불량이라잖아. 불! 량!"

입을 다물고 마법 스크롤을 노려보던 과거의 스카이가 슬며시 입가에 미소를 지었다.

"내가 그런 말에 속을 거라고 생각하면 오산이지."

미래의 스카이는 불안해졌다. 과거의 스카이는 좀 전 신탁의 스크롤 때문에 메이준의 말을 신용하지 않고 있는 것이다.

"야!"

"설사 그 말이 사실이래도 살아날 확률이 1퍼센트라면 충분히 해 볼 만하지."

미래의 스카이는 머리끝이 쭈뼛거리며 섰다.

만약에 스크롤을 찢어서 잘못되면?

그럼 지금 남아 있는 자신은 어떻게 될 것인가.

전쟁이고 나발이고 그걸 신경 쓸 때가 아니었다.

미래의 스카이는 당장이라도 '이 병신 같은 놈아! 잡혀서 손모가지가 잘리는 게 낫지, 그냥 여기서 뒈져 버릴 셈이냐!' 하고 소리치고 싶었다.

그야말로 정신이 돌아 버리기 일보 직전인 스카이였다.

그러나 과거의 스카이는 독기어린 눈으로 미래의 스카이를 보았다. 마치 모든 걸 꿰뚫어 보는 듯한 눈빛.

 미래의 스카이는 섬뜩해져서 자기도 모르게 소리쳤다.

 "당장 내려놔! 당장!"

 미래의 스카이는 안 될 거라는 걸 알면서도 그를 말리기 위해 뛰려 했다. 베르나가 미래의 스카이를 붙들었다.

 "이거 놔!"

 "이 바보야. 안 돼!"

 베르나가 결사적으로 말렸다. 미래의 스카이는 머리가 텅 비는 것 같았다.

 '이건 다른 사람도 아니고 내 목숨이 걸린 일이란 말이다!'

 과거의 스카이가 저주하듯 음산하게 말을 내뱉었다.

 "날 개같이 두들겨 패고, 또 놀림감이 되게 만들었겠다? 살아난다면 절대 오늘의 일을 잊지 않을 테다."

 과거의 스카이가 손을 움직였다. 동시에 상황을 주시하던 기사가 번개처럼 움직였다.

 "안— 돼—!"

 미래의 스카이가 손을 뻗으며 소리를 질렀고, 과거의 스카이가 스크롤을 반쯤 찢어냈으며, 기사의 검이 과거의 스카이의 머리로 떨어졌다.

 모든 것이 거의 동시에 일어난 일이었다.

 아주 짧은 순간이 스카이에겐 수십 년이 지나가는 것처럼

인연의 끈 혹은 올가미

느껴졌다.

그리고…….

캉—!

기사의 검이 바닥을 후려쳤다. 쇳소리가 홀 안을 몇 번이고 돌아다니며 수명을 다할 때까지 소리를 울려댔다.

"큭!"

맨바닥을 친 기사는 손이 저려 검을 놓쳤다. 검이 챙그랑 소리를 내며 바닥에 떨어졌다.

아무것도 없었다.

목이 잘려 있거나 피투성이가 되었어야 할 바닥엔 처음부터 아무것도 없던 것처럼 그렇게 비어 있었다. 일자로 살짝 패인 자국만이 기사가 검흔을 남겼음을 알리고 있었다.

메이준이 그 모습을 보며 중얼거렸다.

"재수가 좋은 녀석이군."

기사와 병사들은 남은 건달들을 포박하여 끌고 갔다.

홀은 온통 아수라장이었다. 문지기와 집사, 하녀가 분주하게 움직이며 정리를 하고 있었다.

한참이나 스카이는 홀 한구석에 주저앉아서 일어나지 못했다. 그는 자기 목이 붙어 있는지 몸이 멀쩡한지 몇 번이고 확인을 하고 또 했다.

베르나가 다가오며 한숨을 쉬었다.

"이제 좀 정신 차려. 다 잘됐잖아."

베르나가 말을 걸자 스카이가 멍한 눈으로 올려다보았다.

"내가 살아 있는 거지?"

베르나가 스카이의 머리를 주먹으로 후려쳤다.

빡!

"그 얘기가 왜 나와!"

스카이는 머리를 움켜쥐고 중얼거렸다.

"아픈 걸 보니 살아 있는 모양이긴 하네. 그럼 잘된 거지. 암…… 잘된 거고말고."

과거의 스카이가 어디로 갔는지 알 수 없지만, 알고 싶지도 않았다. 과거로 갔든 미래로 갔든 또 어딘가로 갔든 간에.

더 이상 생각하다간 머리가 터져 버릴 것 같았다.

"하아……."

스카이는 길게 숨을 내뱉었다.

"쯧쯧."

베르나는 혀를 차고선 메이준에게로 갔다. 메이준은 방금까지 무슨 일이 있었냐는 듯 신탁의 스크롤을 나이프로 베고 있었다.

"정말 신기하군. 나이프로 베어도 베어지지 않아. 도대체 무슨 재질이지?"

"이봐."

"이것 좀 봐. 이런 스크롤을 본 적이 있나?"

"내 말 들어."

메이준이 인상을 쓰며 베르나를 보았다. 베르나가 차분하게 말했다.

"어떻게 할 거야?"

"뭘?"

메이준은 잠깐 생각하다 대답했다.

"가보는 잃었지만 중요한 물건은 아니니 상관없다. 그것 때문에 사과를 할 셈이라면……."

"사과를 하려는 게 아냐."

베르나가 진지하게 말했다.

"이제 준비가 되었으면 신탁을 받아. 당신이 선택된 자인지 아닌지 알아야겠어."

"신탁을 받아야 한다는 건 알겠지만 어떻게 받아야 할지는 모르……."

그 순간 스크롤이 활짝 펴졌다.

"음?"

메이준의 눈동자가 휘둥그레졌다. 감정변화가 드문 그로서는 이 정도의 얼굴 표정이면 상당히 충격을 받은 게 틀림없었다.

베르나는 메이준의 눈동자 초점이 흐려지는 걸 보았다. 움직임도 딱 멈췄다. 그의 시선은 스크롤에 못 박혀 있었다.

유독 메이준이 서 있는 부분은 다른 곳과 달리 밝아 보였다.

그렇다고는 해도 홀에서 청소를 하고 있는 집사나 하녀도 눈치채지 못할 정도였다.

베르나는 그가 마침내 신탁을 받고 있음을 알 수 있었다. 모든 일이 정리되고 나자 딱 알맞은 시기에 신탁이 내려진 것이다.

하지만 어쩐지 너무 소박하다는 느낌이었다.

'신탁이란 참 소소하구나.'

신탁이 좀 더 성대하고 크게 일어난다면 모든 사람들이 신의 존재를 믿을 텐데, 왜 그러지 않을까 하는 생각이 들었다.

'아무튼 필요할 때 와주셔서 감사합니다. 인자하고 자비롭고 또 사랑스러운 신이시여. 후훗.'

베르나는 주어진 일을 그리 어렵지 않게 완수한 것을 기뻐했다. 물론 스카이가 '그리 어렵지 않게'라는 말을 인정할지는 의문이었다.

지금 스카이의 가슴은 새카맣게 타서 재만 남은 거나 다름없었다. 남몰래 고뇌하고 노심초사했던 걸 생각하면 울화통이 터질 지경이었다.

당장에 신이 눈앞에 있다면 그냥 막 패주고 싶었.

스카이는 두 눈에 잔뜩 힘을 주고 위를 올려다보았다. 겨우 메이준을 영입하는 데엔 성공했지만 간이 다 떨어질 뻔했다.

'내가 이번까진 참는데, 다음부터 또 이러면 다 때려치우고 관둘 겁니다. 알겠습니까?'

스카이는 이가 부러져라 갈았다.
'좀 편하게 갑시다. 편하게 좀!'

모두가 잠이 든 밤.
메이준은 혼자서 저택 밖으로 나와 있었다. 새벽이 밝아오는 듯 멀리서 허연빛이 살그머니 다가서고 있었다.
이제 아침이면 새로운 여행이 시작된다. 오늘이 저택에서의 마지막 밤이다.
거의 밤을 꼬박 새 버렸지만 그래도 잠이 오지 않았다.
단순히 어린아이들처럼 여행 때문에 설레어서가 아니었다. 스카이 일행과 함께하는 여행은 메이준에게 깊고 큰 의미가 있었다.
메이준은 어딘가 모르게 들뜨고 혹은 불안한 듯한 기색을 하고 있었다. 양쪽 다 모순된 상태였다. 그의 머릿속에는 온통 한 가지 생각, 아니 한 문장만이 가득했다.

여정의 끝에 그가 기다리고 있으리라.

그것은 바로 신탁의 스크롤에서 본 문장이었다. 신탁의 스크롤은 딱히 메이준에게 세상을 구하라는 등의 말은 하지 않앉다.

그저 그 한 문장만이 떡 하고 떠올랐을 뿐이다.

그러나 아무 의미도 없어 보이는 그 한 문장이 메이준에게 가져다 준 파장은 결코 적지 않았다.

오죽하면 잠도 못 자고 기분이 계속 싱숭생숭할 지경이겠는가.

"그가…… 그토록 찾아다니던 그가 기다리고 있다……."

메이준이 그렇게나 고대 유물을 수집하고 유적을 찾아다니며 고고학에 열중했던 목적은 단 한 가지뿐이었다.

바로 그를, 그의 흔적을 찾기 위해서였다.

물론 그것 또한 메이준이 흥미가 있기에 가능했던 일이다. 고고학에 취미를 두다 보니 자연스레 그쪽으로 목적이 옮겨간 것이다.

그의 흔적을 찾는 것은 결코 쉬운 일이 아니었다. 일반적인 자료는 대부분 소실되었거나 구전된 이야기를 서술한 것에 불과했다.

때문에 목숨을 걸고 고대 유적들을 찾아갈 수밖에 없었다. 일반 유적도 아닌 마법도시의 유적에서만 그의 흔적들을 겨우 조금씩 찾을 수 있었다.

그의 발자취를 좇다 보면 언젠가는 그 궁금증들을 해결할 수 있을 거라는 희망만 가지고, 어찌 보면 무모한 일을 시작한 것이었는데 말이다.

그래도 이제는 희망이 보인다는 생각에 메이준의 가슴은 두근거렸다.

"훗……."

메이준은 깊은 생각에 빠져 웃음을 지었다.

참으로 절묘했다.

만약 스크롤에서 다른 내용이 나왔다면 메이준은 사기꾼 같은 스카이와 베르나의 여정에 동참하지 않았을 것이다. 세상을 구하느니 어쩌느니 해도 메이준에게 중요한 건 오직 그의 흔적을 찾는 것뿐이었다.

그래서인지 오히려 신탁의 스크롤에서 그 문장을 보았을 때 소스라치게 놀랐다.

그의 흔적을 찾아다니고 있다는 건 메이준 자신 외에는 아무도 모르는 일이었다. 정말로 신이 아니라면 절대로 알 수 없는 일이니까 말이다.

해서 더 생각해 볼 것도 없이 동참해 버렸다. 어떤 여정인지 몰라도 그것만 끝내면 원하던 것을 얻을 수 있을 거라는 생각에.

"정말 가능한 일일까? 정말?"

메이준은 짙은 남색 기운과 밝은 흰색이 어우러진 하늘을 올려다보았다.

몇십 년, 어쩌면 평생 찾아다녀도 찾을 수 있을지 자신 없던 일이었는데 이젠 그 끝을 볼 수 있을 거라는 확신이 생겼다.

"신탁에서는 여정의 끝이라고 했다. 그렇다는 건 실패해서는 안 된다는 뜻이겠지."

쉬운 일은 아닐지도 몰랐다.

괜히 여정의 끝에 그가 있는 게 아닐 테니까.

그가 관련되어 있는 일이라면 적어도 보통 쉬운 일은 아닐 테니까…….

"자아, 그럼 잠깐이라도 눈을 붙여 볼까."

메이준은 기지개하듯 팔을 펼쳤다가 어깨를 두드렸다.

밤하늘에는 사라져가는 새벽별들이 마지막 빛을 발하고 있었다.

별들을 보며 메이준이 중얼거렸다.

"곧, 천년의 신비가 풀린다. 신과 마법의 시대에 대한 신비가……."

메이준은 길게 숨을 들이쉬고는 여관으로 돌아갔다.

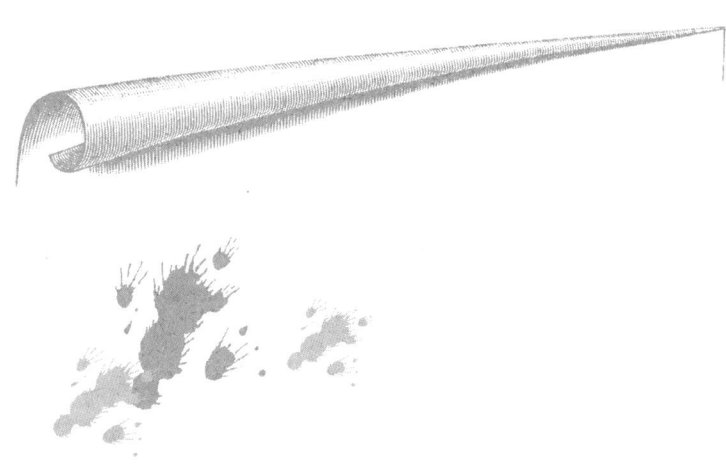

공기는 음습하고 축축했다. 공기 자체가 오래된 것처럼 묵은 곰팡내를 풍겼다. 숨쉬기가 거북할 만큼 답답했다. 마치 한참을 방치해 둔 지하창고에 들어와 있는 느낌이다.

"크으, 여, 여기가 어디지?"

일단 살아남았다고 안도할 틈도 없이 스카이는 두려움을 느꼈다. 주변이 온통 어둠에 휩싸여 있었다. 어디선가 새어 나오는 얇은 빛줄기 하나가 희미하게 윤곽만을 비쳐줄 뿐이다.

어딘가의 내부인 것 같은데 굉장히 넓으면서도 빽빽하게 뭔가 들어차 있어 복잡한 느낌이었다. 움직이려 하니 발에 뭔가 채였다. 손을 내밀어 조심스레 만져 보니 차가운 돌로 만들어진 석상 같았다. 석상의 높이가 스카이의 키보다 머리 두셋은 더 있을 만큼 컸다.

 더 놀라운 건 석상이 한둘이 아니라 근처에 잔뜩 있다는 것이다. 몇 개나 되는 진 모르지만 일단 눈에 들어오는 것만으로 크고 작은 석상들이 몇십은 되어 보였다.

 "이건 또 뭐야?"

 석상들은 일정한 규칙대로 배열되어 있는 듯했다. 스카이는 불안한 마음이 들어 최대한 주의하며 몸을 움직였다. 조심스레 움직이는데도 풀썩거리며 탁한 먼지가 날렸다.

 "일단은 이곳에서 나가야겠군."

 벽면을 더듬으며 나갈 길을 찾던 스카이는 문득 벽면이 울퉁불퉁하다는 걸 알았다.

 "뭔가가…… 잔뜩 조각되어 있어. 부조인가?"

 스카이는 벽면을 짚고 나가기를 포기했다. 아무래도 뭔가 사연이 있어 보이는 곳이었다. 이런 곳에서 함부로 움직이다가 재수 없이 함정이라도 건드리게 되면 큰일이다.

 "도대체 여기가 어디야."

 살아남긴 했지만 어디로 이동되었는지는 알 수 없었다. 마냥 기뻐할 수도 없는 것이, 만약 사방이 폐쇄된 곳이라면 꼼짝없이 굶어죽어야 할 판이다.

 무겁게 가라앉고 오래된 느낌의 공기와 묵은 먼지는 이곳이 상당기간 외부와의 접촉이 없었음을 의미했다. 평소라면 전혀 반갑지 않은 박쥐나 쥐 따위 등 살아 있는 생명체의 소리도 전혀 들리지 않았다.

"제기랄, 늑대를 피하려다가 호랑이 굴에 온 건 아니겠지?"

크지 않은 소리인데도 말이 웅웅거리며 울렸다. 메아리의 울림 정도를 보아 적잖이 넓은 곳이라는 걸 알 수 있었다.

스카이는 자리에 앉아 머리를 감싸쥐었다. 아직 절망할 때는 아니었다.

"침착하자, 침착해. 혹시 이곳이 갱도에 파묻힌 고대의 유적이라도 분명 살아나갈 길은 있을 거야."

눈이 어둠에 조금씩 익숙해져 가자 스카이는 조금 더 자신을 얻었다. 희미하게 비치고 있는 빛이 그나마 안정을 찾는데 도움이 되었다.

스카이는 빛에 주목했다. 빛은 새하얀 색이 아니라 약간 붉은 빛을 띠고 있었는데 그나마도 희미했다. 어두운 공간에 붉은 기운의 빛이 뿌려지고 있으니 가뜩이나 음산한 곳이 더욱 을씨년스러웠다.

그래도 스카이에겐 그 빛이 희망이었다. 밖으로 향하는 구멍에서 새어 나온 빛일 가능성이 크다.

"저 빛을 따라가면 나갈 수 있을지도 몰라. 만약 추측이 맞다면 이 붉은 빛은 저녁노을이라도 되는 거겠지."

혹시 모를 함정을 조심하며 스카이는 빛의 근원지라고 생각되는 곳을 향해 걸어갔다. 함정을 의식하느라 기어가는 것보다 느린 속도였다.

얼마나 시간이 지났을까.

긴장한 탓인지 온몸이 땀에 흠뻑 젖었다. 그냥 걸으면 몇 걸음 되지도 않을 거리를 주의를 집중하며 공들여 이동한 탓이다. 마침내 스카이는 빛의 근원지를 찾았다. 얼굴에서 땀이 뚝뚝 바닥으로 떨어지고 있었다.

그러나 막상 빛의 근원지를 찾아낸 순간 스카이는 실망감에 맥이 탁 풀렸다.

"제기랄!"

그것은 구멍에서 새어 나온 빛이 아니었다. 그저 구슬에서 뻗어 나온 빛일 뿐이었다. 구슬이 스스로 발광하여 빛을 낸다는 건 놀라운 일이었지만, 스카이에게는 그리 반가운 것도 아니었다. 아무리 좋은 보석이라 하더라도 이곳을 나가지 못하면 아무 소용이 없는 일이다.

구슬은 주먹보다 약간 작은 크기인데 내뿜는 빛은 희미하지만 구슬 자체의 색은 아주 진한 붉은색이었다. 자세히 보니 구슬 안쪽이 마치 움직이는 것 같았다. 상상할 순 없지만 핏물을 뭉쳐 만든 것처럼 생각되어 소름이 끼쳤다.

"저걸 횃불 대신 쓰면 좀 더 편히 돌아다닐 순 있겠군."

스카이는 손을 뻗어 구슬을 만지려다가 구슬이 어떤 형상의 손에 들려 있다는 걸 알았다. 구슬의 빛에 의지해 위를 올려다보니 그것은 거대한 석상이었다.

스카이의 앞에 있는 것은 이제까지 본 것 중 가장 거대한 석상이었는데 구슬은 그 석상의 손에 들려 있었던 것이다.

스카이는 신경질적으로 소리를 지르며 위를 올려다보았다.

"그러니까! 왜 이딴 석상들이 이곳에 잔뜩인 거냐고!"

문득 뭐하는 석상인지, 무슨 모양의 석상인지 궁금해졌다. 눈에 보이는 석상의 부분 부분이 굉장히 기괴한데다가 들어간 문양 같은 것도 처음 보는 것들이었다. 고개를 들어 석상의 모습을 확인한 스카이는 놀라서 비명을 질렀다.

"으…… 으아아악!"

붉은 구슬의 빛에 비추어진 석상의 얼굴은 피에 젖은 것처럼 끔찍한 형상이었다. 단연코 스카이가 이제껏 한 번도 보지 못했던 그런 형태였다.

스카이는 뒤로 넘어질 듯 주저앉아 소리를 쳤다.

"아, 악마!"

구슬을 든 양손을 앞으로 내밀고 있는 석상의 형태는 악마 그 자체였다. 다른 말로 무엇이라 표현할 수가 없었다. 아니, 표현할 필요가 없었다.

석상의 모습을 확인한 순간 이미 '악마'라는 단어가 스카이의 머릿속에 떠올라 버렸으니까.

스카이는 뒤를 돌아보았다.

잔뜩 늘어선 석상들.

그것들은 인간의 형태만 있는 게 아니었다. 다리가 몇 개나 달린 괴물의 형태부터 상반신이 짐승이고 다리만 인간이라거나, 혹은 그 반대의 형태까지 다양했다.

스카이가 서 있는 곳, 제단처럼 되어 있는 그곳을 중심으로 반원형을 그리며 석상들이 놓여 있었다. 마치 군중들을 단 아래에 모아놓고 연설이나 집회를 하는 듯한 형태로 꾸며져 있다.

스카이는 마른침을 삼켰다. 수많은 괴수형태의 석상이 제단 위에 서 있는 자신을 바라보고 있는 느낌이었다. 움직일 때마다 자신을 따라 눈동자가 움직이는 듯하다.

스카이에게 무언가를 요구하는 듯한 느낌마저 들었다. 물론 실제로는 구슬을 들고 있는 거대한 석상을 바라보는 것일 테지만 말이다.

"비, 빌어먹을……."

등골이 서늘해졌다. 제아무리 담대한 스카이라 하더라도 이 같은 곳에 홀로 있다는 것이 너무 공포스러웠다. 이런 공포감은 처음이었다.

"뭐야 여긴…… 대체……."

스카이는 자기도 모르게 뒷걸음질을 치다가 뒤에 있는 거대한 석상에 등을 부딪쳤다.

투투툭.

먼지가 우수수 떨어졌다. 스카이는 새하얗게 먼지를 뒤집어 썼지만 그것에 신경 쓸 겨를이 없었다.

온몸을 따갑게 찔러오는 감각. 날이 선 칼로 후벼파는 듯한 살기가 온몸을 옥죄어 오고 있었다.

끼끼끽―

돌과 돌이 엇갈리며 소름끼치는 소리가 났다.

스카이는 천천히 등 뒤를 돌아보았다.

끼끼끼끼끽―

스카이의 두 눈이 경악으로 크게 떠졌다. 동공에 새겨진 석상의 모습이 점차 확대되고 있었다.

석상의 손에 들려진 붉은 구슬이 피를 내뿜었다. 어쩌면 그것은 단순히 광채가 밝아진 것일지도 모르지만 스카이에게는 피를 내뿜는 것처럼 보인 게 사실이었다.

"으, 으아아아아악!"

어두컴컴한 공간에 짙은 피구름이 스카이의 절규와도 같은 비명소리를 담고 울려 퍼졌다.

그 속에는……

스카이가 아닌 다른 존재의 목소리도 섞여 있었다.

불량 스크롤 하나가 두 스카이의 운명을 바꾸어 버린 것이다. 그 때문에 앞으로의 일이 원래 역사와 어떻게 바뀔지는 아무도 알 수 없었다.

〈2권에서 계속〉

젊은 작가들의 '3인 3색'
퓨전 판타지 출간 기념 이벤트!

제 2 탄!
『마법사 무림에 가다』의 베스트 작가 박정수!
이번에는 흑마법으로 중원 무림을 평정한다.
마교에서 부활한 대흑마법사
마현의 무림종횡기!

무림인들은 자기 실력의 3할은 숨겨 둔다고?
그렇다면 내가 숨겨둔 비장의 3할은 바로 흑마법이다!

흑마법사 무림에 가다

제1탄, 기천검 작가의 『아트 메이지』(6월 10일 출간)
제2탄, 박정수 작가의 『흑마법사 무림에 가다』(6월 24일 출간)
제3탄, 박상호 작가의 『에지스』(7월 4일 출간)

250만원 상당의 사은품 증정!!

LG, R10.AXE811
- 인텔 코어2듀오 E8200
- RAM:2GB/500GB
- LCD 22인치 Wide

LG, R200-TP83K
- 인텔 코어2듀오 T8300
- RAM:2048MB/200GB
- LCD 12.1인치

캐논, EOS40DFULL
- 1010만화소(1.05"CMOS)
- LCD/DSLR/1:1.6(35mm기준)
- 셔터(1/8000)/연사(초당 6.5장)

컴퓨터 or 노트북 or 디지털 카메라 중 택1

EVENT ONE

이벤트를 진행하는 3종의 책을 '모두 구입하신 분들 중' 추첨을 통해 사은품을 드립니다.

[사은품]

1명 : 〈최신형 컴퓨터 or 노트북 or 디지털 카메라〉 중 택 1 + 3종의 3권(작가 친필사인)
('EVENT ONE에 참여하신 분들 중 30명'에게 작가 친필사인이 들어 있는 3종 3권을 드립니다.)

[응모요령]

1,2권 띠지에 부착된 응모권 6개를 오려 드림북스로 보내주세요.

EVENT TWO

이벤트를 진행하는 3종의 책을 '개별적으로 구입하신 분들 중' 추첨을 통해 사은품을 드립니다.

[사은품]

3명 : 백화점 상품권(10만원) + 구입한 도서의 3권(작가 친필사인)
(『아트 메이지』(1명), 『흑마법사 무림에 가다』(1명), 『이지스』(1명))

[응모요령]

1,2권 띠지에 부착된 응모권 2개를 오려 드림북스로 보내주세요.

EVENT THREE

책을 읽고 감상평을 올리시는 분들 중 11명을 추첨하여 사은품을 드립니다.

[사은품]

서평 으뜸상(1명) : 전자사전 + 서평을 쓴 도서의 3권(작가 친필사인)

서평 우수상(10명) : 문화상품권(1만원)
                    + 서평을 쓴 도서의 3권(작가 친필사인)

[응모요령]

이벤트 진행 도서들 중 하나를 읽고 인터넷 서점(YES24) 리뷰란에 감상평을 올려주시고,
그 내용을 복사하여(이메일, 아이디 기재) 한 번 더 '드림북스 홈페이지 감상란'에 올려주세요.

[보내주실 곳] (우)142-815 서울시 강북구 미아8동 322-10
               (주)삼양출판사 2층 드림북스 이벤트 담당자 앞

[이벤트 기간] 2008년 6월 13일~2008년 7월 30일

[당첨자 발표] 2008년 8월 13일(당사 홈페이지 및 장르문학 전문 사이트에 발표합니다.)

드림북스 홈페이지 http://www.sydreambooks.com
드림북스 블로그 http://www.blog.naver.com/dream_books
문피아 사이트 http://www.munpia.com/출판사 소식/드림북스
조아라 사이트 http://www.joara.com/출판사 소식

※ 응모권을 보내주실 때는 '이름, 연락처, 주소'를 정확히 기입해 주세요.
※ 사은품은 이벤트 진행도서 3종 3권의 책이 모두 출간된 직후 일괄 배송합니다.
※ 사은품은 상기 이미지와 다를 수 있습니다.